国家社科基金重大项目（19ZDA295）阶段性成果

Anthology of East Asian Sinitic Poetry

东亚汉诗丛选 | 严明 主编

朝鲜汉诗选

Anthology of Korean Sinitic Poetry

韩东 编选

江西教育出版社
JIANGXI EDUCATION PUBLISHING HOUSE
·南昌·

图书在版编目（CIP）数据

朝鲜汉诗选 / 韩东编. -- 南昌 : 江西教育出版社，2022.10（2023.11重印）
（东亚汉诗丛选 / 严明主编）
ISBN 978-7-5705-3126-4

Ⅰ. ①朝… Ⅱ. ①韩… Ⅲ. ①汉诗－诗集－朝鲜
Ⅳ. ①I312.022

中国版本图书馆CIP数据核字（2022）第117981号

朝鲜汉诗选
CHAOXIAN HANSHI XUAN
韩东 编选

江西教育出版社出版
（南昌市学府大道299号 邮编：330038）

各地新华书店经销
湖北金港彩印有限公司印刷
880毫米×1230毫米 32开 12印张 250千字
2022年10月第1版 2023年11月第2次印刷

ISBN 978-7-5705-3126-4
定价：68.00元

赣教版图书如有印装质量问题，请向我社调换 电话：0791-86710427
总编室电话：0791-86705643 编辑部电话：0791-86705903
投稿邮箱：JXJYCBS@163.com 网址：http://www.jxeph.com

总序

汉诗词创作源于中国，传播并流行于东亚各国，因此东亚汉诗词是源自中国的诗歌形式，同时也是属于东亚各国的传统诗歌形式。汉诗词在东亚诗歌史上长期发挥着不可或缺的作用，成为东亚各国文学史的发展基石及其社会文化的重要组成部分。本丛书所选汉诗词，即东亚各国诗人用汉语创作并遵从汉诗词格律用韵的诗词作品。其中包含古代中国周边的朝鲜、日本、琉球（今冲绳）、安南（今越南）等国诗人的佳作，但不含北方的渤海国，东南亚的缅甸、暹罗等国的汉诗词作品，因其存量极少，相关文献散佚殆尽。从东亚史的视野看，东亚汉诗词的概念既囊括了地理的因素，又代表了历史的真实存在，更具有汉字文化传播的价值。

东亚各国汉诗词创作的起讫时间有别。本丛书所取时间范围，上自公元前（朝鲜津卒妻丽玉所作《箜篌引》），下至20世纪中叶（第二次世界大战期间的日本汉诗）。东亚各国汉诗词在长期发展过程中逐渐融入本土因素，形成独特的表现内容及诗作特色，成为东亚文学传统的重要组成部分。据不完全统计，古代朝鲜汉诗总集存约 40 部，汉诗别集超过 1000 部，诗人约 5000 人（有些人的诗作不传,或可能只有1首或几首保存),总存诗约25万首。古代日本汉诗文集仅据日籍《汉诗文图书目录》记载,从汉诗发轫的奈良时代至汉诗衰替的明治时代，先后问世的汉诗总集与别集达 769 种，计 2339 册，保守估计日本汉诗存量约 20 万首。琉球王国汉诗文集留存约 30 余种，汉诗人 100 余人，存诗约 4000 首。古代越南汉诗文集留存 620 余种，汉诗人约 1000 余人，存诗约 5 万首。合计东亚汉诗总集、别集存留 3000 种以上，汉诗人 1 万人以上，存诗则在 50 万首以上。本丛书各分册，就是从上述丰沃土壤及丰富的文学遗产中细勘精选出来的佳作，旨在展示东亚各国汉诗词的主要风貌及艺术精华。

东亚各国社会有着关联紧密的传统文化根基，涉及儒学、佛教、官制等重要因素。汉诗词作为古代东亚各国共同的文学形式长期存在，对各国本土诗歌乃至各种文体的艺术创作影响巨大，而东亚各国汉诗人唱酬交往，艺术表现精彩纷呈，成就斐然，至今美誉不减。然而一个多世纪以来的欧风美雨，摧残着延续千年的东亚文化命脉，东亚汉诗词创作式微早成定局，无可奈何花落去，这种历史宿命是令人遗憾的。与之相关的是，对东亚汉诗词的关注和研究虽早已有之，迄今却还没有一部完整的“东亚汉诗史”问世，也没有一套完整的东亚汉诗词选本出版，这对今日想了解东亚各国汉诗发展历史及其艺术价值的读者来说，无疑是一个很大的遗憾。本丛书的编撰,就是想尽早尽力弥补这一历史缺憾,通过东亚诗词精选的方式，回顾东亚文化共同体的辉煌历程，展现东亚汉诗词佳作丰富多彩的文学成就以及出神入化的艺术境界。

东亚各国汉诗词创作兴盛达千年以上，长期占据各国文坛主流地位。在东亚各国，能够吟诗填词象征着高雅的修养和尊贵的身份。汉诗词的兴盛发展成为促进东亚各国本土歌调发展的重要因素，也成为本土文学艺术乃至社会文化传统的重要组成部分，其巨大的魅力和重要的作用，有很多是今人难以想象的。这种跨语言、跨国度、跨文化、跨时代的诗歌吟诵，在世界文学史上极为罕见，意义重大，弥足珍贵，其发展规律至今依然值得东亚学界探讨总结。

迄今为止，对东亚汉诗词的研究历程，大致可分为古代、近世及近代三个阶段。

第一阶段是古代，大致到 14 世纪末为止。汉诗来自中国，其渊源可追溯到 2500 多年前的周王朝，但其形式格律的定型还是在距今约 1500 年前的南朝到初唐时期。汉诗从中国向邻近国家地区的传播，史籍早有记载，但是东亚大规模的汉诗传播还是在盛唐之后。宋元时代通过各种方式向东亚邻国输出的汉籍数量剧增，其中有不少汉诗总集、别集，还包括各类诗话。中国对东亚各国汉诗创作情况很早就有记载，比如《汉书》就有对新罗汉诗的记载及评价。这一阶段东亚各国对汉诗的认知及写作，大体上围绕着接受中国诗歌经典而展开，基本上是心悦诚服地模仿和学习。

第二阶段是从 15 世纪到 19 世纪的东亚近世（在中国是明清时期），这是东亚汉诗词创作繁荣的黄金期。其中包括朝鲜的李氏王朝（1392—1910），日本的室町、江户时代（1336—1867），琉球王国（1429—1879），越南的后黎朝、阮朝（1428—1884）。这一时期东亚汉诗创作的时空环境变化、本土意识觉醒及本国文字的创立，影响着各国汉诗人对中国诗学传统作出不同的解读和创新，因此出现了流派纷呈、各具特色的东亚汉诗创作。在此过程中逐渐也产生出本土诗史的意识，比如江户明和八年（1771），就诞生了日本第一部具有诗史性质的诗话著作——江村北海的《日本诗史》。近世以来，东亚各国中的有识之士不断提出把官方奉若经典的汉诗文进行本土化改造的主张。比如15世纪的朝鲜李朝学者徐居正就指出："我东方之文，非宋元之文，亦非汉唐之文，而乃我国之文也，宜与历代之文并行于天地间，胡可泯焉而无传也哉？"（《东文选序》）这种对汉诗进行本民族化改造的努力，使得近世东亚各国都出现过独具特色的汉诗史观。其中较为突出的是日本江户时代后期的赖山阳，他的汉诗创作及诗论主张，都堪称近世东亚汉诗史中的佼佼者。将其诗作诗论与同时代的中国清朝、朝鲜李朝以及越南阮朝的诗人进行比较，可以发现其诗学观既是中国诗歌经典的延续，更是一种日本式的变异和发展，辨析其意可从多方面充实和拓展对中国诗学以及汉诗创作的研究。这样的比较，无论对中国诗歌还是对东亚汉诗研究，都是饶有意味和富有创意的。近世东亚各国汉诗人的交流愈加频繁，汉诗创作也有从贵族官府向市井民间扩散的趋势。清末光绪年间，俞樾编撰《东瀛诗选》，几乎把日本江户时代的汉诗佳作囊括殆尽，在中、日两国出版后引起很大的反响，成为东亚汉诗交流史上的一段佳话。

第三阶段是19世纪中叶以后的东亚近代，这是东亚汉诗词的巨变及衰落期。随着清朝的衰败和西方列强势力的侵入扩张，作为亚洲汉字文化圈中文化交流主要载体的汉诗词创作整体趋向萧条。不仅日、韩、越的文学研究者低估汉诗词的价值，中国古典文学研究界对朝鲜、日本、琉球、越南的汉诗词也长期忽视。这一现象在近三十年来逐步得到了改变。随着中国和东亚的崛起，越来越多的学者认识到，东亚汉诗具有各国本民族文学的特性和价值，更有学者超越本国汉诗的视野，重视从东亚文化交流与接受的角度拓展东亚汉诗词研究。比如日本成立了“和汉比较文学会”和“中国学研究会”，韩国有“东方汉文学会”。中国对域外汉诗的研究近年来也出现了一批具有开创性意义的研究机构和丰硕成果，比如北京大学、南京大学、延边大学、天津师范大学、浙江大学、吉林大学、南开大学、上海师范大学等高校都建立了相关研究机构，编撰出版的书目资料和论文集更是体量庞大、精彩纷呈。

总之，东亚各国对汉诗词的受容认知，经历了从全盘接受到改造创新的历程。从东亚各国诗人的创作初衷来看，汉诗词确实可视为“慕华”之风习在他们文学生活中的精彩体现。但从东亚汉诗词史角度看，东亚汉诗词创作并不能简单视为对中国诗歌的移植，而是在“中国化”的外表下呈现出其本国之心（特质）。近年来，东亚各国学者开始关注中国诗歌与东亚汉诗词的细节比较，并借此阐发汉诗词作为一种文学韵语形式，在东亚各国历史背景下所呈现出的特定社会文化蕴含。譬如就意象而言，有汉诗中常见的“潇湘八景”意象、“骑驴”意象、“杨柳”意象；就题材而言，有“士妓恋情”题材、“征夫怨妇”题材、“游仙”题材等，这些都不同程度地在东亚各国汉诗词中得到受容改编。作为“技”的汉诗，被纳入到作为“道”的形态各异的各国文学创作中，经过长期交汇，熔铸成辉煌的东亚汉诗词共同体文化，足以在世界诗歌的百花园中自成格局，争奇斗艳。

斗转星移，风云变幻。进入21世纪，对东亚汉诗词进行整体研究及进行相关学科建设正逢其时。在经历了古代的（恪守传统方式）、近世的（汉诗创作全面繁盛）、近代的（日本主导的）三个阶段之后，当代对东亚汉诗词的研究终究回归到了中国倡导的东亚文化共同体基调，这是东亚汉诗词研究的大势所趋，中国学者主导其役责无旁贷。在此背景下本丛书的策划选编，旨在展现东亚汉诗词的多姿多彩的历史风貌，探寻东亚文心，延续文化命脉，为复兴东亚文化共同体而添砖加瓦，奉献绵薄之力。

本丛书依托国家社会科学基金重大项目“东亚汉诗史（多卷本）”，由首席专家严明倡导规划，课题组成员参与其役，各司其责，共襄盛举。从策划到选编定稿，历时近两年。我们裒集东亚各国汉诗词文献，精选佳作，探索东亚汉诗词史的发展脉络，使得“东亚汉诗丛选”丛书得以顺利完稿，期待它能弥补空白，并成为重大项目研究成果的组成部分。本丛书各分册及主持者分别为：严明《日本汉诗选》、韩东《朝鲜汉诗选》、吴留营《琉球汉诗选》、严艳《越南汉诗选》、闵定庆《东亚词选》。江西教育出版社陈骥主任及樊令、方超等编辑，在本丛书编辑出版过程中出谋划策，付出了巨大的艰辛和努力，在此致以诚挚的感谢！

晓风残月，东方既白；吾辈前行，不遗余力。是为序。

严明

2021年11月30日 于沪上汪洋斋

前言

朝鲜半岛与中国山水相连，自古以来，两地的先民们就有许多来往和联系。据《史记》等史书记载，殷商灭亡后，箕子率领部分子弟与遗老前往朝鲜半岛，建立“箕氏侯国”，至此中国文化开始传入，而这也是朝鲜半岛文明开化之始。后来，燕人卫满与汉武帝相继在朝鲜半岛建立政权与设置行政机构，中国文化得以进一步深入传播。至唐朝，中国文化对朝鲜半岛的影响进一步加深，当时的新罗人不仅学习儒家经典，就连衣冠服饰与文物制度也争相效仿唐人。与此相应，朝鲜半岛汉诗的创作历史悠久，其发展历程也深受中国文化的影响，大体上可以分为发源期、兴盛期、极盛期与衰退期四大阶段。

三国时期（高句丽、百济、新罗），是朝鲜汉诗的发源期。目前朝鲜可考的最早汉诗是《箜篌引》，据崔豹《古今注》所载，其作者为古朝鲜津卒霍里子高之妻丽玉。7 世纪后期至 8 世纪初，受唐朝文化影响，朝鲜半岛的汉诗创作越发活跃起来，“留唐生”

也成为诗人群体的主要力量。总的来说，这一时期，诗风方面是学习唐诗，而新罗的名家最多（崔致远、朴仁范等），汉诗水平也最高。

高丽王朝时期，随着科举制的推广与性理学的传入，朝鲜半岛的士人群体不断壮大，汉文化水平不断提高，汉文名家辈出（金富轼、郑知常、李仁老、李齐贤、郑梦周、李崇仁、李奎报、李穑等"丽朝十二家"），朝鲜汉诗的发展也开始进入兴盛期。不仅出现了诗人结社活动（"江左七贤"），还有汉诗选集成果问世（《三韩诗龟鉴》）。同时，由于佛学兴盛，除馆阁文人外，僧侣阶层也成长为诗人群体的重要力量。总的来说，高丽王朝时期诗风的演变大致上经历了从学唐到兼采唐宋，再到崇尚宋诗的历程。

朝鲜王朝时期，随着中朝文化交流的日益频繁，中国文学影响的持续深入，以及自身文化发展的日趋繁盛，朝鲜汉诗的发展也进入极盛期。这一时期，诗人群体不断壮大，除士大夫阶层之外，中人阶层（介于两班贵族与平民之间）诗人大量涌现，还出现许多女诗人和僧侣诗人。受此影响，各种诗歌流派（"海东江西诗派""松石园诗社""白岳诗坛""三湖亭诗社"等）、诗学潮流（"馆阁风""真诗运动""朝鲜风"等）与汉诗选集（《青丘风雅》《箕雅》《国朝诗删》《昭代风谣》等）也层出不穷。总的来说，朝鲜王朝时期诗风的演变则大致经历了从学宋（苏轼、黄庭坚、陈师道）到学唐，再到兼采唐宋与推崇民族诗歌的历程。

进入近代以后，随着中国的式微与日本的强大，东亚的政治格局与文化心态发生变化，朝鲜社会出现了变革图强的开化思想与空前高涨的民族意识。受此影响，诗人群体与汉诗题材也产生了一些新变化。这一时期的开化人士、义军将领、流亡文人、爱国志士与僧侣等，围绕民族自觉、爱国图强、抗日救亡等主题创作了大量充满豪壮、悲愤、苦闷意味的汉诗。同时，也就是在这一时期，随着朝鲜“国文学”的逐渐兴起，汉诗创作也开始走向衰落。

本书选录朝鲜历代诗人 301 位、汉诗 1057 首，无论是诗人的数量、类别，还是汉诗的数量、题材，在目前国内出版的朝鲜汉诗选集中都具有代表性。但相较朝鲜体量庞大的诗人数与汉诗数而言，实在只是冰山一角。同时，由于自身水平所限，书中不足甚至错误之处在所难免，恳请各位专家、读者批评指正。

凡例

一、本书选录诗人为出生与生活在朝鲜半岛，以及出生或早年生活在朝鲜半岛、后活跃于中国的“朝鲜人”。

二、本书选录诗作上自公元前，下至20世纪中期，按古朝鲜、三国时期（高句丽、百济、新罗）、统一新罗王朝、高丽王朝、朝鲜王朝与日帝强占期的历史时序编排。

三、本书选录诗作主要参考赵云仡《三韩诗龟鉴》、徐居正《东文选》、金宗直《青丘风雅》、许筠《国朝诗删》、南龙翼《箕雅》、张志渊《大东诗选》与韩国民族文化推进会影印标点《韩国文集丛刊》中所收录的诗文集。如有其他参考情况，文中都已作特别说明。

四、本书选诗，遵循以下原则：（一）以具体诗家为目，以诗家生年为序排列，生年不详则以卒年为序，生卒年均无考者则按文坛活跃时间或主要官职担任时间推定排列。（二）每位诗家均作诗人小传，内容涉及生卒年、籍贯、科第、仕历、政事、著述等项。

五、本书对所选诗作进行了一定的文字处理：（一）原作繁体字，均转为简体字，无相应简化字者仍用原繁体字。（二）原作多有异体字、通假字，在不损原意的前提下，酌情改为规范字。（三）原作不乏韩国汉字，尽量转为规范汉字。（四）选录汉诗的诗题与诗文在不同材料中出现抵牾时，均以《韩国文集丛刊》中所收录的诗文集为准。

目录

丽玉（生卒年不详）

传言为古朝鲜津卒霍里子高之妻。据晋崔豹《古今注》所载，朝鲜津卒霍里子高早起撑船时，看见一个“白发狂夫”横渡急流，“白发狂夫”的妻子跟着后面急切地阻拦。后因拦阻不及，“白发狂夫”堕河而死，其妻也投河自杀，自杀前弹着箜篌唱出这几句哀歌。霍里子高回家后，将其所见与所听告知妻子丽玉，丽玉深受感动，遂用箜篌弹奏演唱哀歌，闻者无不感动。后丽玉将其声传给邻女丽容，名曰“箜篌引”。《大东诗选》录诗1首。

箜篌引

公无渡河，公竟渡河。
堕河而死，当奈公何?

琉璃王（? —18）

名类利、儒留、累利，东明王朱蒙的长子，高句丽第二代国王。相传琉璃王因思念继妃雉姬而创作了《黄鸟歌》，原歌谣已佚失不传，其汉译4言4句诗被收入《三国史记·高句丽本纪》中，《大东诗选》录诗1首。

黄鸟歌

翩翩黄鸟，雌雄相依。
念我之独，谁其与归。

乙支文德（生卒年不详）

高句丽王朝后期的名将。612 年，隋炀帝派大将于仲文、宇文述率 30 余万大军征讨高句丽。面对隋军的猛烈攻势，乙支文德采取诱敌深入与拖延战术，隋军最终粮草不济，被迫撤退。隋军回师萨水时，遭遇乙支文德军队奇袭而大败，隋军仅有数千人生还。擅诗文，《大东诗选》录诗 1 首。

遗于仲文

神策究天文，妙算穷地理。
战胜功既高，知足愿云止。

定法师（生卒年不详）

有关定法师的生平与行踪已不可考，现存的文献材料也常常相互抵牾。唐人徐坚在《初学记》中云其为“陈高丽僧定法师”，而张志渊《大东诗选》又有言:“高句丽僧，尝入后周与标法师从游。”一般认为，定法师为生活在 6 世纪左右的高句丽名僧，后入中国生活。擅诗文，《大东诗选》录诗 1 首。

孤石

迥石直生空，平湖四望通。
岩隈恒洒浪，树杪镇摇风。
偃流还清影，侵霞更上红。
独拔群峰外，孤秀白云中。

真德女王（? —654）

姓金，名胜曼，新罗王朝第 28 代国王。647 年，善德女王金德曼去世，因无子嗣，金胜曼遵照遗言即位。在位期间，大力推行新罗与唐朝的联合，为日后建立统一新罗王朝奠定了坚实基础。650 年，新罗大败百济，派金法敏（后日的文武王）入唐，并向唐高宗献上《大唐太平颂》。真德女王驾崩后，唐高宗派太常丞张文收持节前往吊祭，追赠开府仪同三司。《大东诗选》录诗 1 首。

大唐太平颂

大唐开鸿业，巍巍皇猷昌。
止戈戎衣定，修文继百王。
统天崇雨施，理物体含章。
深仁谐日月，抚运迈时康。
幡旗既赫赫，钲鼓何锽锽。
外夷违命者，剪覆被天殃。
和风凝宇宙，遐迩竞呈祥。
四时调玉烛，七曜巡万方。
维岳降宰辅，惟帝用忠良。
三五咸一德，昭我皇家唐。

薛瑶（？—693）

生于统一新罗王朝，活跃于唐朝的女诗人。唐高宗时，其父薛承冲入唐，官拜左武将军。15岁时父亲去世，遂出家为尼，21岁时还俗，嫁诗人郭震为妾。擅诗文，《全唐诗》录诗1首，《大东诗选》录诗1首。

返俗谣

化云心兮思淑贞，洞寂灭兮不见人。
瑶草芳兮思芬蒀，将奈何兮青春。

金地藏（696—794）

俗姓金，名乔觉，生于统一新罗王朝，活跃于唐朝的名僧。出身新罗王族，幼年生活于新罗，24岁时前往唐朝出家为僧。最初辗转于江南一带，后定居九华山修行。因精通佛法，声名远播，甚至不少新罗人也慕名前来学习，被称为九华山的开山祖师。圆寂后3年肉身不腐，被信徒奉为地藏菩萨化身。九华山也成为地藏菩萨应化的道场，成为中国佛教四大名山之一。擅诗文，有汉诗2篇传世。

送童子下山

空门寂寞汝思家，礼别云房下九华。
爱向竹栏骑竹马，懒于金地聚金沙。
添瓶涧底休招月，烹茗瓯中罢弄花。
好去不须频下泪，老僧相伴有烟霞。

慧超（704—787）

生于统一新罗王朝，活跃于唐朝的名僧。幼年生活于新罗，719年前往唐朝，在广州拜印度高僧金刚智为师，学习密教。723年前往印度旅行，巡礼佛教圣迹。4年后，翻越帕米尔高原到达安西都护府。733年到达长安，其后在荐福寺中与金刚智一同讲授密教经典。780年前往五台山翻译佛经，并在此度过余生。精通诗文，佛法高深，著有印度行纪《往五天竺国传》，底本于1908年在甘肃省敦煌被发掘，其中收录汉诗5首。

逢汉使入蕃略题四韵

君恨西蕃远，余嗟东路长。
道荒宏雪岭，险涧贼徒倡。
鸟飞惊峭嶷，人去难偏梁。
平生不扪泪，今日洒千行。

崔致远（857—？）

字孤云、海云，统一新罗王朝末期的文臣与诗人。出身名门，12岁时留学唐朝，7年后在礼部侍郎裴瓒主管的贡宾科中获进士及第。876年被任命为溧水县尉，后又被淮南节度使高骈聘为馆驿巡官。879年，黄巢起兵叛乱，高骈转任诸道行营兵马都统，被任命为从事官，因撰写《檄黄巢书》天下传诵，名震一时，先后获赐绯银鱼袋、紫金鱼袋。885年，以“国信使”身份东回新罗，受到了宪康王的重用，担任侍读兼翰林学士守兵部侍郎知瑞书监事。统一新罗王朝末期，政局动荡、腐败横行，崔致远遭受本土官僚排挤。890年离开朝廷，先后至泰山郡、富城郡任太守。893年，奉真圣女王之命，以“贺正使”身份再度入唐，致力于两国文化交流。晚年对政局愈发失望，隐居于庆州南山、刚州冰山、狭川清凉寺、智异山双磎寺等地。高丽显宗年间追赠“文昌侯”。在唐17年，广交文友，与顾云、罗隐等名士结为至交，留下大量诗作，《唐书·艺文志》中亦录其人其事。崔致远名列“新罗十贤”，是统一新罗王朝时期汉文学造诣最高的学者。著有诗文集《桂苑笔耕集》。《三韩诗龟鉴》录诗24首，《东文选》录诗29首，《青丘风雅》录诗10首，《箕雅》录诗14首，《大东诗选》录诗14首。

秋夜雨中

秋风惟苦吟，举世少知音。
窗外三更雨，灯前万古心。

题芋江驿亭

沙汀立马待回舟，一带烟波万古愁。
直得山平兼水渴，人间离别始应休。

题伽倻山读书堂

狂奔迭石吼重峦，人语难分咫尺间。
常恐是非声到耳，故教流水尽笼山。

长安旅舍与于慎微长官接邻

上国羁栖久，多惭万里人。
那堪颜氏巷，得接孟家邻。
守道惟稽古，交情岂惮贫。
他乡少知己，莫厌访君频。

登润州慈和寺上房

登临暂隔路岐尘，吟想兴亡恨益新。
画角声中朝暮浪，青山影里古今人。
霜摧玉树花无主，风暖金陵草自春。
赖有谢家余境在，长教诗客爽精神。

陈情上太尉诗

海内谁怜海外人，问津何处是通津。
本求食禄非求利，只为荣亲不为身。
客路离愁江上雨，故园归梦日边春。
济川幸遇恩波广，愿濯凡缨十载尘。

暮春即事和顾云友使

东风遍阅百般香，意绪偏饶柳带长。
苏武书回深塞尽，庄周梦逐落花忙。
好凭残景朝朝醉，难把离心寸寸量。
正是浴沂时节日，旧游魂断白云乡。

江南女

江南荡风俗，养女娇且怜。
性冶耻针线，妆成调管弦。
所学非雅音，多被春心牵。
自谓芳华色，长占艳阳年。
却笑邻舍女，终朝弄机杼。
机杼纵劳身，罗衣不到汝。

崔匡裕（生卒年不详）

统一新罗王朝末期的诗人。生于庆州，885 年前往唐朝成为“宿卫学生”，后获唐朝宾贡科及第。回国后行迹不明。擅诗文，名列“新罗十贤”，《东文选》录诗 10 首，《大东诗选》录诗 3 首。

长安春日有感

麻衣难拂路歧尘，鬓改颜衰晓镜新。
上国好花愁里艳，故园芳树梦中春。
扁舟烟月思浮海，羸马关河倦问津。
只为未酬萤雪志，绿杨莺语太伤神。

郊居呈知己

车马何人肯暂劳，满庭寒竹静萧骚。
林含落照溪光远，帘卷残秋岳色高。
仙桂未期攀兔窟，乡书无计过鲸涛。
生成仲虺裁商诰，莫使非珍似旅獒。

王巨仁（生卒年不详）

统一新罗王朝末期的诗人。真圣女王年间，社会矛盾激化，国势日衰。有人将批判朝廷的隐语书投于路中，真圣女王因怀疑为王巨仁所作，将其投狱拷问。相传王巨仁愤而作诗，其夜雷震雹降，真圣女王不得以将其释放。擅诗文，《全唐诗》录诗 1 首，《大东诗选》录诗 1 首。

愤怨诗

于公恸哭三年旱，邹衍含悲五月霜。
今我幽愁还似古，皇天无语但苍苍。

朴仁范（生卒年不详）

统一新罗王朝末期的文臣与诗人。早年前往唐朝留学，并获宾贡科及第，回国后任翰林学士、礼部侍郎等职。擅诗文，名列“新罗十贤”。《东文选》录诗10首，《三韩诗龟鉴》录诗1首，《东文选》录诗10首，《青丘风雅》录诗2首，《大东诗选》录诗3首。

九成宫怀古

忆昔文皇定鼎年，四方无事幸林泉。
歌钟响彻烟霄外，羽卫光分草树前。
玉榭金阶青霭合，翠楼丹槛白云连。
追思冠剑桥山月，千古行人尽惨然。

江行呈张秀才

兰桡晚泊荻花洲，露冷蛩声绕岸秋。
潮落古滩沙嘴没，日沉寒岛树容愁。
风驱江上群飞雁，月送天涯独去舟。
共厌羁离年已老，每言心事泪潸流。

崔承祐（生卒年不详）

统一新罗王朝末期的文臣与诗人。出身名门，890 年留学唐朝，与宰相韦昭度、进士曹松等人往来密切，三年后获宾贡科及第。百济兴起后，转而侍奉国王甄萱，曾代甄萱向高丽国王王建寄书。擅诗文，著有《糊本集》，现已佚失。《东文选》录诗 10 首，《大东诗选》录诗 2 首。

送曹进士松入罗浮

雨晴云敛鹧鸪飞，岭峤临流话所思。
厌次狂生须让赋，宣城太守敢言诗。
休攀月桂凌天险，好把烟霞避世危。
七十长溪三洞里，他年名遂也相宜。

关中送陈策先辈赴邠州幕

祢衡词赋陆机文，再捷名高已不群。
珠泪远辞裴吏部，玳筵今奉窦将军。
尊前有雪吟京洛，马上无山入塞云。
从此幕中声价重，红莲丹桂共芳芬。

崔承老（927—989）

新罗贵族，籍贯庆州，高丽太祖、成宗年间的文臣。自幼聪明，12 岁时在高丽太祖面前诵读《论语》，深得太祖的宠爱，并成为元凤省学生。光宗年间执文柄，成宗即位后，任正匡行选官御史上柱国。排斥佛教，推崇儒学。政治上提出“时务策”28 条，为高丽王朝初期的稳定与发展做出重要贡献。988 年，升任门下守侍中，晋封清河侯。擅诗文，《三韩诗龟鉴》录诗 2 首，《东文选》录诗 2 首，《大东诗选》录诗 1 首。

代人寄远

一别征车隔岁来，几劳登睹倚楼台。
虽然有此相思苦，不愿无功便早回。

禁中东池新竹

禁篺初开粉节明，低临辇路绿阴成。
宸游何必将天乐，自有金风撼玉声。

崔冲（984—1068）

字浩然，号惺斋、月圃、放晦斋，籍贯海州，高丽王朝成宗、文宗年间的文臣。1005 年文科状元及第，历任右拾遗、右散骑常侍、参知政事、西北路兵马判事等职。文宗即位后，成为推忠赞道协谋同德治理功臣，任开府仪同三司守太师兼门下侍中。致仕后着手建立全国的私学，注重儒生教育与培育后学，其时门下人才辈出，被誉为“海东孔子”。《大东诗选》录诗 1 首。

绝句

满庭月色无烟烛，入座山光不速宾。
更有松弦弹谱外，只堪珍重未传人。

张延祐（? —1015）

籍贯兴德，高丽王朝光宗、显宗年间的文臣。1010 年契丹入侵时，因护送显宗避难有功，先后担任中枢院使、判御史台事等要职。1014 年因解决财政问题而得罪朝廷武将，上将军金训、崔质等人将其流放。次年，金训、崔质被杀后，升任户部尚书。一生历经光宗、景宗、成宗、穆宗、显宗五朝，是高丽王朝前期的重要政治人物。擅诗文，《大东诗选》录诗 1 首。

寒松亭曲

月白寒松夜，波安镜浦秋。
哀鸣来又去，有信一沙鸥。

朴寅亮（? —1096）

字代天，籍贯平山，高丽王朝文宗、肃宗年间的文臣。高丽王朝开国功臣朴守卿的玄孙，文宗年间科举及第。1075 年，撰写陈情表恳请辽国归还被占国土。自此以后，历任各种“清宦职”，如右副承宣、礼部侍郎等。肃宗年间，官至右仆射参知政事。诗文超群，文名远播宋朝，曾长期负责撰写与宋、辽两国的外交文书。宋朝文人将其与金觐出使时所作的汉诗集结成《小华集》，刊刻出版。著有《古今录》《殊异传》，目前皆佚。《三韩诗龟鉴》录诗 2 首，《大东诗选》录诗 2 首。

伍子胥庙

挂眼东门愤未消，碧江千古起波涛。
今人不识前贤志，但问潮头几尺高。

使宋过泗州龟山寺

巉岩怪石迭成山，上有莲坊水四环。
塔影倒江翻浪底，磬声摇月落云间。
门前客棹洪涛疾，竹下僧棋白日闲。
一奉皇华堪惜别，更留诗句约重攀。

郭舆（1058—1130）

字梦得，号东山处士，籍贯清州，高丽王朝文宗、仁宗年间的文臣。1083年科举及第，历任合门祗侯、洪州使、礼部员外郎等职，后辞官隐居金州。睿宗即位后，礼遇甚厚。睿宗不仅为其建虚静斋，供其居住，还亲赐匾额。迁居王宫纯福殿后，终日诗文唱和，有《睿宗唱和集》问世。诗文卓越，精通经史。《三韩诗龟鉴》录诗1首，《大东诗选》录诗2首。

长源亭应制野叟骑牛

大平容貌恣骑牛，半湿残霏过垄头。
知有水边家近在，从他落日傍溪流。

赠清平李居士

清平山水冠东滨，邂逅相逢见故人。
三十年前同擢第，一千里外各栖身。
浮云入洞曾无累，明月当溪不染尘。
击目忘言良久处，淡然相照旧精神。

金富轼（1075—1151）

字立之，号雷川，籍贯庆州，新罗武烈王后孙，国子祭酒左谏议大夫金覲之子，高丽王朝文宗、毅宗年间的文臣与政治家。自幼熟读诗书，1096 年科举及第，历任安西大都护府司录、翰林院直翰林、户部尚书、翰林学士、中书侍郎平章事等职。平定“妙清叛乱”之后，成为输忠定难靖国功臣，升任门下侍中、太子太师。后因与功臣尹彦颐矛盾激化，担心政治报复而于 1142 年辞去官职，死后追赠中书令，配享仁宗庙庭。博学多识，曾受仁宗之命编撰《三国史记》，这也是目前朝鲜半岛保存下来的最早的官修正史。诗文超群，名列“丽朝十二家”。在文学上，排斥六朝骈俪文，推崇唐宋古文。原著文集 20 余卷，现已散佚，所幸部分诗文收录在《东文粹》《东文选》中。《三韩诗龟鉴》录诗 8 首，《东文选》录诗 34 首，《青丘风雅》录诗 4 首，《大东诗选》录诗 10 首。

东宫春帖子

曙色明楼角，春风着柳梢。
鸡人初报晓，已向寝门朝。

甘露寺次韵

俗客不到处，登临意思清。
山形秋更好，江色夜犹明。
白鸟高飞尽，孤帆独去轻。
自惭蜗角上，半世觅功名。

安和寺致斋

穷秋影密庭前树，静夜声高石上泉。
睡起凄然如有雨，忆曾芦苇宿渔船。

闻教坊妓唱布谷歌有感

佳人犹唱旧歌词，布谷飞来枥树稀。
还似霓裳羽衣曲，开元遗老泪沾衣。

灯夕

城阙深严更漏长，灯山火树灿交光。
绮罗缥缈春风细，金碧鲜明晓月凉。
华盖正高天北极，玉炉相对殿中央。
君王恭默疏声色，弟子休夸百宝妆。

崔惟清（1093—1174）

字直哉，籍贯昌原，高丽王朝宣宗、明宗年间的文臣。自幼好学，睿宗年间科举及第，后历任直翰林院、左司谏、侍御使、礼部员外郎、参知政事判尚书刑部事、判兵部事等职。1132 年，出使宋朝。1142 年，出使金朝。1511 年受内弟内侍郎中郑叙谗言事件牵连，贬为南京留守使。明宗即位后，任中书侍郎平章事，后以守司空集贤殿大学士判礼部事之职致仕。擅诗文，精通经史、佛经，著有诗文集《南都集》等。《三韩诗龟鉴》录诗 15 首，《东文选》录诗 6 首，《大东诗选》录诗 5 首。

杂兴 其一

春草忽已绿，满园蝴蝶飞。
东风欺人睡，吹起床上衣。
觉来寂无事，林外射落晖。
倚槛欲叹息，静然已忘机。

御苑仙桃

御苑桃新种，移从阆苑仙。
结根丹地上，分影紫庭前。
细叶看如画，繁英望欲燃。
品高鸡省树，香按兽炉烟。
天近知春茂，晨清带露鲜。
是应王母献，圣寿益千年。

郑知常（? —1135）

号南湖，初名之元，籍贯西京（今平壤），高丽王朝睿宗、仁宗年间的文臣与诗人。1114年文科及第，历任左正言、左司谏、知制诰、起居郎等职。因信奉“阴阳秘术”，与妙清、白寿翰交好，并称“三圣”。主张迁都西京、讨伐金国、建元称帝。1135年“妙清之乱”时，受其牵连，被金富轼所杀。诗才卓越，名列“丽朝十二家”，推崇晚唐风，著有《郑司谏集》。《三韩诗龟鉴》录诗7首，《东文选》录诗14首，《箕雅》录诗8首，《大东诗选》录诗9首。

西都

紫陌春风细雨过，轻尘不动柳丝斜。
绿窗朱户笙歌咽，尽是梨园弟子家。

醉后

桃花红雨鸟喃喃，绕屋青山闲翠岚。
一顶乌纱慵不整，醉眠花坞梦江南。

大同江

雨歇长堤草色多，送君南浦动悲歌。
大同江水何时尽，别泪年年添绿波。

题边山苏来寺

古径寂寞萦松根，天近斗牛聊可扪。
浮云流水客到寺，红叶苍苔僧闭门。
秋风微凉吹落日，山月渐白啼清猿。
奇哉龙眉一老衲，长年不梦人闲喧。

长源亭

岧峣双阙枕江滨，清夜都无一点尘。
风送客帆云片片，露凝宫瓦玉鳞鳞。
绿杨闭户八九屋，明月卷帘三两人。
缥缈蓬莱在何处，梦阑黄鸟啭青春。

郑袭明（? —1151）

号荥阳，籍贯迎日（今浦项），高丽王朝仁宗、毅宗年间的文臣。仁宗年间，先后担任国子司业、知制诰、礼部侍郎等职，曾与崔冲、金富轼一同上疏“时弊十条”。1146 年起给太子（日后的毅宗）讲书，因反对恭睿王后立第二子大宁侯为太子，深得仁宗信任，升任承宣。毅宗即位后，担任翰林学士、枢密院知奏事等要职，后因屡次谏言而与毅宗关系破裂，最终自杀身亡。擅诗文，《三韩诗龟鉴》录诗 2 首，《东文选》录诗 3 篇，《大东诗选》录诗 2 首。

赠妓

百花丛里淡丰容，忽被狂风减却红。
獭髓未能医玉颊，五陵公子恨无穷。

石竹花

世爱牡丹红，栽培满院中。
谁知荒草野，亦有好花丛。
色透村塘月，香传陇树风。
地偏公子少，娇态属田翁。

高兆基（? —1157）

号鸡林，初名唐愈，籍贯济州（今济州岛），高丽王朝睿宗、毅宗年间的文臣。睿宗年间文科及第，历任侍御史、工部员外郎、守司空上柱国、中军兵马判事等职。擅诗文，精通经史。《三韩诗龟鉴》录诗 1 首，《东文选》录诗 7 首，《大东诗选》录诗 3 首。

寄远

锦字裁成寄玉关，劝君珍重好加餐。
封侯自是男儿事，不斩楼兰未拟还。

宿金壤县

鸟语霜林晓，风惊客榻眠。
檐残半规月，梦断一涯天。
落叶埋归路，寒枝挂宿烟。
江东行未尽，秋尽水村边。

吴世才（1133—？）

字德全，籍贯高敞，高丽王朝仁宗、明宗年间的诗人。明宗年间中科举，但因性格洒脱不羁，难为世容，终生未仕。与李仁老结为忘年交，醉心于诗酒唱和，名列“江左七贤”，晚年在贫困交加中死去。诗才卓越，推崇韩愈与杜甫。《东文选》录诗 3 首，《大东诗选》录诗 2 首。

病目

老与病相随，穷年一布衣。
玄花多掩映，紫石少光辉。
怯照灯前字，羞承雪后晖。
待看金榜罢，闭目坐忘机。

戟岩

北岭石巉巉，邦人号戟岩。
迥揷乘鹤晋，高刺上天咸。
揉柄电为火，洗锋霜是盐。
何当作兵器，败楚亦亡凡。

李仁老（1152—1220）

字眉叟，号卧陶轩，初名得玉，籍贯庆源（今仁川），高丽王朝毅宗、高宗年间的文臣与诗人。幼年父母双亡，早年在华严宗高僧寥一门下修学，广泛涉猎佛学、儒家典籍。19岁时为躲避“武臣乱”而出家，后还俗。25岁进入太学，四年后高中状元，名震四方。历任礼部员外郎、秘书监右谏议大夫等职，1182年还以书状官之职出使金国。诗文超群，名列“丽朝十二家”。诗歌推崇“意妙”、主张“自然”与提倡“新意”，与吴世才、林椿、赵通、皇甫抗、咸淳、李湛之等名士开展“竹林高会”，并称“江左七贤”。著有《银台集》《双明斋集》《破闲集》等，目前仅有《破闲集》传世。《三韩诗龟鉴》录诗30首，《东文选》录诗81首，《青丘风雅》录诗17首，《箕雅》录诗15首，《大东诗选》录诗19首。

题天寻院壁

待客客未到，寻僧僧亦无。
唯余林外鸟，款款劝提壶。

洞庭秋月

云端潋潋黄金饼，霜后溶溶碧玉涛。
欲识夜深风露重，倚船渔父一肩高。

潇湘夜雨

一带沧波两岸秋，风吹细雨洒归舟。
夜来泊近江边竹，叶叶寒声总是愁。

过渔阳

槿花低映碧山峰，卯酒初酣白玉容。
舞罢霓裳欢未足，一朝雷雨送猪龙。

谩兴

境僻人谁到，春深酒半酣。
花光迷杜曲，竹影似城南。
长啸愁无四，行歌乐有三。
静中滋味在，岂是世人谙。

林椿（生卒年不详）

字耆之，号西河，高丽王朝仁宗、毅宗年间的文人。早年屡次参加科举不中，一生未仕，与李仁老、吴世才等人结为至交，终日以诗酒为乐，名列“江左七贤”。诗文卓越，著有诗文集《西河集》与假传小说《麴醇传》和《孔方传》。《三韩诗龟鉴》录诗 14 首，《东文选》录诗 20 首，《大东诗选》录诗 5 首。

暮春闻莺

田家葚熟麦将稠，绿树时闻黄栗留。
似识洛阳花下客，殷勤百啭未能休。

冬日途中

凌晨独出洛州城，几许长亭与短亭。
跨马行冲微雪白，举鞭吟数乱峰青。
天边日落归心促，野外风寒醉面醒。
寂寞孤村投宿处，人家门户早常扃。

与李眉叟会湛之家

久因流落去长安，空学南音着楚冠。
岁月屡惊羊胛熟，风骚重会鹤天寒。
十年契阔挑灯话，半世功名抱镜看。
自笑老来追后辈，文思宦意一时阑。

次友人韵

十载崎岖面扑埃，长遭造物小儿猜。
问津路远槎难到，烧药功迟鼎不开。
科第未消罗隐恨，离骚空寄屈平哀。
襄阳自是无知己，明主何曾弃不才。

李允甫（生卒年不详）

高丽王朝毅宗、康宗年间的文人。擅诗文，与李仁老、李奎报齐名，创作汉文小说《无肠公子传》。《东文选》录诗1首。

游月宫

月驾长风转碧虚，劚出琉璃作飞辍。
广寒宫殿千里圆，玉女乘鸾庭下列。
天高仙乐咽笙箫，风动霓裳响环玦。
白兔捣药经几秋，药成不被姮娥窃。
调和沆瀣供仙真，嚼下天喉若冰雪。
仙居天上得长生，噀向人间除酷热。
妙手修宫八万余，玉斧森罗守扃鐍。
逍遥各饱青冥游，厌厌天飘白玉屑。
羡他公远缘银桥，扪参陟过斗牛舌。
星河下拍牛郎肩，满掬琼华亲手掇。
清都可望不可攀，夜夜转头心断绝。

李湛之（生卒年不详）

字清卿，高丽王朝明宗、神宗年间的文臣与诗人。出身贵族，科举及第后曾任讨贼兵马书记等职。擅诗文，与李仁老、咸淳等人结为至交，名列“江左七贤”。《大东诗选》录诗1首。

枯木

白虬倒立碧山阴，斤斧人遥岁月深。
堪叹春风吹又过，旧枝无复有花心。

俞升旦（1168—1232）

初名元淳，籍贯仁同（今龟尾），高丽王朝毅宗、高宗年间的文臣。康宗任太子时，为其下僚。明宗时科举及第，但受康宗流放江华岛之事的牵连，未能进入仕途。高宗即位后，仕途迎来转机，历任守宫署丞、礼部侍郎、右谏议大夫、参知政事等职。擅诗文，博闻强识。《三韩诗龟鉴》录诗 1 首，《东文选》录诗 7 首，《大东诗选》录诗 4 首。

宿保宁县

昼发海丰县，侵宵到保宁。
竹鸣风警寝，云泣雨留行。
暮霭头还重，朝暾骨乍轻。
始知身老病，唯解卜阴晴。

和赵相国同年席上诗

般斧谁抡一代雄，灵椿独秀众材中。
安危经济当今日，将相功名属我公。
几转玉弢驯犬豕，时留珠唾警儿童。
百般计较皆无歉，扬觯唯祈寿不穷。

李奎报（1168—1241）

初名仁氐，字春卿，号白云居士、止轩、三酷好先生，籍贯骊州，高丽王朝毅宗、高宗年间的文臣与诗人。9 岁熟读中国典籍，14 岁进入诚明斋学习诗文，16 岁起与李仁老、吴世才等“江左七贤”往来，频繁出入诗会。1190 年文科及第，但十年之后才取得官职。

历任全州司录、兵马录事兼修制、参军事、司宰丞等职。高宗即位后，仕途顺畅，历任翰林侍讲学士、集贤殿大学士、参知政事等职，后官至门下侍郎平章事，以太子太保致仕。诗文卓越，名列“丽朝十二家”，诗风豪放，推崇“新意”。著有诗文集《东国李相国集》与《白云小说》《麴先生传》等。《东国李相国集》中有汉诗两千余首，散文七百余篇。《三韩诗龟鉴》录诗 30 首，《东文选》录诗 69 首，《青丘风雅》录诗 22 首，《箕雅》录诗 36 首，《大东诗选》录诗 33 首。

山夕咏井中月 其二

山僧贪月色，并汲一瓶中。
到寺方应觉，瓶倾月亦空。

江上月夜望客舟

官人闲捻笛横吹，蒲席凌风走似飞。
天上月轮天下共，自疑私载一船归。

江上晚雨

江岸人稀白鹭飞，渔翁日暮得鱼归。
轻云薄薄那成雨，海气干天偶作霏。

夏日

轻衫小簟卧风棂，梦断啼莺三两声。
密叶翳花春后在，薄云漏日雨中明。

和宿德渊院 其一

落日三杯醉，清风一枕眠。
竹虚同客性，松老等僧年。
野水摇苍石，村畦绕翠巅。
晚来山更好，诗思涌如泉。

九品寺

山险马频蹶，路长人易疲。
惊鼯时入草，宿鸟已安枝。
虚阁秋来早，危峰月上迟。
僧闲无一事，除却点茶时。

扶宁浦口

流水声中暮复朝，海村篱落苦萧条。
湖清巧印当心月，浦阔贪吞入口潮。
古石浪舂平作砺，坏船苔没卧成桥。
江山万景吟难状，须倩丹青画笔描。

寄吴德全

海山东去路悠悠，一落天涯故倦游。
黄稻日肥鸡鹜喜，碧梧秋老凤凰愁。
烟波不返游吴棹，雪月期浮访剡舟。
圣代未应终见弃，莫辞垂白钓清流。

金仁镜（？—1235）

初名良镜，籍贯庆州，高丽王朝毅宗、高宗年间的文臣。明宗时文科及第，历任起居舍人、礼部郎中、枢密院右承宣、刑部尚书、翰林学士、中书侍郎平章事等职。任江东城判官时，参与讨伐契丹，受到蒙古的嘉奖。擅诗赋，风格清新，被时人称成“良镜诗赋”。《东文选》录诗 7 首，《大东诗选》录诗 4 首。

内直

银台承制五更来，月在西南玉漏催。
再拜请将金钥出，千门万户一时开。

哭金相国仪

瑞世文章五色麟，琴棋余事亦清真。
九门白日无双客，十载黄扉只四人。
身后清风千古镜，手中丹桂万家春。
为公谁不交挥涕，白发门生泪满巾。

金克己（生卒年不详）

号老峰，籍贯庆州，高丽王朝明宗年间的文臣与诗人。早年中科举，但未进入仕途，直至明宗时才任龙湾佐将、翰林等职，曾出使金国。关注社会现实与农民生活，诗文超群，名列“丽朝十二家”。《三韩诗龟鉴》录诗 37 首，《东文选》录诗 64 首，《青丘风雅》录诗 19 首，《大东诗选》录诗 20 首。

渔翁

天翁尚未贳渔翁，故遣江湖少顺风。
人世崄巇君莫笑，自家还在急流中。

仍弗驿

悠悠山下路，信辔咏凉天。
水有含芒蟹，林无翳叶蝉。
溪声清似雨，野气淡如烟。
入夜投孤店，村夫尚未眠。

田家四时 其一

草箔游鱼跃，杨堤候鸟翔。
耕皋菖叶秀，馌亩蕨芽香。
唤雨鸠飞屋，含泥燕入梁。
晚来茅舍下，高卧等羲皇。

宿香村

云行四五里，渐下苍山根。
乌鸢忽惊起，始见桑柘村。
村妇理蓬鬓，出开林下门。
青苔满古巷，绿稻侵颓垣。
茅檐坐未久，落日低琼盆。
伐薪忽照夜，鱼蟹腥盘飧。
耕夫各入室，四壁农谈喧。

勃溪作鱼贯，咿喔纷鸟言。
我时耿不寐，欹枕临西轩。
露冷萤火湿，寒蛩噪空园。
悲吟卧待曙，碧海含朝暾。

陈澕（生卒年不详）

号梅湖，籍贯骊阳（今洪城），高丽王朝神宗、高宗年间的文臣与诗人。自幼聪明，明宗曾命众臣创作“潇湘八景”诗，其与李仁老创作的长篇诗被称为“绝唱”。1200年文科及第，历任右司谏、知制诰、公州知事等职，以书状官之职出使金国。高宗曾以赋诗40韵考验馆阁诸公，位居二等（第一为李奎报）。诗才超群，名列“丽朝十二家”，风格清新。著有诗文集《梅湖遗稿》，其中汉诗59首。《三韩诗龟鉴》录诗9首，《东文选》录诗39首，《青丘风雅》录诗10首，《大东诗选》录诗10首。

奉使入金

西华已萧索，北寨尚昏蒙。
坐待文明旦，天东日欲红。

春晚

雨余庭院簇莓苔，人静双扉昼不开。
碧砌落花深一寸，东风吹去又吹来。

野步

小梅零落柳僛垂，闲踏青岚步步迟。
渔店闭门人语少，一江春雨碧丝丝。

秋日书怀

富贵也悲秋，孤吟况弊裘。
阅多人宠辱，问几日归休。
落叶埋金井，疏砧响石楼。
聊将倦游兴，欹枕问沧洲。

崔滋（1188—1260）

初名宗裕、宗安，字树德，号东山叟，籍贯海州。名儒崔冲第六代孙，高丽王朝明宗、元宗年间的文臣、诗人与文学评论家。1212年文科及第，但仕宦初期官运不畅，仅担任尚州司录、国子监学谕等微职。高宗后期有所起色，历任国子监大司成、知御史台事、枢密副使、中书平章事、判吏部事等要职。1258年，与柳璥、金俊等人联合击杀崔竩，终结了已延续四代的崔氏武臣政权。1259年蒙古入侵时，与枢密院使金宝鼎一同主张投诚。与李奎报为至交。擅诗文，精于文学评论，在批评史上影响深远。著有《崔文忠公家集》，但已散佚，有诗话集《补闲集》传世。《东文选》录诗11首，《大东诗选》录诗1首。

南堤柳

南堤一株柳，濯濯秀风标。
毒虺藏空腹，娇莺弄细腰。

岁寒无劲节，春暖有长条。
但问材何用，休论百尺乔。

元德大后挽词

乾极曾容配，坤仪正体元。
枕前朝圣主，帐底见曾孙。
阴惨俄沉月，星悲便没轩。
三韩千古泪，七十九年恩。

金之岱（1190—1266）

初名仲龙，新罗王室后裔，高丽王朝明宗、元宗年间的文臣。1217 年契丹入侵时，代父出征，因诗名获元帅赵冲器重。1218 年，赵冲转任主管科举的知贡举一职，同年获文科状元及第，其后历任全州司录、宝文阁校勘、秘书省少监、同知贡举等职。元宗年间，官至吏部尚书、知贡举，致仕后封鳌山君。擅诗文，《大东诗选》录诗 2 首。

义城客舍北楼

闻韶公馆后园深，中有危楼百余尺。
香风十里卷珠帘，明月一声飞玉笛。
烟轻柳影细相连，雨霁山光浓欲滴。
龙荒折臂甲枝郎，仍按凭栏尤可惜。

天因（1205—1248）

俗姓朴氏，籍贯燕山（今清州），高丽王朝熙宗、高宗年间的名僧。自幼聪明，科举失败后前往万德山出家为僧，跟随松广寺慧谌法师学习曹溪宗要义，其后圆妙国师又传授其天台教义，至此佛学造诣精深，声名籍甚。1247 年蒙古入侵时，为躲避战乱栖身象王山法华寺，次年在龙穴庵圆寂，谥号静明国师。擅诗文，著有《静明国师诗集》《静明国师后集》。《东文选》录诗 17 首，《大东诗选》录诗 2 首。

冷泉亭

凿破云根构小亭，苍崖一线洒泠泠。
何人解到清凉界，坐遣人间热恼惺。

舟次南海得眼疾寄常寂法主

行尽沧洲几日程，此行还似督邮行。
衲衣久被风尘涴，物色潜随岁月更。
已信幻泡非我有，更怜疣赘寄他生。
若为洗尽空华眼，常寂光中一笑呈。

一然（1206—1289）

字晦然，号睦庵、无极，初法名见明，俗姓金氏，高丽王朝熙宗、忠烈王年间的名僧。9 岁时进入无量寺学习，5 年后正式出家为僧。1227 年僧科及第，先后获三重大师、禅师、大禅师的僧阶。历任禅月寺、弘仁寺、云门寺等寺院住持。78 岁时封“国师”，授“圆径冲照”封号。擅诗文，著有《大藏须知录》《祖庭事苑》《三国遗事》等，其中《三国遗事》是韩国古代神话、传说与乡歌的集大成之作，是研究韩国古代历史与文学的重要资料。《大东诗选》录诗 1 首。

压髑赞

徇义轻生已足惊，天花白乳更多情。
俄然一剑身亡后，院院钟声动帝京。

金坵（1211—1278）

初名百镒，字次山，号止浦，籍贯扶宁（今扶安），高丽王朝熙宗、忠烈王年间的文臣。幼年能文，高宗年间文科及第，历任定远府司录、礼部侍郎、右谏议大夫、中书侍郎平章事、参文学事等职。曾以书状官之职出使元朝，并长期担任对元外交文书撰写，主张设立通文馆与宫内年少者学习汉语。擅诗文，著有诗文集《止浦集》与中国行纪《北征录》。《三韩诗龟鉴》2 首，《东文选》录诗 12 首，《大东诗选》录诗 2 首。

落梨花

飞舞翩翩去却回，倒吹还欲上枝开。
无端一片黏丝网，时见蜘蛛捕蝶来。

文机障子诗

一朵蓬莱涌海高，银宫贝阙驾灵鳌。
兰灯灿烂赪虬卵，羽葆参差翠凤毛。

风护花奴头上槿，露浓金母手中桃。
请看明月徘徊影，应是姮娥望赭袍。

天頙（生卒年不详）

字蒙且，号真静，俗姓申氏，高丽王朝高宗年间的名僧。早年中科举，后于万德山白莲社出家，成为圆妙国师的弟子。晚年居住在龙穴寺，被称为“龙穴尊者”，卒谥真静国师。擅诗文，著有《禅门宝藏录》《湖山录》等。《东文选》录诗 9 首,《大东诗选》录诗 2 首。

次李居士颖诗

端居一室自寥寥，霿发严风剧折胶。
雪夜冻瓶黏柱础，云朝清磬响山椒。
着毛萝葍烹资钵，掩体袈裟破失条。
斋罢畏寒长缩坐，淡中随分味逍遥。

次韵答中书舍人金禄延

逃名入社岂徒然，正是苏山妙悟年。
尘静虎溪携靖节，风清象席引张莲。
为成五十人随喜，感悟三千境最圆。
珍重中书贤学士，留心此事寄佳篇。

冲止（1226—1293）

号宓庵老人，俗姓魏氏，俗名元凯，初法名法桓，高丽王朝高宗、忠烈王年间的名僧。9岁习读经史，19岁文科状元及第，其后历任永嘉书记、禁直玉堂等职，曾作为使臣前往日本。29岁拜圆悟国师为师，出家为僧，其后担任甘露寺主持。曾前往元朝受元世祖接见，下赐金襕袈裟与白拂，回国后封大禅师。61岁时成为修禅社第6代“法主”，死后谥号圆鉴国师。擅诗文，著有诗文集《圆鉴集》。《东文选》录诗23首，《大东诗选》录诗2首。

杂咏

卷箔引山色，连筒分涧声。
终朝少人到，杜宇自呼名。

病中言志

古寺秋深木叶黄，风高天色正苍凉。
闲无检束甘年老，病似拘囚觉日长。
霜冷急寻三事衲，室空唯对一炉香。
沙弥不解蔬餐淡，来点山茶劝我尝。

郭预（1232—1286）

字先甲，号莲潭，初名王府，籍贯清州，高丽王朝高宗、忠烈王年间的文臣。1255年文科状元及第，历任全州司录、詹事府录事、礼宾主簿兼直翰林院等职。忠烈王即位后，仕途顺畅，历任内侍佐郎、直翰林院、同知贡举、文翰学士等职。1286年以圣节使之职出使元朝，后病死于归国途中。《三韩诗龟鉴》录诗 3 首，《大东诗选》录诗 3 首。

赏莲

赏莲三度到龙池，翠盖红妆似旧时。
唯有看花玉堂老，风情不减鬓如丝。

东郊马上演雅体

信马寻春事，牛儿方力耕。
鸟鸣天气暖，鱼泳浪纹平。
野蝶成团戏，沙鸥作队行。
自嫌随燕雀，不似鹭鸶清。

洪侃（？—1304）

字子云、云夫，号洪崖，籍贯丰山（今安东），高丽王朝忠烈王年间的文臣。1266 年文科及第，历任秘书尹、都佥议舍人、知制诰等职，后因“言事”贬为东莱县令。诗文超群，名列“丽朝十二家”。诗风清丽，推崇唐诗，著有诗文集《洪崖集》。《三韩诗龟鉴》录诗 16 首，《东文选》录诗 15 首，《大东诗选》录诗 6 首。

早朝马上

紫翠横空涧水流，风烟千里似沧洲。
石桥西畔南台路，拄笏看山又一秋。

送李东庵赴安东 其一

草长江南三月天，永嘉山水好风烟。
文章太守谢康乐，珠翠佳人玉井莲。

元日

白雪余邹谷，青春入庾园。
世皆怜薄宦，天亦念衡门。
诗鬓惊鸾镜，忠诚挂兽樽。
蛰龙何日解，霖雨隔黎元。

安珦（1243—1306）

字士蕴，号晦轩，初名安裕，籍贯顺兴（今荣州），高丽王朝高宗、忠烈王年间的文臣与儒学家。1260年文科及第，历任校书郎、直翰林院、尚州判官、左副承旨、儒学提举等职。1289年出使元朝时亲手誊抄《朱子全书》，并将其引入高丽，因而被称为朝鲜半岛学习与传播“性理学”的始祖。积极推进国学大成殿建设，并派博士金文鼎前往元朝带回孔子画像、祭祀乐器与诸子书籍，为高丽王朝的儒学振兴做出重大贡献。《大东诗选》录诗1首。

有感

香灯处处皆祈佛，箫管家家尽事神。
独有数间夫子庙，满庭春草寂无人。

白颐正（1247—1323）

字若轩，号彝斋，籍贯蓝浦（今保宁），高丽王朝高宗、忠肃王年间的文臣。早年拜在大儒安珦门下，1284 年文科及第，历任佥议评理、商议会议都监事等职，后封上党君。1298 年跟随忠宣王前往元朝，并在元大都停留 10 年，回国时带回大量“程朱”书籍，为高丽道学与礼学的发展做出重大贡献。门下李齐贤、李谷、李仁复、白文宝等名士辈出。《大东诗选》录诗 1 首。

燕居

矮屋萧条十肘余，焚香静读圣人书。
自从人爵生天爵，情欲秋林日渐疏。

达全（生卒年不详）

高丽王朝忠烈王年间的名僧与诗人。精通诗文，与当时文坛名士交往深厚，还曾出使元朝。《东文选》录诗 6 首，《大东诗选》录诗 1 首。

次韵李正言混花山怀古

花山往事有谁知，今古兴亡似弈棋。
玉辇行街浑作亩，珠帘深巷半成池。
斩新杨柳几多屋，依旧杏花三两枝。
细数盈虚春梦里，只堪大笑不堪悲。

禅源寺清远楼

不费登攀自旷然，四郊为圃海为川。
蒲帆朝过有情吹，茅栋晚生何处烟。
野抱山还山抱野，天吞水亦水吞天。
般般形胜谁家具，榧兀明窗有毳禅。

李齐贤（1287—1367）

字仲思，号益斋、栎翁、实斋，籍贯庆州，高丽王朝忠烈王、恭愍王年间的文臣与诗人。出身名门，1301年文科及第，历任权务奉先库判官、延庆宫录、艺文春秋馆、齐安府直讲、三司判官等职。因政绩不凡与文采出众为人称道。1313年，忠宣王让位于太子，留居大都（今北京），并构置万卷堂，以书史自娱。次年受忠宣王的召唤前往元朝。其后30余年中，多次往返高丽与元朝，曾到访甘肃、陕西、山西、湖北、四川、西藏、江浙等地，并与姚燧、阎复、赵孟頫、元明善等名士过从甚密。恭愍王即位后，担任都佥议政丞、知贡举、门下侍中等要职。1361年“红巾军”入侵时，护送恭愍王前往清州，受封“鸡林府院君”。诗文超群，名列“丽朝十二家”。诗作深受中国文学与传统文化影响，善于托物抒情。著有诗文集《益斋乱稿》与诗话集《栎翁稗说》。《东文选》录诗61首，《青丘风雅》录诗27首，《箕雅》录诗34首，《大东诗选》录诗24首。

山中雪夜

纸被生寒佛灯暗，沙弥一夜不鸣钟。
应嗔宿客开门早，要看庵前雪压松。

淮阴漂母坟

妇人犹解识英雄，一见殷勤慰困穷。
自弃爪牙资敌国，项王无赖目重瞳。

潇湘夜雨

枫叶芦花水国秋，一江风雨洒扁舟。
惊回楚客三更梦，分与湘妃万古愁。

黄土店 其二

咄咄书空但坐愁，式微何处是菟裘。
十年艰险鱼千里，万古升沉貉一丘。
白日西飞魂正断，碧江东注泪先流。
满门簪履无鸡狗，饱德如吾死合羞。

路上

马上行吟蜀道难，今朝始复入秦关。
碧云暮隔鱼凫水，红树秋连鸟鼠山。
文字剩添千古恨，利名谁博一身闲。
令人最忆安和路，竹杖芒鞋自往还。

高亭山

江上山如淡扫眉，人家处处槿花篱。
停舟欲问松间寺，策杖先窥竹下池。
帆影暮连芳草远，钟声晓出白云迟。
凭栏一望三吴小，像想将军立马时。

渑池

强秦若翼虎，懦赵真首鼠。
特会非同盟，安危在此举。
蔺卿胆如斗，仗剑立左右。
叱咤生风雷，万乘自击缶。
桓桓百万兵，一言有重轻。
廉颇伏高义，犬子慕遗名。
驾言池上游，去我今几秋。
余威起毛发，万木寒飕飕。

崔瀣（1287—1340）

字彦明父、寿翁，号拙翁、猊山农隐，籍贯庆州，新罗大儒崔致远的后裔，高丽王朝忠烈王、忠惠王年间的文臣。早年文科及第后，历任成均馆学官、艺文春秋检阅、长兴库使、成均馆大司成等职。1320 年前往元朝参加科举考试，除授辽阳路盖州判官之职。平生以诗酒为乐，与李齐贤、闵思平结为至交。但晚年生活贫困，在狮子岬寺务农为生。擅诗文，曾编撰高丽名贤集《东人之文》，著有诗文集《拙稿千百》。《东文选》录诗 33 首，《大东诗选》录诗 5 首。

雨荷

贮椒八百斛，千载笑其愚。
何如绿玉斗，竟日量明珠。

太公钓周

当年把钓钓无钩，意不求鱼况在周。
终遇文王真偶尔，此言吾为古人羞。

县斋雪夜

三年窜逐病相仍，一室生涯转似僧。
雪满四山人不到，海涛声里坐挑灯。

闵思平（1295—1359）

字坦夫，号及庵，籍贯骊州，高丽王朝忠烈王、恭愍王年间的文臣。自幼聪明，忠肃王年间文科及第，历任春秋馆修撰、艺文馆应教、成均馆大司成等职。忠惠王年间升任监察大夫，封骊兴君。忠定王即位后，官至商议会议都监事。擅诗文，博学多识，与李齐贤齐名，著有诗文集《及庵集》。《东文选》录诗8首，《大东诗选》录诗1首。

闲居

百年何日壮心休，老马犹思踏九州。
白发无情空似雪，青松持节不惊秋。

复次前韵

流年过眼隙驹如，忽放狂歌忆孟诸。
今世有谁收老马，此身无处泣前鱼。
银莼玉脍清江上，蒻笠蓑衣细雨余。
好趁秋风飞一棹，不须回首自蹰躇。

李谷（1298—1351）

字仲夫，号稼亭，初名芸白，籍贯韩山（今舒川），大儒李穑之父，高丽王朝忠烈王、忠定王年间的文臣。早年拜在李齐贤门下，1333年参加元朝征东行省乡试，夺得首席，其后在殿试中又取得第二名，授翰林国史院检阅官。1344年归国后，任嘉善大夫试典仪副令直宝文阁。次年再次入元，授征东行中书省左右司员外郎，回国后历任政堂文学、都佥议赞成事等职，后封韩山君。善诗文，著有诗文集《稼亭集》。《东文选》录诗22首，《青丘风雅》录诗18首，《大东诗选》录诗9首。

途中避雨有感

甲第当街荫绿槐，高门应为子孙开。
年来易主无车马，唯有行人避雨来。

雪夜小酌

腊近才呈瑞，冬温不失和。
屐声人起早，篆迹鸟留多。
旧业余书榻，归期误钓蓑。
拥炉俱是客，奈欠酒钱何。

七夕小酌

平生足迹等云浮，万里相逢信有由。
天上风流牛女夕，人间佳丽帝王州。
笑谈款款樽如海，帘幕深深雨送秋。
乞巧曝衣非我事，且凭诗句遣闲愁。

戊辰冬冰渡汉江

沙头逆旅正萧条，几傍虚檐望斗杓。
半夜疾风吹破屋，一江流水冻成桥。
须臾便见人心小，寻丈休夸马足骄。
过了畏途还自笑，不如归去老渔樵。

普愚（1301—1382）

号太古，一名普虚，俗姓洪氏，籍贯洪州（今洪城），高丽王朝忠宣王、禑王年间的名僧。13岁时在桧岩寺出家，26岁华严选合格后，在上院庵、甘露寺等地修道。1346年前往元朝，跟随临济宗第18代法孙石屋清珙研修佛法。归国后，相继在奉恩寺、广明寺等地开坛讲法，并封为“王师”，死后谥号圆证国师。擅诗文，《大东诗选》录诗4首。

送日本雄禅人游江南

日本松风爽，新罗月色多。
若遇南方三伏节，为人和唱武陵歌。

寄日本石翁长老

吾以恁么寄，师亦恁么通。
吾诚无得失，师岂有为功。
海东山岳秀，扶桑一点红。
可怜立雪者，几乎丧家风。

白文宝（1303—1374）

字和父，号淡庵，籍贯稷山（今天安），高丽王朝忠烈王、恭愍王年间的文臣。早年拜在白颐正门下，忠肃王年间文科及第，历任春秋检阅、右常侍、典理判书、密直提学等职。禑王即位后，升任政堂文学，封稷山君。擅诗文，排佛崇儒，著有诗文集《淡庵逸集》。《东文选》录诗6首，《大东诗选》录诗1首。

送奉使稼亭李中父谷还朝

翰林豪气浩难收，湖海元龙百尺楼。
我欲从公游上国，安能郁郁在荒陬。

次矗石楼韵

登临偏忆旧游时，强答江山更觅诗。
国岂无贤戡世乱，酒能撩我感年衰。
境清易使尘踪绝，席阔何妨舞手垂。
点笔谩成春草句，停杯且唱竹枝词。
妓从坐促为欢密，人与时偕欲去迟。
此地高怀真不世，赤城玄圃未全奇。

郑誧（1309—1345）

字仲孚，号雪谷，籍贯清州，高丽王朝忠宣王、忠穆王年间的文臣。早年拜在崔瀣门下，1326年文科及第，历任艺文修撰、典理总郎、左司谏大夫等职，后因企图亡命元朝的诬陷而流放蔚州。赦还后，怀抱政治理想前往元朝，但不久即病死。擅诗文，与李谷、李穑等人结为至交，著有诗文集《雪谷集》。《东文选》录诗 38 首，《青丘风雅》录诗 13 首，《大东诗选》录诗 10 首。

江口

移舟逢急雨，倚棹望归云。
海阔疑无地，山明喜有村。

癸未重九

地僻秋将尽，山寒菊未花。
病知诗愈苦，贫觉酒难赊。
野路天容大，村墟日脚斜。
客怀无以遣，薄暮过田家。

题梁州客舍 二首

江风吹雨晚来晴，江雁离群半夜鸣。
惆怅抱琴人不见，满楼秋月为谁明。

梦回檐月报新晴，怪杀邻鸡不肯鸣。
被冷灯残深院静，披衣起坐到天明。

田禄生（1318—1375）

字孟耕，号壄隐，籍贯潭阳，高丽王朝忠肃王、禑王年间的文臣。忠惠王年间文科及第，历任济州司录、典校寺校勘等职。恭愍王年间，升任监察大夫、政堂文学、门下评理、同知贡举等要职，封推忠赞化辅理功臣。禑王即位后，受谏官李詹、田伯英狱事牵连而遭受拷问，后死于流放途中。擅诗文，著有诗文集《壄隐逸稿》。《东文选》录诗 4 首，《大东诗选》录诗 3 首。

赠金海妓玉纤纤

海上仙山七点青，琴中素月一轮明。
世间不有纤纤手，谁肯能弹太古情。

鸡林东亭

终日昏昏簿领间，偶因迎客出郊关。
俯看逝水叹流景，坐对青山多厚颜。
半月城空江月白，孤云仙去野云闲。
更寻陶令归来赋，千载高风未易攀。

懒翁（1320—1376）

号江月轩，俗名牙元惠，高丽王朝忠肃王、禑王年间名僧。20 岁时因亲历朋友离世，于妙寂庵出家为僧。1347 年前往元朝，并在大都（今北京）的法源寺中接受印度高僧指空的教导。1350 年回国后，相继在休休庵、慈禅寺、育王寺、伏龙山等地参禅讲法，不久又被元顺帝任命为大都广济禅寺住持。1358 年回国后，被任命为“功夫选”试官，并担任华严寺住持。1371 年被封为“王师”，圆寂于骊州神勒寺。擅诗文，著有《懒翁和尚语录》与《歌颂》。《东文选》录诗 4 首，《大东诗选》录诗 1 首。

警世

终朝役役走红尘，头白焉知老此身。
名利祸门为猛火，古今烧杀几千人。

警世

寒暑催人日月流，几多欢喜几多愁。
终成白骨堆青草，难把黄金换黑头。
死后空怀千古恨，生前谁肯一时休。
圣贤都是凡夫做，何不依他样子修。

元松寿（1324—1366）

籍贯原州，高丽王朝忠肃王、恭愍王年间的文臣。1339 年文科及第，历任春秋馆修撰、西海道按廉使等职。恭愍王即位后，升任内书舍人、知奏事等职，参与朝廷机密事务。1361 年“红巾军”入侵时，因扈从有功，封一等功臣，官至政堂文学。擅诗文，《东文选》录诗 12 首，《大东诗选》录诗 4 首。

次曹南堂韵

少日心期老未闲，宦情容易损朱颜。
君恩报了方归去，吾眼无由对碧山。

次安政堂村居韵

绿野堂开洞里天，世尘终不染江烟。
新诗满眼山当户，喜气浑家水溉田。

两岸微风杨柳外，一池明月藕花前。
但教有酒身无事，安用垂名动万年。

李集（1327—1387）

字成老，号墨岩子、浩然、遁村，籍贯广州，高丽王朝忠肃王、禑王年间的文臣。忠穆王年间文科及第，后因得罪辛旽而隐居。辛旽死后返回开京，出任判典校寺事之职，其后辞官在骊州川宁县读书生活。擅诗文，诗风直白、自然，与郑梦周、李穑等当世名儒结为至交，著有诗文集《遁村遗稿》。《青丘风雅》录诗 5 首，《大东诗选》录诗 3 首。

叙怀四绝奉寄宗工郑相国 其三

平林渺渺抱汀洲，十顷烟波漫不流。
待得满船秋月白，好吹长笛过江楼。

汉阳途中

病余身已老，客里岁将穷。
瘦马鸣西日，羸僮背朔风。
临津冰合渡，华岳雪连空。
回首松山下，君门缥缈中。

李穑（1328—1396）

字颖叔，号牧隐，籍贯韩山（今舒川），高丽王朝忠肃王、恭让王年间的文臣与诗人。早年拜在大儒李齐贤门下，1348 年前往元朝，进入国子监学习，三年后丁父忧回国。1353 年获征东行省乡试状元，次年又获元朝会试状元与殿试第二名，授国史院编修官等职，名震一时。回国后，历任吏部侍郎、右谏议大夫、知礼部事等职。1361 年“红巾军”入侵时，因扈从有功，封一等功臣，升任判开城府事、同知贡举等要职。1367 年任成均馆大司成，重新制定成均馆学规，并与郑梦周、李崇仁等人讲论儒学，为性理学的发展做出重大贡献。恭愍王末年封韩山君。恭让王年间，因与权臣李成桂不合，被流放长湍、咸昌等地。朝鲜建国后，被太祖李成桂封为“韩山伯”，拒辞不受，后死于前往骊江途中。精通儒学，门下郑梦周、权近、金宗直、卞季良等名士辈出。诗文超群，文章浑厚，诗风雄豪，名列“丽朝十二家”，著有《牧隐文稿》《牧隐诗稿》。《东文选》录诗 69 首，《青丘风雅》录诗 17 首，《箕雅》录诗 23 首，《大东诗选》录诗 21 首。

汉浦弄月

日落沙逾白，云移水更清。
高人弄明月，只欠紫鸾笙。

寄东亭

春深门巷少经过，桃李花开落又多。
记得去年亭上坐，一帘疏雨酒生波。

浮碧楼

昨过永明寺，暂登浮碧楼。
城空月一片，石老云千秋。

麟马去不返，天孙何处游。
长啸倚风磴，山青江水流。

遣怀

倏忽百年半，苍黄东海隅。
吾生元局蹐，世路亦崎岖。
白发或时有，青山何处无。
微吟意不尽，兀坐似枯株。

偶吟

桑海真朝暮，浮生况有涯。
陶潜方爱酒，江总未还家。
小雨山光活，微风柳影斜。
勾回还游意，独坐赏年华。

读杜诗

锦里先生岂是贫，桑麻杜曲又回春。
钩帘丸药身无病，画纸敲针意更真。
偶值乱离增节义，肯因衰老损精神。
古今绝唱谁能继，剩馥残膏丐后人。

南新店

文章可是立功名，自笑儒冠大瘦生。
杨子著书空自负，马卿题柱竟何成。

人情不似春山色，客梦偏惊夜雨声。
过了长城风日好，何人画我海边行。

赵云仡（1332—1404）

号石磵、栖霞翁，籍贯丰壤（今南杨州），丽末鲜初的文臣。1357年文科及第，历任安东书记、合门舍人、刑部员外郎等职。1361年"红巾军"入侵时，因扈从有功封二等功臣。恭让王年间，担任西海道观察使，参与讨伐倭军，后担任同知密直司事、鸡林府尹等职。朝鲜王朝建立后，曾短暂担任江陵府使、政堂文学等职，后辞官在广州度过余生。擅诗文，著有诗文集《石磵集》，编选《三韩诗龟鉴》。《东文选》录诗5首，《国朝诗删》录诗3首，《大东诗选》录诗2首。

送春日别人

谪宦伤心涕泪挥，送人兼复送春归。
春风好去无留意，久在人间学是非。

即事

柴门日午唤人开，徐步林亭坐石苔。
昨夜山中风雨在，满溪流水泛花来。

韩修（1333—1384）

字孟云，号柳巷，籍贯清州，高丽王朝忠肃王、禑王年间的文臣。

自幼聪明，15岁科举及第，历任政房必阇赤、礼仪判书、修文殿学士、右承宣等职。禑王年间升任同知密直，封上党君，官至判厚德府事。擅诗文，精通书法，与李穑交好，著有诗文集《柳巷集》，撰有《鲁国大长公主墓碑》《桧岩寺指空大师塔碑》等。《东文选》录诗14首，《大东诗选》录诗5首。

夜坐次杜工部诗韵

此日亦云暮，百年真可悲。
心为形所役，老与病相随。
篆冷香残夜，窗明月上时。
有怀无与语，聊和古人诗。

奉和韩山君所示 其二

残岁寒风积，穷居酒盏疏。
愁云低野迥，东雀傍檐虚。
拙可存吾道，闲唯爱我庐。
南窗书课进，渐觉日行舒。

郑枢（1333—1382）

字公权，号圆斋，后改名公权，籍贯清州。1353年文科及第，历任艺文馆检阅、左谏议大夫、成均馆大司成等职。禑王年间，官至政堂文学，封输诚翊祚功臣。擅诗文，与李存吾、韩修、李穑交往密切，著有诗文集《圆斋集》。《东文选》录诗16首，《大东诗选》录诗6首。

定州途中

定州关外草萋萋，沙碛无人日向西。
过海腥风吹战骨，白榆多处马频嘶。

题万景台

一抹横天黑，沧溟眼底穷。
始疑山隐雾，渐认浪浮空。
鸟绝鸿蒙内，龙吟滉漾中。
长帆谁见借，万里愿乘风。

郑梦周（1337—1392）

字达可，号圃隐，初名梦兰、梦龙，籍贯迎日（今浦项），高丽王朝忠肃王、恭让王年间的文臣与诗人。1360年文科及第，历任艺文馆检阅、卫尉寺丞、典宝都监判官、典农寺丞、庆尚道按廉使等职位。禑王初年，因反对“排明亲元”政策，而被罢官流放。复职后跟随李成桂前往全罗道参与对倭作战，禑王末年先后担任政堂文学、同知贡举、艺文馆大提学等要职。恭让王即位后，因功升任赞成事、知春秋馆事，封益阳郡忠义伯。1392年与恭让王密谋清除李成桂，计划失败后被李芳远部下赵英珪等人击杀于善竹桥，后追赠领议政。外交上亲明排元，4次出使明朝，并游历沿海地区，为对明关系正常化做出贡献。思想上排佛崇儒，积极推动性理学的普及与振兴，被誉为“朝鲜理学之祖”。诗文卓越，名列“丽朝十二家”，著有诗文集《圃隐集》。《东文选》录诗38首，《青丘风雅》录诗13首，《箕雅》录诗18首，《大东诗选》录诗19首。

春

春雨细不滴，夜中微有声。
雪尽南溪涨，多少草芽生。

江南曲

江南女儿花插头，笑呼伴侣游芳洲。
荡桨归来日欲暮，鸳鸯双飞无限愁。

征妇怨

一别年多消息稀，塞垣存殁有谁知。
今朝始寄寒衣去，泣送归时在腹儿。

洪武丁巳奉使日本作 其三

水国春光动，天涯客未行。
草连千里绿，月共两乡明。
游说黄金尽，思归白发生。
男儿四方志，不独为功名。

登全州望景台

千仞冈头石径横，登临使我不胜情。
青山隐约扶余国，黄叶缤纷百济城。
九月高风愁客子，百年豪气误书生。
天涯日没浮云合，惆怅无由望玉京。

大仓九月赠工部主事胡琏

男子平生爱远游，异乡胡乃疑淹留。
无人为下陈蕃榻，有客独登王粲楼。
万户砧声明月夜，一江帆影白萍秋。
时来饮酒城东市，豪气犹能塞九州。

重九题明远楼

青溪石壁抱州回，更起新楼眼豁开。
南亩黄云知岁熟，西山爽气觉朝来。
风流太守二千石，邂逅故人三百杯。
直欲夜深吹玉笛，高攀明月共徘徊。

金九容（1338—1384）

字敬之，号惕若斋、六友堂，初名齐闵，籍贯安东，高丽王朝忠肃王、禑王年间的文臣与诗人。自幼聪明，18岁文科及第，历任德宁府主簿、民部议郎、成均馆直讲等职。禑王即位后，因反对“排明亲元”政策，被流放竹州、骊兴等地。禑王末年，担任左司议大夫、成均馆大司成、判典校寺事等职。1384年出使明朝途中，因外交冲突被逮捕，流放至大理，后病死于永宁县。诗才卓越，与李穑、郑梦周、李崇仁等名士交往密切，著有诗文集《惕若斋集》。《东文选》录诗10首，《青丘风雅》录诗10首，《大东诗选》录诗6首。

野草

纤纤野草自开花，樯影如龙水面斜。
日暮每依烟渚宿，竹林深处有人家。

帆急

帆急山如走，舟行岸自移。
异乡频问俗，佳处强题诗。
吴楚千年地，江湖五月时。
莫嫌无一物，风月也相随。

江水

江水东流不复回，云帆直欲向西开。
菰蒲两岸微风起，杨柳长堤细雨来。
梦魂远迷箕子国，襟怀才展楚王台。
行行见说巫山近，一听猿声转觉哀。

成石璘（1338—1423）

字自修，号独谷，籍贯昌宁，丽末鲜初的文臣。1357 年科举及第，曾相继在高丽王朝担任国子学谕、典校寺副令、礼部总郎、成均馆司成、知申事等职。1380 年倭寇入侵升天府时，以副将之职协助元朝杨伯渊元帅击败敌军。朝鲜王朝建立后，因辅佐李成桂有功，封昌成郡忠义君。太宗李芳远即位后，晋封昌宁府院君。一生历经太祖、定宗、太宗、世宗四朝，先后担任门下侍郎赞成事、开城府判事、西北面都巡察使、门下右政丞、领议政等职，是朝鲜王朝前期重要政治人物。擅诗文，著有诗文集有《独谷集》。《东文选》录诗 7 首，《青丘风雅》录诗 7 首，《国朝诗删》录诗 4 首，《大东诗选》录诗 4 首。

送僧之枫岳

一万二千峰，高低自不同。
君看日轮出，高处最先红。

己未年在固城寄舍弟

举目江山深复深，家书一字抵千金。
中霄见月思亲泪，白日看云忆弟心。
两眼昏花春雾隔，一簪华发晓霜侵。
春风不觉愁边过，绿树莺声忽满林。

李存吾（1341—1371）

字顺卿，号石滩、孤山，籍贯庆州，高丽王朝忠惠王、恭愍王年间的文臣。恭愍王年间文科及第，历任水原书记、右正言、长沙监务等职，与郑梦周、朴尚衷等人交往深厚，死后追赠成均馆大司成。擅诗文，著有诗文集《石滩集》。《东文选》录诗 11 首，《大东诗选》录诗 1 首。

送胡若海照磨还台州 其二

远游看尽好山川，却挂云帆思渺然。
观礼曾闻吴季札，乘槎还忆汉张骞。
扶桑出日明台岭，渤海洪涛接越天。
一笑相逢何处是，更期天下会同年。

石滩行

百济故国长江曲，石滩明月闲几年。
野火烧原平如掌，时有觳觫耕菑田。
我来构亭探胜景，万景媚妩争来前。
云烟明灭蛟龙窟，山翠空蒙浮远天。
白沙岸断浦溆入，杰石逦迤横江边。
扁舟南转凡袅窕，石栏桂柱临澄渊。
石佛应见义慈代，唯有野鹤来参禅。
忆昔唐将航海至，雄兵十万鼓鼘鼘。
都门一战谩倾国，君王拱手被拘挛。
神物惨惔亦不守，石上遗迹犹蜿蜒。
落花岩下波浩荡，白云千载空悠然。

郑道传（1342—1398）

字宗之，号三峰，籍贯奉化，丽末鲜初的政治家、儒学家与文臣。早年拜在名儒李穑门下，与郑梦周、李崇仁、金九容等人交好。高丽王朝时，担任忠州司录、典校主簿、通礼门祇候、三军都总制府右军总制使等职。1392 年，与赵浚、南訚等人一道辅佐李成桂建立朝鲜王朝，封开国一等功臣。历任门下侍郎赞成事、判户曹事、兼判尚瑞司事、宝文阁大学士、知经筵艺文春秋馆事等职。作为朝鲜王朝的主要开创者与设计者，提出了许多有奠基性的主张，如中央集权、崇儒排佛、事大政策等。晚年卷入宫廷斗争，被李成桂第五子李芳远所杀。擅诗文，著有诗文集《三峰集》。《东文选》录诗 20 首，《青丘风雅》录诗 21 首，《国朝诗删》录诗 10 首，《箕雅》录诗 14 首，《大东诗选》录诗 11 首。

咏柳 其一

含烟偏袅袅，带雨更依依。
无限江南树，东风特地吹。

访金益之

墟烟暗淡树高低，草没人踪路欲迷。
行近君家犹未识，田翁背指小桥西。

四月初一日

山禽啼尽落花飞，客子未归春已归。
忽有南风情思在，解吹庭草也依依。

访金居士野居

秋阴漠漠四山空，落叶无声满地红。
立马溪桥问归路，不知身在画图中。

山中 其二

弊业三峰下，归来松桂秋。
家贫妨养疾，心静足忘忧。
护竹开迂径，怜山起小楼。
邻僧来问字，尽日为相留。

李詹（1345—1405）

字中叔，号双梅堂，籍贯新平（今唐津），丽末鲜初的文臣与诗人。1365 年文科及第，历任艺文检阅、知通事、劝农防御使等职。1375 年弹劾权臣李仁任、池奫等人，失败后遭贬，流放 10 年。朝鲜王朝建立后，历任吏曹典书、同知中枢院学士、知议政府事、艺文馆大提学等职，并于 1400 年、1402 年分别以“传位使”“登极使副使”之职出使明朝。擅诗文，著有诗文集《梅堂箧藏文集》与小说《楮生传》。《东文选》录诗 27 首，《青丘风雅》录诗 9 首，《国朝诗删》录诗 6 首，《大东诗选》录诗 8 首。

慵甚

平生志愿已蹉跎，争奈慵疏十倍多。
午寝觉来花影转，暂携稚子看新荷。

重游合浦

天机人事两参差，城郭依然似旧时。
细竹更长新出笋，残花还有未开枝。
江湖半夜孤舟梦，幕府十年千首诗。
此日南楼风景好，元戎何处驻旌旗。

寒食

今年寒食滞京华，节序如流苦忆家。
杨柳愁边初弄线，荼蘼雨后欲生花。
寻春院落多游骑，上墓郊原集乱鸦。
物色渐新人渐老，慕真何处炼丹砂。

郑以吾（1347—1434）

字粹可，号郊隐、愚谷，籍贯晋州，丽末鲜初的文臣。1374年文科及第，历任艺文馆检阅、工曹正郎、典校副令等职。朝鲜王朝建立后，历任知善州事、成均馆乐正、兵曹议郎、同知春秋馆事等职，参与编撰《太宗实录》。世宗即位后，出任胎室证考使，因功晋升“崇政大夫”，死后追赠领议政。诗才卓越，与李穑、郑梦周、成石璘、李荇等人交好，著有诗文集《郊隐集》。《东文选》录诗5首，《大东诗选》录诗4首。

竹长寺

衙罢乘闲出郭西，僧残寺古路高低。
祭星坛畔春风早，红杏半开山鸟啼。

次韵寄郑伯容

二月将阑三月来，一年春事梦中回。
千金尚未买佳节，酒熟谁家花正开。

新都雪夜效欧阳体

绣屏围暖酒初酣，不觉庭除势已严。
夜静更无风扫地，窗明疑有月窥檐。
茅茨万屋平初合，蓑笠孤舟重乍添。
晓望终南浑一色，应余马耳出双尖。

李崇仁（1347—1392）

字子安，号陶隐，籍贯星州，高丽王朝忠穆王、恭让王年间的文臣与诗人。恭愍王年间状元及第，历任肃雍府丞、长兴库使、进德博士、门下舍人等职。禑王年间，与金九容、郑道传等人拒绝元朝使臣，而遭流放。赦还后历任右司议大夫、同知司事、艺文馆提学等职。高丽王朝灭亡前，又因对明、元外交与国内政局斗争，多次遭受流放。朝鲜王朝建立后，隐居不仕，后被郑道心腹黄居正杀害。文辞典雅，诗才卓越，与李穑、郑梦周并称高丽的“三隐”，声名远播中国，著有诗文集《陶隐集》。《东文选》录诗 38 首，《青丘风雅》录诗 31 首，《箕雅》录诗 19 首，《大东诗选》录诗 14 首。

村居 二首

雪压村村树，枝枝总作花。
山童争报道，嘉景酒堪赊。

赤叶明村径，清泉漱石根。
地偏车马少，山气自黄昏。

题僧舍

山北山南细路分，松花含雨落缤纷。
道人汲井归茅舍，一带青烟染白云。

忆三峰

不见郑生久，秋风又飒然。
新篇最堪诵，狂态更谁怜。
天地容吾辈，江湖卧数年。
相思渺何限，极目断鸿边。

哭遁村

屈指谁知我，伤心欲问天。
若斋曾万里，遁老又重泉。
慷慨惊人语，清新绝俗篇。
即今俱已矣，乌得不潸然。

新雪

苍茫岁暮天，新雪遍山川。
鸟失山中木，僧寻石上泉。
饥乌号野外，冻柳卧溪边。
何处人家在，远林生白烟。

秋回

天末秋回尚未归，孤城落照不胜悲。
曾陪鸳鹭趋文陛，今向江湖理钓丝。
骨自罹谗成大瘦，诗因放意有新奇。
明珠薏苡终须辨，只恐难调长者儿。

权近（1352—1409）

字可远、思叔，号阳村、小乌子，籍贯安东，丽末鲜初的文臣与儒学家。1368 年文科及第，历任春秋馆检阅、艺文馆应教、礼仪判书等职。高丽禑王年间，与郑梦周等人强烈主张“排元亲明”政策。朝鲜王朝建立后，历任艺文春秋馆学士、大司成等职。1396 年因“表笺问题”出使明朝，奉明太祖朱元璋之命创作应制诗 24

首，一时名扬朝野。太宗即位后，封佐命一等功臣、吉昌府院君，历任艺文馆大提学、议政府赞成事等职，并奉王命编撰《东国史略》。精通经学、诗文卓越，强调融会“经学”与“文章”，是朝鲜王朝前期馆阁文人的代表人物，著有诗文集《阳村集》与《五经浅见录》《四书五经口诀》《东贤事略》等。《东文选》录诗22首，《青丘风雅》录诗5首，《箕雅》录诗4首，《大东诗选》录诗4首。

春日城南即事

春风忽已近清明，细雨霏霏晚未晴。
屋角杏花开欲遍，数枝含露向人倾。

金刚山

雪立亭亭千万峰，海云开出玉芙蓉。
神光荡漾沧溟近，淑气蜿蜒造化钟。
突兀冈峦临鸟道，清幽洞壑秘仙踪。
东游便欲凌高顶，俯视鸿蒙一荡胸。

次松堂赵政丞韵

沙堤依旧倚门斜，乔木三韩积善家。
道上问牛忧国切，朝中荐鹗进贤多。
勋臣铁券联双轴，冢相麻书迭五花。
已道鲁论分二半，更加一半著功何。

吉再（1353—1419）

字再父，号冶隐、金乌山人，籍贯海平（今龟尾），丽末鲜初的文臣与儒学家。早年学文于桃李寺，后拜在李穑、郑梦周、权近等门下，学艺渐精。1386 年进士试合格，历任成均馆学正、谆谕博士、成均馆博士、门下注书等职。高丽亡后，隐居乡间，致力于传播性理学与培育后学。门下名士辈出，如金叔滋、金宗直、金宏弼、郑汝昌、赵光祖等。擅诗文，著有《冶隐集》《冶隐续集》等。《东文选》录诗 3 首，《大东诗选》录诗 1 首。

闲居

盥手清泉冷，临身茂树高。
冠童来问字，聊可与逍遥。

述志

临溪茅屋独闲居，月白风清兴有余。
外客不来山鸟语，移床竹坞卧看书。

孟思诚（1360—1438）

字自明，号古佛、东浦，籍贯新昌（今牙山），丽末鲜初的文臣。1386 年文科及第，朝鲜王朝建立后，历任水原判官、内史舍人、礼曹正郎、吏曹参议等职。1407 年以进笺使侍从官之职出使明朝。世宗即位后，任吏曹判书、艺文馆大提学，并以圣节使之职出使明朝，回国后升任右议政。奉命监修《太宗实录》、撰写《八道地理志》，为朝鲜前期的文化昌盛做出了重要贡献。精通音乐，擅诗文。《大东诗选》录诗 1 首。

燕子楼

驾洛遗墟几见春，首王文物亦随尘。
可怜燕子如怀古，来傍高楼唤主人。

黄喜（1363—1452）

字惧夫，号厖村，籍贯长水，丽末鲜初的文臣。1376 年，因荫补授福安宫录事，1389 年文科及第后任成均馆学录，高丽王朝灭亡后隐居杜门洞。太祖李成桂即位后，历任世子右正字、直艺文春秋馆、门下府右拾遗等职，太宗年间升任工曹判书、汉城府判事。1418 年，反对罢黜让宁大君，主张改立忠宁大君（日后的世宗）为世子，被太宗流放交河。世宗即位后，赦还并予以重用，官至领议政。擅诗文，著有诗文集《厖村集》。《大东诗选》录诗 2 首。

镜浦台

澄澄镜浦涵新月，落落寒松锁碧烟。
云锦满地台满竹，尘寰亦有海中仙。

吉城县

七旬奉使三千里，邈邈要荒地尽头。
赖有主人心郑重，苍颜白发尚风流。

卞季良（1369—1430）

字巨卿，号春亭，籍贯密阳，丽末鲜初文臣。自幼聪敏，六岁能文，早年拜入大儒李穑、郑梦周门下。1385年文科及第，任典校主簿、备巡卫精勇郎将等职。朝鲜王朝建立后，担任医学教授官、校书监丞、右参议、艺文馆提学、礼曹判书等职。世宗年间，因文章卓越，担任集贤殿大提学之职近二十年，长期负责撰写外交文书，誉满天下。曾参与编撰《太祖实录》与改修《高丽史》。擅诗文，是继郑道传、权近之后馆阁文人的代表人物，著有诗文集《春亭集》。《东文选》录诗14首，《青丘风雅》录诗5首，《国朝诗删》录诗5首，《大东诗选》录诗10首。

次子刚夜坐韵

关门一室清，乌几静横经。
纤月入林影，孤灯终夜明。

觉林寺

雉岳为山名海东，山之宝刹觉林最。
云烟岩壑几千年，地灵拥卫天龙会。

将赴京都长湍途中寄呈鼎谷

蓬转东南影与身，旧情谁复似雷陈。
病深药物浑无效，吟苦诗篇颇有神。
虚白连天江郡晓，暗黄浮地柳郊春。
自怜令节情怀恶，题句时还寄故人。

感兴 其六

绮楼何鲜明，照耀浮云边。
楼中有佳女，容色妖且妍。

一笑竟不发，芳心谁为传。
试取鸣琴弹，哀响飞青天。
愿为君子逑，偕老终百年。

金宗瑞（1383—1453）

字国卿，号节斋，籍贯顺天，朝鲜世宗、端宗年间的文臣。1405年文科及第，1419年起历任司谏院右正言、右副代言、咸吉道兵马都节制使等职。长期负责北方边关事务，世宗末年官至礼曹判书、右参赞。文宗去世前，任其为顾命大臣，与皇甫仁等人一同辅佐年仅12的端宗。因智勇兼备，被世人称为“大虎”，官至左议政。1453年“癸酉靖难”时，与其子一同被首阳大君（日后的世祖）所杀。擅诗文，曾任《世宗实录》总裁官，并负责监修《高丽史节要》。《大东诗选》录诗1首。

南浦

送客江头别恨多，管弦凄断不成歌。
天教风伯阻旌旆，一夕大同生晚波。

柳方善（1388—1443）

字子继，号泰斋，籍贯瑞山，朝鲜王朝太宗、世宗年间的文臣。早年在权近、卞季良门下修学，1405年司马试合格后，进入成均馆学习。1409年，受父亲狱事牵连，流放清州、永川等地18年。世宗即位后，多次传召授官皆不受。学术上继承了郑梦周、权近所代表的岭南性理学统，门下有如徐居正、韩明浍、李甫钦等名士。

诗才超群，著有诗文集《泰斋集》。《东文选》录诗 10 首，《青丘风雅》录诗 10 首，《大东诗选》录诗 6 首。

偶题

结茅仍补屋，种竹故为篱。
多少山中味，年年独自知。

书怀 其三

门巷年来草不除，片云孤木似僧居。
多生结习消磨尽，只有胸中万卷书。

晓过僧舍 其一

东岭上初暾，寻僧叩竹门。
宿云留塔顶，积雪拥篱根。
小径连深洞，疏钟彻近村。
萧然吟未已，清兴到黄昏。

金守温（1410—1481）

字文良，号乖崖、拭疣，籍贯永同，朝鲜王朝太宗、成宗年间的文臣。1441 年文科及第，历任校书馆正字、承文院校理、兵曹正郎、知荣川郡事等职。1458 年以正朝副使之职出使明朝。因精通佛法，深得世祖信任，历任知中枢府事、工曹判书等职。成宗时，封佐理四等功臣、永山府院君。擅诗文，精通诸子百家，与成三问、申叔舟、李石亨等名士交好，著有诗文集《拭疣集》，编有《治平要览》《医方类聚》，译有《明皇诫鉴》等。《大东诗选》录诗 3 首。

述歌

十月层冰上，寒凝竹叶栖。
与君宁冻死，遮莫五更鸡。

题郑府尹山水屏 其十一

描山描水总如神，万草千花各自春。
毕竟一场皆幻境，谁知君我亦非真。

河纬地（1412—1456）

字天章、仲章，号丹溪、赤村，籍贯晋州，朝鲜王朝太宗、世祖年间的文臣。1438 年文科及第，历任集贤殿校理、同福县监等职。文宗年间，辅佐首阳大君（日后的世祖）编撰《历代兵要》等书。世祖篡位后，升任礼曹参判、世子右副宾等职。1456 年，司艺金礩告发其密谋协助端宗复位，遂与朴彭年、成三问等人一同处车裂刑，后追赠吏曹判书。擅诗文，著诗文集《丹溪遗稿》。《大东诗选》录诗 1 首。

答朴仁叟彭年借蓑衣

男儿得失古犹今，头上分明白日临。
持赠蓑衣应有意，五湖烟月好相寻。

无题

义旅云兴俎豆生，不辞危将效微诚。
霜凝剑处雄谋转，雪摆帿时妙艺争。
千里折冲行俭勇，一场谈笑抱真情。
更看都督阎公雅，贼胆应惊大范名。

李石亨（1415—1477）

字伯玉，号樗轩，籍贯延安（今延白），朝鲜王朝太宗、成宗年间的文臣。1441 年文科状元及第，历任侍讲院正言、集贤殿副校理等职。文宗即位后，任春秋馆记注官，参与编修《高丽史》。世祖、成宗年间，历任黄海道观察使、八道都体察使、中枢府判事等职。1471 年晋封延城府院君。擅诗文，著有诗文集《樗轩集》，编有《历代兵要》《治平要览》等。《东文选》录诗 4 首,《大东诗选》录诗 3 首。

咏怀

虞时二女竹，秦日大夫松。
纵是哀荣异，宁为冷热容。

蔚珍东轩韵

高城越绝镇边陲，直压沧溟势最奇。
逐浪雄风吹海倒，干霄老木倚云垂。
思乡肯作登楼赋，把酒聊吟问月诗。
邂逅相逢尽萍水，欲忙归去去还迟。

朴彭年（1417—1456）

字仁叟，号醉琴轩，籍贯顺天，朝鲜王朝太宗、世祖年间的文臣。1434 年文科及第，入集贤殿参与编撰事业。端宗即位后，历任右承旨、刑曹参判等职。世祖篡位后，与成三问、河纬地等人密谋协助端宗复位，遭金硕告发而被捕，死于狱中。擅诗文，著有诗文集《朴先生遗稿》。《大东诗选》录诗 2 首。

扈从清州次醴泉悬板韵

十年身在禁中天，只有丹心魏阙悬。
西望白云生眼底，不堪归兴绕林泉。

议政府席上作

庙堂深处动哀丝，万事如今总不知。
柳绿东风吹细细，花明春日正迟迟。
先王大业抽金柜，圣主鸿恩倒玉卮。
不乐何为长不乐，赓歌醉饱太平时。

李垲（1417—1456）

字清甫、伯高，号白玉轩，籍贯韩山（今舒川），朝鲜王朝太宗、世祖年间的文臣。1436 年文科及第，任集贤殿著作郎，参与编撰《明皇诫鉴》与创制“训民正音”。世祖篡位后，与成三问、河纬地等人密谋协助端宗复位，事败后处车裂刑。《大东诗选》录诗 3 首。

临死绝笔

禹鼎重时生亦大，鸿毛轻处死还荣。
明发不寐出门去，显陵松柏梦中青。

梨花

院落深深春昼清，梨花开遍正冥冥。
莺儿尽是无情思，掠过繁枝雪一庭。

申叔舟（1417—1475）

字泛翁，号希贤堂、保闲斋，籍贯高灵，朝鲜王朝太宗、成宗年间的文臣。1439 年文科及第，历任典农寺直长、集贤殿副修撰、右副承旨等职，深受世宗器重，为“训民正音”的创制做出重要贡献。1452 年，以书状官之职随首阳大君（日后的世祖）出使明朝。世祖篡位后，深受重用，身兼要职，官至领议政。在端宗复位事件中，力主处死端宗与成三问等人。世祖、成宗时期，相继晋封靖难功臣、佐翼功臣、翊戴功臣、佐理功臣，是朝鲜王朝前期政坛的核心人物。精通外交事务，多次出使日本、明朝。撰写的《海东诸国记》成为对日外交事务的重要参考。学问精深，参与编撰《世祖实录》《睿宗实录》《东国通鉴》等。擅诗文，著有诗文集《保闲斋集》。《东文选》录诗 5 首，《大东诗选》录诗 2 首。

在阿赤河阵中偶吟

虏中霜落铁衣寒，突骑纵横百里间。
夜战未休天欲晓，卧看星斗正阑干。

春愁

少年喜佳节，一心苦相待。
老来厌时去，迅速更一倍。
穷阴变艳阳，物态暗换改。
对物自感叹，胸中还磊磊。
敷荣在俄顷，敢保花如海。
芳华渐消歇，冉冉谁能逮。
愁来春与俱，春去愁犹在。
留愁寄我去，岂非春我绐。

成三问（1418——1456）

字谨甫、讷翁，号梅竹轩，籍贯昌宁，朝鲜王朝太宗、世祖年间的文臣。1438年文科及第，历任经筵侍讲官，集贤殿副提学、同副承旨等职。参与“训民正音”的创制，为探问音韵情况，与郑麟趾、申叔舟等人一同往返辽东十余次，深受世宗的宠爱。世祖篡位后，与朴彭年、河纬地等人密谋协助端宗复位，后处车裂刑。擅诗文，著有《梅竹轩集》。《青丘风雅》录诗1首，《大东诗选》录诗3首。

夷齐庙

当年叩马敢言非，大义堂堂日月辉。
草木犹沾周雨露，愧君犹食首阳薇。

题水墨白鹭图

雪作衣裳玉作趾，窥鱼芦渚几多时。
偶然飞过山阴县，误落羲之洗砚池。

绝笔

食君之食衣君衣，素志平生莫有违。
一死固知忠义在，显陵松柏梦依依。

徐居正（1420—1488）

字刚中、子元，号四佳亭，籍贯大丘（今大邱），朝鲜王朝世宗、成宗年间的文臣。早年跟随柳方善学习，1444 年文科及第，历任司宰监直长、集贤殿博士等职。1453 年以从事官之职跟随首阳大君出使明朝。世祖即位后，历任世子右弼善、工曹参议等职。1460 年以谢恩使之职再次出使明朝，并与安南使臣往来唱和，回国后历任六曹判书。成宗即位后，升任左赞成，晋封达城君。精通诗文、天文、地理与风水，参与编撰《经国大典》《东国通鉴》《东国舆地胜览》等。著有诗文集《四佳集》、随笔集《笔苑杂记》与诗话集《东人诗话》等。《箕雅》录诗 20 首，《大东诗选》录诗 14 首。

晓起即事

病余腰脚倍酸辛，坐拥绸衾夜向晨。
小壁残灯明复翳，雨声催晓更催春。

春日

金入垂杨玉谢梅，小池新水碧于苔。
春愁春兴谁深浅，燕子不来花未开。

菊花不开怅然有作

佳菊今年开较迟，一秋情兴谩东篱。
西风大是无情思，不入黄花入鬓丝。

独坐

独坐无来客，空庭雨气昏。
鱼摇荷叶动，鹊踏树梢翻。
琴润弦犹响，炉寒火尚存。
泥途妨出入，终日可关门。

夏日即事

小晴帘幕日晖晖，短帽轻衫暑气微。
解箨有心因雨长，落花无力受风飞。
久拼翰墨藏名姓，已厌簪缨惹是非。
宝鸭香残初睡觉，客曾来少燕频归。

青春曲

琼楼画阁雪未残，曲阑剪剪余春寒。
流苏帐暖锦屏开，羊羔儿酒鹦鹉杯。
美人低唱金缕衣，十纤宛转朱桐丝。
揽镜韶华又一春，曲渚鸳鸯愁杀人。

李承召（1422—1484）

字胤保，号三滩，籍贯阳城（今安城），朝鲜王朝世宗、成宗年间的文臣。1447 年文科状元及第，历任集贤殿副修撰、弘文馆应教、礼曹参议、忠清道观察使等职。成宗即位后，晋封阳城君，官至左赞成。诗文超群，精通礼乐、律历，与申叔舟、姜希孟等人编撰《国朝五礼仪》，著有诗文集《三滩集》。《国朝诗删》录诗 5 首，《大东诗选》录诗 5 首。

留义州待使臣次朴判书元亨韵 其二

旅馆偏惊变物华，风吹柳幕翠欹斜。
山城地僻余寒在，五月初看芍药花。

早朝

东华待漏曙光回，万户千门次第开。
双凤遥瞻扶玉辇，九韶还讶下瑶台。
香烟殿上霏如雾，清跸云间响转雷。
圣代即今家四海，尽教殊俗奉琛来。

燕

画阁深深帘额低，双飞双语复双栖。
绿杨门巷春风晚，青草池塘细雨迷。
趁蝶有时穿竹坞，垒巢终日啄芹泥。
托身得所谁相侮，养子年年羽翼齐。

姜希孟（1424—1483）

字景醇，号私淑斋、云松居士、菊坞、万松冈，籍贯晋州，朝鲜王朝世宗、成宗年间的文臣。1447 年文科状元及第，历任宗薄寺主簿、礼曹佐郎、刑曹判书等职。成宗年间，官至左赞成。精通诗文经史，参与编撰《经国大典》《东国舆地胜览》等，编有《晋山世稿》，著有《衿阳杂录》《村谈解颐》。《国朝诗删》录诗 20 首，《大东诗选》录诗 7 首。

田家

流水涓涓泥没蹄，暖烟桑柘鹁鸠啼。
阿翁解事阿童健，刳竹通泉过岸西。

病余吟成四绝呈崔势远

南窗终日坐忘机，庭院无人鸟学飞。
细草暗香难觅处，淡烟残照雨霏霏。

过鸭绿江

画船箫鼓压沧波，齐榜中流取次过。
铁骑如云连野静，霓旌蔽日簇江多。
水分华界横罗带，山入胡天点翠螺。
驷马长卿今谕蜀，新诗还看妙阴何。

成侃（1427—1456）

字和仲，号真逸斋，籍贯昌宁，朝鲜王朝世宗、世祖年间的文臣。

1441 年进士试合格，文宗即位后，特赐暇读书。1453 年文科及第后，除授典农直长、修撰等职，但赴任前病亡。精通诗文、经史、音律，著有诗文集《真逸斋集》。《东文选》录诗 8 首，《青丘风雅》录诗 8 首，《国朝诗删》录诗 16 首，《大东诗选》录诗 9 首。

罗嗊曲 三首

为报郎君道，今年归不归。
江汀春草绿，是妾断肠时。

欲问长安道，青山千万重。
归期无处卜，天际数冥鸿。

绿竹条条动，浮萍个个轻。
愿郎如绿竹，不愿似浮萍。

渔父 其五

数叠青山数谷烟，红尘不到白鸥边。
渔翁不是无心者，管领西江月一船。

饿妇行

山门日欲暮，北风高崖裂。
居人惮涸寒，闭关缩如鳖。
俄有扣门声，饿妇面深黑。
乳下挟两儿，岁暮蒙絺绤。
手中无所携，不食已三日。
小僮出门边，黄薤和脱粟。

儿饥两手持，母餐不可得。
推儿置坐傍，取食纳诸橐。
路边弃两儿，甘心与永诀。
两儿巡路啼，啼声听幽咽。
眈眈北山虎，电光挟两日。
竖毛下山来，吞噬恣朝食。
居人望见之，叹惋亦何及。
嗟乎母子间，真性为甚切。
云何饥寒余，至使人理灭。
所以究王仁，仓廪须使实。
苛政猛于虎，此训千古揭。
当今朝庭熙，求理固密勿。
聊陈饿妇行，寄与庙堂说。

金宗直（1431—1492）

字季昷、孝盥，号占毕斋，籍贯善山（今龟尾），朝鲜王朝世宗、成宗年间的文臣与道学家。1459年文科及第，历任艺文馆奉教、庆尚道兵马评事、吏曹佐郎等职。成宗年间，官至刑曹判书。开创了岭南学派，门下名士如郑汝昌、金驲孙、南孝温等。因推崇道学政治，与勋旧派矛盾尖锐。1498年，担任史官的弟子金驲孙将其《吊义帝文》写入史草。该文批判世祖、哀悼端宗，因而遭到勋旧派势力的猛烈抨击，引发了戊午士祸。勋旧派将其剖棺斩尸。中宗时平反，肃宗时追赠领议政。诗文超群，著有诗文集《占毕斋集》。《国朝诗删》录诗33首，《大东诗选》录诗22首。

和洪兼善济川亭次宋中枢处宽韵

吹花劈柳半江风，樯影摇摇背暮鸿。
一片乡心空倚柱，白云飞度酒船中。

宝泉滩即事 其一

桃花浪高几尺许，狠石没顶不知处。
两两鸬鹚失旧矶，衔鱼飞入菰蒲去。

二月三十日将入京

强为妻孥计，虚抛故国春。
明朝将禁火，远客欲沾巾。
花事看看晚，农功处处新。
羞将湖海眼，还眯市街尘。

仙槎寺

偶到仙槎寺，岩空松桂秋。
鸲翻罗代盖，龙蹴佛天幽。
细雨僧缝衲，寒江客舣舟。
孤云书带草，猎猎满地头。

次清心楼

维舟茅舍棘篱端，鱼鸟何曾识我颜。
病后犹能撰杖屦，谪来才得赏江山。
十年世事孤吟里，八月秋容乱树间。

一霎倚阑仍北望，篙师催载不教闲。

寒食村家

禁火之辰春事多，芳菲点检在农家。
鸠鸣谷谷棣棠叶，蝶飞款款芜菁花。
带樵垄上乌犍返，挑菜篱边叉髻歌。
有田不归恋五斗，元亮笑人将奈何。

闰八月十九日直庐偶吟

藏室蓬山昔讨论，十三年后更叨恩。
眼花正怯金莲烛，口梗难斟白虎樽。
霜暖梧桐犹窣窣，月明鵁鹊自翻翻。
故园松菊应芜没，奶母而今足梦魂。

洪裕孙（1431—1529）

字余庆，号篠丛、狂真子，籍贯南阳（今华城），朝鲜王朝世宗、中宗年间的文人。自幼能文，早年拜在金宗直门下。世祖篡位后，放弃科举，远离世事，与南孝温、金时习等名流往来。戊午士祸时，流放济州岛为奴，中宗反正后赦还。一生传奇，76 岁成婚，并诞下一子，99 岁病亡。擅诗文，著有诗文集《篠丛遗稿》。《大东诗选》录诗 4 首。

题江石

濯足清江卧白沙，心神潜寂入无何。
天教风浪长喧耳，不闻人间万事多。

题金刚山

生先檀帝戊辰岁，眼及箕王号马韩。
留与永郎游水府，又牵春酒滞人间。

四韵

人颂政平远迩同，蚕桑勤课劝耕农。
村墟吏影无尨吠，门户蛛丝有燕通。
里老巷儿歌舞竞，耘夫织妇懒眠空。
龚黄卓茂彼何者，若有游魂愧热浓。

崔淑精（1433—1480）

字国华，号逍遥斋、私淑斋，籍贯阳川（今首尔），朝鲜王朝世宗、成宗年间的文臣。1462 年文科及第。成宗即位后，历任承文院校理、春秋馆记注官、春秋馆编修官、骊州牧使等职，参与编撰《世宗实录》《睿宗实录》《三国史节要》。《大东诗选》录诗 2 首。

乙未二月初八日陪谢恩使赴京宿碧蹄驿书怀

通宵邮吏语嚣嚣，破榻攲危睡不牢。
春色暗回溪畔草，愁痕工点鬓边毛。
未醒宿醉头犹重，默数前程梦亦劳。
入夜别怀深似海，青灯生焰照征袍。

题懿敬世子墓斋壁

笙鹤朝天去不还，城西十里即缑山。
风烟暗锁松杉路，云雾深藏虎豹关。

此日苹蘩明可荐，当年于剑渺难攀。
伤心杜宇声声苦，血洒春风点点斑。

金时习（1435—1493）

字悦卿，号梅月堂、清寒子、东峰、碧山、雪岑，籍贯江陵，“生六臣”之一，朝鲜王朝世宗、成宗年间的诗人、小说家与名僧。自幼聪敏，五岁能诗，深受世宗宠爱。首阳大君发动“癸酉靖难”后，痛哭三日，削发为僧，在金刚山、五台山、多海岛等地浪迹九年。1463 年，受孝宁大君邀请前往汉阳，参与佛经翻译，后受邀参加圆觉寺落成会。1465 年，回到庆州南山的金鳌山，造室居住。此后六年，一直生活在金鳌山，创作汉文小说《金鳌新话》。成宗即位后，前往汉阳，一度还俗娶妻，但 1483 年起再次离开汉阳，浪迹山林。59 岁病逝于无量寺。诗文超群，一生心儒迹佛，著有诗文集《梅月堂集》。《国朝诗删》录诗 22 首，《箕雅》录诗 8 首，《大东诗选》录诗 17 首。

山行即事

儿捕蜻蜓翁补篱，小溪春水浴鸬鹚。
青山断处归程远，横担乌藤一个枝。

嘲二钓叟 其一

风雨萧萧拂钓矶，渭川鱼鸟识忘机。
如何老作风云将，终使夷齐饿采薇。

途中

貊国初飞雪，春城木叶疏。
秋深村有酒，客久食无鱼。
山远天垂野，江遥地接虚。
孤鸿落日外，征马正踌躇。

登楼

向晚山光好，登临古驿楼。
马嘶人去远，波啮棹声柔。
不浅庾公兴，堪消王粲忧。
明朝度关外，云际众峰稠。

乍晴乍雨

乍晴还雨雨还晴，天道犹然况世情。
誉我便是还毁我，逃名却自为求名。
花开花谢春何管，云去云来山不争。
寄语世人须记认，取欢无处得平生。

赠峻上人 其八

终日芒鞋信脚行，一山行尽一山青。
心非有像奚形役，道本无名岂假成。
宿雾未晞山鸟语，春风不尽野花明。
短筇归去千峰静，翠壁乱烟生晚晴。

独木桥

小桥横断碧波心，人渡浮岚翠霭深。
两岸藓花经雨润，千峰秋色倚云侵。
溪声打出无生话，松韵弹成太古琴。
此去精庐应不远，猿啼月白是东林。

成伣（1439—1504）

字磬叔，号慵斋、浮休子、虚白堂、菊坞，籍贯昌宁，朝鲜王朝世宗、燕山君年间的文臣。1462 年文科及第，历任弘文馆正字、艺文馆修撰、承文院校检等职。成宗年间曾三次出使明朝，历任大司谏、刑曹参判、江原道观察使等职。燕山君即位后，任工曹判书兼任大提学。1504 年甲子士祸时遭剖棺斩尸之祸。擅诗文，通音律，奉命改写《霜花店》《履霜曲》等高丽俗谣中的露骨词句。著有诗文集《虚白堂集》与随笔集《慵斋丛话》，编有《乐学轨范》。《国朝诗删》录诗 7 首，《大东诗选》录诗 3 首。

对雨题清州东轩

画屏高枕掩罗帏，别院无人瑟已希。
爽气满帘新睡觉，一庭微雨湿蔷薇。

大兴隆寺

御沟流水绿溶溶，信马西街到梵宫。
四面金铃鸣落日，千寻宝塔出层空。
袈裟院院翻经偈，香火人人拜大雄。
坐久自怜禅榻静，鬓丝轻扬落花风。

木棉词

江南木棉色逾白，晴雪纷纷铺簟席。
小机摇作鸦橹声，软弧弹罢秋云薄。
东邻有妇坐夜阑，风回粉絮萦乌鬟。
织成新布机杼促，札札轻梭玉指寒。
半拟新裤与小儿，半作寒衣托边陲。
心酸意苦眠不得，孤灯闪闪明罗帏。

俞好仁（1445—1494）

字克己，号林溪、㵢溪，籍贯高灵，朝鲜王朝世宗、成宗年间的文臣。早年拜在大儒金宗直门下，1474年文科及第，历任奉常寺副奉事、居昌县监、工曹佐郎、狭川郡守等职。擅诗文，精通绘画，参与编撰《东国舆地胜览》，著有诗文集《㵢溪集》。《国朝诗删》录诗4首，《大东诗选》录诗5首。

咸阳滥㵢竹枝曲

城南城北闹鸡豚，赛罢田神谷雨昏。
太守游春勤劝课，肩舆时入杏花村。

登鸟岵

凌晨登雪岭，春意正蒙蒙。
北望君臣隔，南来母子同。
苍茫迷宿雾，迢递倚层空。
更欲裁书札，愁边有北鸿。

题沙斤驿亭

乾坤真逆旅，无处不居停。
往者犹来者，长亭复短亭。
遥空孤雁度，薄暮数峰青。
一枕南柯梦，斜阳欲半庭。

南孝温（1454—1492）

字伯恭，号秋江、杏雨、最乐堂、碧沙，籍贯宜宁，朝鲜端宗、成宗年间的文人。早年拜在大儒金宗直门下，1478 年，上疏请求恢复端宗生母显德王后的昭陵，因而遭受勋旧派的迫害。此后绝意仕途，与辛永禧、洪裕孙等人结为“竹林居士”，终日饮酒赋诗。与金宏弼、郑汝昌、金时习等人亦结为至交。撰写《六臣传》，歌颂“死六臣”朴彭年、成三问、河纬地等。1504 年甲子士祸时，受金宗直弟子身份的牵连，遭剖棺斩尸。诗文卓越，著有诗文集《秋江集》与随笔集《秋江冷话》。《国朝诗删》录诗 5 首，《大东诗选》录诗 5 首。

题圣居山元通庵窗壁

东日出杲杲，木落神灵雨。
开窗万虑清，病骨欲生羽。

西江寒食

天阴篱外夕寒生，寒食东风野水明。
无限满船商客语，柳花时节故乡情。

梦子挺述梦中所见

邯郸一梦暮山前，魂与魂逢是偶然。
细雨半庭春寂寞，杏花无数落红钱。

曹伟（1454—1503）

字太虚，号梅溪，籍贯昌宁，“士林派”代表人物之一，朝鲜王朝端宗、燕山君年间的文臣与儒学家。1474年文科及第，历任承文院正字、艺文馆检阅、司宪府持平、户曹参判、忠清道观察使、同知中枢府事等职。1498年出使明朝，归国途中戊午士祸爆发，因被认为是修撰金宗直诗稿的幕后主使，先后流放义州、顺川等地。博学多识，诗文伟丽，著有诗文集《梅溪集》。《大东诗选》录诗6首。

寄庶弟叔奋 其一

旅雁不成行，边声日暮起。
相思空白头，怅望人千里。

永兴客馆夜坐

清夜坐虚阁，秋声在树间。
水明山影落，月上露华汚。
怪鸟啼深壑，潜鱼过别湾。
此时尘虑静，幽兴集毫端。

聚胜亭次韵

雄藩自古壮边陲，新构华亭对翠微。
绝域云烟来醉眼，层城花柳媚春晖。
山围广野青如画，雨过长江绿渐肥。
叵耐登临还望远，归心日夜正南飞。

申从濩（1456—1497）

字次韶，号三魁堂，籍贯高灵，领议政申叔舟之孙，朝鲜王朝世祖、燕山君年间的文臣。1480年文科状元及第，次年以书状官之职出使明朝，回国后历任修撰、校理等职。1486年文科重试状元及第后，历任礼曹参议、左承旨、都承旨、吏曹参判、京畿道观察使等职。承王命前往辽东地区学习汉语，曾参与编撰《东国舆地胜览》《成宗实录》。1496年以正朝使之职出使明朝，归国途中病死于开城。擅诗文，著有诗文集《三魁堂集》。《箕雅》录诗4首，《大东诗选》录诗4首。

伤春

茶瓯饮罢睡初轻，隔屋闻吹紫玉笙。
燕子不来莺又去，满庭红雨落无声。

无题

第五桥头杨柳斜，晚来风日转清和。
缃帘十二人如玉，青锁词臣信马过。

姜浑（1464—1519）

字士浩，号木溪，籍贯晋州，朝鲜王朝世祖、中宗年间的文臣。早年拜在金宗直门下修学，1486 年文科及第后，赐暇读书。1498 年戊午士祸时，受金宗直弟子身份牵连而被流放。后撰写奉承燕山君的诗文，而逐渐受到恩宠，官至都承旨。1506 年中宗反正时，因参与推翻燕山君的义军，封晋川府院君，后历任工曹判书、右赞成、判中枢府事等要职。擅诗文，著有诗文集《木溪逸稿》。《国朝诗删》录诗 8 首，《大东诗选》录诗 6 首。

题舍人司莲亭

竹叶清尊白玉杯，旧游踪迹首空回。
满庭明月梨花树，为问如今开未开。

赠州妓

高牙大纛三军帅，黄卷青灯一布衣。
方寸分明泾渭在，不知丹粉为谁施。

李胄（1468—1504）

字胄之，号忘轩，籍贯固城，朝鲜王朝世祖、燕山君年间的文臣。早年拜在金宗直门下修学，1488 年文科及第，历任艺文馆检阅、司谏院正言等职。1498 年戊午士祸时，受金宗直弟子身份牵连而被流放珍岛。1504 年甲子士祸时，与金宏弼等人一同被赐死。擅诗文，推崇唐诗，著有诗文集《忘轩集》。《国朝诗删》录诗 14 首，《大东诗选》录诗 10 首。

寄赠 其一

钟声敲月落秋云，山雨翛翛不见君。
盐井闭门犹有火，隔溪人语夜深闻。

伤别

池面沉沉水气昏，枕边鱼掷夜深闻。
明宵泊近骊江月，竹岭横天不见君。

次安边楼题

铁关天险似秦中，古塞悲笳落远空。
冻雨斜连千嶂雪，饥鸦惊叫一林风。
百年去住身先老，半世悲欢气挫雄。
万里羁怀愁不语，关河迢递近山戎。

郑希良（1469—1502）

字淳夫，号虚庵，籍贯海州，朝鲜王朝睿宗、燕山君年间的文臣。早年拜在金宗直门下，1495 年文科及第，历任艺文馆检阅、承文院权知副正字、艺文馆待教等职。戊午士祸后，先后流放义州、金海等地。擅诗文，精通阴阳学，著有《虚庵集》。《国朝诗删》录诗 6 首，《大东诗选》录诗 6 首。

春寒

水国春全薄，寒威未解严。
狂风犹料峭，小雨自廉纤。

地僻经过少，身孤老病兼。
微暄真可爱，炙背坐茅檐。

鸭江春望

边城事事动伤神，海上狂歌异隐沦。
春不见花犹见雪，地无来雁况来人。
轻阴漠漠雨连晓，细草萋萋风满津。
惆怅芳时长作客，可堪垂泪更添巾。

次季文韵

过眼如云事事新，狂歌独立路岐尘。
百年三万六千日，四海东西南北人。
宋玉怨骚悲落木，谪仙哀赋惜余春。
醉乡倘有闲田地，乞与刘伶且卜邻。

朴祥（1474—1530）

字昌世，号讷斋，籍贯忠州，朝鲜王朝成宗、中宗年间的文臣、文人。1501年文科及第，历任校书馆正字、承文院校检、侍讲院司书、兵曹佐郎、临陂县令等职。中宗反正后，端敬王后被黜。1515年，朴祥上疏支持端敬王后复位，因此流放乌林驿，次年赦还。历任掌乐佥正、缮工监正、罗州牧使等职。1529年称病回乡隐居。文章超群，与成伣、申光汉、黄廷彧一起被称为继徐居正之后的“文章四家”。诗才卓越，推崇唐诗，诗作强调闲情、典故与造语，与金净、林亿龄、朴淳等人往来结社，成为湖南诗坛的重要一派。著有诗文集《讷斋集》。《国朝诗删》录诗 16 首，《箕雅》录诗 9 首，《大东诗选》录诗 5 首。

逢孝直赵静庵光祖丧

无等山前曾把手，牛车草草故乡归。
他年地下相逢处，莫说人间谩是非。

夏帖 其一

树云幽境报南讹，休说东风卷物华。
红绽绿荷千万柄，却疑天雨宝莲花。

酬郑翰林留别韵

江城积雨卷层霄，秋气泠泠老火消。
黄腻野粳迷眼发，绿疏溪柳对樽高。
风随舞袖如相约，山入歌筵不待招。
惭恨至今持斗米，故园芜绝负逍遥。

弹琴台

湛湛长江上有枫，仙台孤截白云丛。
弹琴人去鹤前月，携笛客来松下风。
万事一回悲逝水，浮生三叹抚飞蓬。
谁能画出湖州牧，散步狂吟夕照中。

忠州南楼次李尹仁韵

肩舆楼下谩频过，高榻楼中兴且多。
西北二江流太古，东南双岭凿新罗。

烟和暮堞栖鸦噪，月照寒阎杵妇歌。
佩印故州宁有此，端将昼锦向人夸。

李荇（1478—1534）

字择之，号容斋、沧泽渔水、青鹤道人，籍贯德水（今开丰），朝鲜王朝成宗、中宗年间的文臣与诗人。自幼聪敏，1495年文科及第，历任承文院副正字、艺文馆检阅、成均馆典籍等职。与朴訚、南衮等人交情深厚。1504年甲子士祸时，反对废妃尹氏（燕山君生母）复位，因而流放至忠州、咸安、巨济道等地。中宗反正后，历任弘文馆校理、成均馆司成、司谏院大司谏、都承旨等职。1519年己卯士祸后，官至右议政。1531年，与权臣金安老矛盾激化，因而流放平安道咸从。诗艺超群，推崇杜甫、陈师道，诗风高古、淡雅、简切，不假雕琢。著有诗文集《容斋集》，撰《新增东国舆地胜览》。《国朝诗删》录诗38首，《箕雅》录诗36首，《大东诗选》录诗18首。

题画 其二

淅沥湘江雨，依稀斑竹林。
此间难写得，当日二妃心。

次霜月韵

晚来微雨洗长天，入夜高风卷暝烟。
梦觉晓钟寒彻骨，素娥青女斗婵娟。

新秋 其一

薄晚新秋色，殊方久客情。
蝉声高树静，萤火远林明。
文字三生误，功名一笑轻。
鹿门他日约，妻子几时迎。

题画竹为尹副正宕作

石生笔有神，信手写生竹。
凛凛千亩姿，寄此一枝足。
风人美君子，取譬淇园箓。
对之至岁寒，可使食无肉。

岁暮有怀仲说 其二

岁律其暮只今日，我思者谁无故人。
今日苦留不肯驻，故人何处与为邻。
吾生如此已堪笑，世事多端空自春。
独立东风问冥漠，百年能复几沾巾。

次韵

西风入我室，秋月照我帷。
我怀不能定，天运自相差。
揽衣出门去，竹杖仍手持。
山气夕固佳，为我生新姿。
独赏有余兴，安用儿辈随。

群动一已静，伫立亦多时。
归还卧空榻，幽梦慰所思。

金安国（1478—1543）

字国卿，号慕斋，籍贯义城，朝鲜王朝成宗、中宗年间的文臣。早年拜在金宏弼门下，与赵光祖、奇遵等士林派先驱一起修学。1503年文科及第，历任承文院副修撰、副校理等职，中宗即位后，官至工曹判书。1519年己卯士祸后遭罢黜。1532年再次进入政坛，历任礼曹判书、大提学、判中枢府事等要职。博学多才，精通性理学、农学，在全国乡校推广《小学》，并编撰《性理大全谚解》《二伦行实图谚解》《农书谚解》《蚕书谚解》等书，为性理学的普及与文化发展做出贡献。擅诗文，著有诗文集《慕斋集》。《国朝诗删》录诗10首，《大东诗选》录诗13首。

朴太守稠载酒见访

烟花妆点太平春，太守乘闲访逸民。
醉后不知天月上，满庭红影欲迷人。

游龙门山登绝顶

步步缘危磴，看看眼界通。
闲云迷极浦，飞鸟没长空。
万壑余残雪，千林响晚风。
天涯怀渺渺，孤月又生东。

七夕咏牛女 其二

鹊散乌飞事已休，一宵欢会一年愁。
泪倾银汉秋波阔，肠断琼楼夜色幽。
锦帐有心邀素月，翠帘无意上金钩。
只应万劫空成怨，南北迢迢不自由。

朴訚（1479—1504）

字仲说，号挹翠轩，籍贯高灵，朝鲜王朝成宗、燕山君年间的文臣与诗人。4岁读书，14岁能文，15岁成为大提学申用溉的女婿。1496年文科及第，历任承文院权知、弘文院正字等职。1501年得罪权臣柳子光，而遭罢职。其后，面对政治、经济的不安定，沉迷于诗酒，与诗人李荇结为至交。1504年甲子士祸时，流放东莱，后被处死。诗艺超群，尤喜黄庭坚，诗风放逸、洒落，是“海东江西诗派”的代表人物，著有诗文集《挹翠轩遗稿》。《国朝诗删》录诗14首，《箕雅》录诗11首，《大东诗选》录诗12首。

晓望

晓望星垂海，楼高寒袭人。
乾坤身外大，鼓角坐来频。
远岫看如雾，喧禽觉已春。
宿酲应自解，诗兴谩相因。

万里濑 其二

醉嚼岩间雪，狂遗头上巾。
时应投懒散，境自着清真。

涧曲音生石，松高影落茵。
小诗偷胜景，君妇岂余嗔。

宿三田渡

寓庵初被酒，箭串晚乘风。
白雨时时堕，黄花处处同。
诗篇半行李，秋色一衰翁。
独问渔村宿，平江月影空。

再和择之

深秋木落叶侵关，户牖全输一面山。
纵有杯樽谁共对，已愁风雨欲催寒。
天应于我赋穷相，菊亦与人无好颜。
拨弃忧怀真达士，莫教病眼漫长潸。

福灵寺

伽蓝却是新罗旧，千佛皆从西竺来。
终古神人迷大隗，至今福地似天台。
春阴欲雨鸟相语，老树无情风自哀。
万事不堪供一笑，情山阅世只浮埃。

营后亭子 其二

晚潮来处暂欹枕，抬眼忽看洲渚生。
朝暮应谁事呼吸，乾坤终亦有亏盈。

南人浮海如行马，泽国逢春更少晴。
日日倚楼浑不下，怪声时听白鸥鸣。

鱼无迹（生卒年不详）

字潜夫，号浪仙，籍贯咸从，朝鲜王朝燕山君年间的诗人。出身卑微，但自幼熟读汉文。囿于身份制度，终身未能参加科举。诗才卓越，备受称赞，声名远播中国，《明诗综》亦录其诗。《大东诗选》录诗5首。

新历叹

我愿三万六千日，判作人间两朝夕。
春花一吐一年红，秋月一照一年白。
尧舜至今颜尚韶，周孔至今头尚黑。
朝闻吁咈土阶上，暮见弦诵杏坛侧。
一年黄河水再清，三岁蟠桃子屡熟。
太山肴核铜柱筯，沧海杯樽斗杓勺。
聊与万民同醉眠，呜呜共唱康衢曲。
却劝紫皇诏太史，万万年来一改历。

流民叹

苍生难，苍生难，年贫尔无食。
我有济尔心，而无济尔力。
苍生苦，苍生苦，天寒尔无衾。
彼有济尔力，而无济尔心。

愿回小人腹，暂为君子虑。
暂借君子耳，试听小民语。
小民有语君不知，今岁苍生皆失所。
北阙虽下忧民诏，州县传看一虚纸。
特遣京官问民瘼，驲骑日驰三百里。
吾民无力出门限，何暇面陈心内事。
纵使一郡一京官，京官无耳民无口。
不如唤起汲淮阳，未死孑遗犹可救。

赵光祖（1482—1519）

字孝直，号静庵，籍贯汉阳（今首尔），朝鲜王朝成宗、中宗年间的文臣。早年拜在金宏弼门下，1515 年进入成均馆学习，后经吏曹判书安塘推荐，担任造纸署司纸。1515 年文科及第，历任成均馆典籍、礼曹佐郎、弘文馆副提学、大司宪等职。在政治上，推行道学政治、反对功臣特权、主张削减勋爵，与勋旧派矛盾日益激化。1519 年，洪景舟、南衮等勋旧派人士发起己卯士祸，意图彻底清除士林派。作为士林派领袖，赵光祖流放外地，后被赐死。宣祖即位后，士林派的再次复兴，追赠领议政。擅诗文，著有诗文集《静庵集》。《箕雅》录诗 1 首，《大东诗选》录诗 2 首。

绫城累囚中

谁怜身似伤弓鸟，自笑心同失马翁。
猿鹤正嗔吾不返，岂知难出伏盆中。

送顺之南行 其四

君行属春时，天地养仁和。
活油江新流，丰茸草生坡。
道迥千里尽，眼中几历多。
君子惟心远，无非意所加。
他年闻报政，须忆此日歌。

申光汉（1484—1555）

字汉之、时晦，号骆峰、企斋、石仙斋、青城洞主，籍贯高灵，领议政申叔舟之孙，朝鲜王朝成宗、明宗年间的文臣与诗人。1510年文科及第，历任承文院博士、弘文馆副修撰、工曹正郎、大司成等职。己卯士祸时遭罢职流放。18年后再次进入政坛，历任大司谏、京畿道观察使、刑曹判书、吏曹判书、大提学等要职。明宗时，官至左赞成，先后晋封灵城君、灵城府院君。1553年进耆老所，国王亲赐几杖。诗文卓越，推崇杜甫之诗，尊崇孟子、韩愈之文，著有诗文集《企斋集》与小说《企斋记异》。《国朝诗删》录诗29首，《箕雅》录33首，《大东诗选》录诗19首。

独直内曹闻夜雨

江湖当日亦忧君，白首无眠夜向分。
华省寂寥疏雨过，隔窗桐叶最先闻。

阻雨信宿神勒寺

好雨留人故不晴，隔窗终日听江声。
斑鸠又报春消息，山杏花边款款鸣。

夜分后雨霁月色如昼舟泊长滩荻花湾

孤舟一泊荻花湾，两道澄江四面山。
人世岂无今夜月，百年难向此中看。

醮季女夜宿珍山村舍

客卧是谁家，梦惊天一涯。
邻鸡鸣不已，山雨夜如何。
暗水喧溪石，轻香湿野花。
人生婚嫁毕，有酒且宜赊。

晚望

峡尽沧江远，沙平水驿开。
炊烟花外没，夕鸟日边回。
故国无消息，孤舟有酒杯。
前山侵道峻，何处望蓬莱。

雉岳涌月

瑞晕初分岳，寒光忽射空。
半窥惊魍魉，全露破鸿蒙。
爽透林泉外，清衔草屋东。
殷勤来入户，还照觅诗中。

田横义士歌

周衰列国多公子，散尽黄金争致士。
鸡鸣狗吠犹有待，珠履三千竟谁倚。
人生意气贵相合，杀身成仁为知己。
吾闻苍海孤岛中，五百义士同日死。
当时四海波鼎沸，鱼鳖在陆龙失水。
图王不成固已奇，卷甲观时亦云美。
横能以义感人心，未必一岛皆君子。
沧海虽涸厥誉流，百年富贵同穴蚁。
诈力犹能得天下，得人心服诚难矣。
韩彭菹醢黥布夷，汉祖同心只一二。

金净（1486—1521）

字元冲，号冲庵、孤峰，籍贯庆州，朝鲜王朝成宗、中宗年间的文臣。3岁跟随祖母黄氏学习。20岁前后结交崔寿峸、具寿福，共同研读性理学。1507年文科状元及第，历任成均馆典籍、兵曹佐郎、吏曹正郎、淳昌郡守等职。与朴祥等人上疏支持恢复废妃慎氏，而被罢职流放。1516年重回政坛，历任都承旨、大司宪、刑曹判书等要职。己卯士祸，作为士林派的代表人物，与赵光祖等人一同被流放赐死。擅诗文，著有诗文集《冲庵集》。《国朝诗删》录诗21首，《大东诗选》录诗18首。

佳月

佳月重云掩，迢迢暝色愁。
清光不可待，深夜倚江楼。

江南

江南残梦昼厌厌，愁逐年芳日日添。
双燕来时春欲暮，杏花微雨下重帘。

锦江楼

西风木落锦江秋，烟雾蘋洲一望愁。
日暮酒醒人去远，不堪离思满江楼。

绝国

绝国无相问，孤身棘室围。
梦如关塞近，僮作弟兄依。
忧病工侵鬓，风霜未授衣。
思心若明月，天末寄遥辉。

感怀

客散酒初醒，茅轩坐幽独。
华月流素光，层城蔼遐瞩。
云湛瑶空露，叶疏虚檐木。
萧萧黄竹林，寒风碎丛玉。
侯虫罢秋吟，蔓草歇芳绿。

观静迹已冥，感时思还续。
遗声倘可因，寄之双黄鹄。

苏世让（1486—1562）

字彦谦，号阳谷、退斋、退休堂，籍贯晋州，朝鲜王朝成宗、明宗年间的文臣。1509年文科及第，历任司谏院正言、直提学、王子师傅、全罗道观察使、刑曹判书、户曹判书等职，后官至右赞成。1521年担任远接使李荇的从事官，负责接待明朝使臣。1533年以进贺使之职出使明朝。1545年乙巳士祸后，隐退益山郡。擅诗文，精通书法，著有诗文集《阳谷集》。《国朝诗删》录诗6首，《大东诗选》录诗4首。

书扇面寄巴山兄 其一

忽报平安字，聊宽梦想悬。
孤云飞岭峤，片月照湖天。
两地无千里，相望近六年。
茅檐雨声夜，长忆对床眠。

上马宴

宴开迎饯两旬间，三月皇州却未还。
柳絮白于衰客鬓，桃花红胜美人颜。
春愁黯黯延空馆，归兴翩翩满故山。
早晚旬当公事了，拂衣长啸出秦关。

徐敬德（1489—1546）

字可久，号复斋、花潭，籍贯唐城（今华城），朝鲜王朝成宗、明宗年间的儒学家。出身中下级官吏家庭，精通儒学经典，早年获生员试状元，但无意仕途。致力于性理学与后学教育。在思想上，主张“气一元论”，强调“气”的重要性，是朝鲜“气哲学”学派的开创者，著有《原理气》《理气说》《太虚说》《鬼神死生论》等。擅诗文，著有诗文集《花潭集》。《国朝诗删》录诗3首，《大东诗选》录诗5首。

大兴洞

红树映山屏，碧溪泻潭镜。
行吟玉界中，陡觉心清净。

有物 二首

有物来来不尽来，来才尽处又从来。
来来本自来无始，为问君初何所来。

有物归归不尽归，归才尽处未曾归。
归归到底归无了，为问君从何所归。

山居 其二

花潭一草庐，潇洒类仙居。
山簇开轩面，泉弦咽枕虚。
洞幽风淡荡，境僻树扶疏。
中有逍遥子，清朝好读书。

郑士龙（1491—1570）

字云卿，号湖阴，籍贯东莱（今釜山），朝鲜王朝成宗、宣祖年间的文臣与诗人。出身官宦世家，1509 年文科状元及第，1516 年文科重试再获状元及第，历任司谏院司谏、礼曹判书、大提学等职。1544 年，因泄露科举试题而遭罢官，不久又转任判中枢府事、工曹判书等职，1563 年因受士祸牵连再次遭贬。1534 年、1544 年，两次以冬至使之职出使明朝，与明朝文人诗文唱和。诗才超群，反对雕琢，追求平淡，一生创作汉诗二千余首，与申光汉并称“文坛双璧”。著有诗文集《湖阴杂稿》与中国行纪《朝天录》。《国朝诗删》录诗 28 首，《箕雅》录诗 29 首，《大东诗选》录诗 18 首。

春兴三绝寄李堂后 其三

花满园林叶未齐，恰回残梦有莺啼。
虾须不碍东风过，无奈轻阴压额低。

岐江

滩到交流处，船移乱树间。
急风吹雾驳，疏雨打篷斑。
行役能催老，功名不博闲。
终惭庾开府，诗赋动江关。

荒山战场

昔年穷寇此歼亡，鏖战神锋绕紫芒。
汉帜竖痕留石缝，斑衣渍血染霞光。
商声带杀林峦肃，鬼磷凭阴堞垒荒。
东土免鱼由禹力，小臣搴日敢揄扬。

后台夜坐 其二

烟沙浩浩望无边，千仞台临不测渊。
山木俱鸣风乍起，江声忽厉月孤悬。
平生牢落知谁藉，投老迍邅只自怜。
拟著宫袍放舟去，骑鲸人远问高天。

记怀

四落阶蓂魄又盈，悄无车马闭柴荆。
诗书旧业抛难起，场圃新功策未成。
雨气压霞山忽暝，川华受月夜犹明。
思量不复劳心事，身世端宜付钓耕。

寒食书怀

清明佳节暮春前，向晚轻寒透薄绵。
塞邑无村炊禁火，邙山有鬼纸飞钱。
柔桑翳雾鸠鸣远，高柳缫风絮度颠。
坐迓鸾书成滞闷，松楸回首意茫然。

李彦迪（1491—1553）

字复古，号晦斋、紫溪翁，初名李迪，籍贯骊州，朝鲜王朝成宗、明宗年间的文臣与儒学家。早年跟随舅父孙仲暾学习，1514年文科及第，历任司宪府持平、密阳府使、司谏院司谏、吏曹判书等职。明宗时，官至左赞成。1547年良才驿壁书事后，流放江界，终日以著述自娱，直至病逝。在思想上，推崇主理论。该观点为李滉接受，后成为岭南学派的理论根基。著有《求仁录》《大学章句补遗》《中庸九经衍义》等。擅诗文，著有诗文集《晦斋集》。《大东诗选》录诗1首。

书镜吟

观书正吾心，照镜整吾貌。
书镜恒在前，须臾可离道。

无为

万物变迁无定态，一身闲适自随时。
年来渐省经营力，长对青山不赋诗。

知非吟

今我行年未五十，已知四十五年非。
存心却累闲思虑，体道安能贯显微。
为义为仁不用极，处人处己又多违。
从今发愤忘身老，寡过唯思先哲希。

奇遵（1492—1521）

字子敬，号服斋、德阳，籍贯幸州（今高阳），朝鲜王朝成宗、中宗年间的文臣。早年拜在赵光祖门下，1514年文科及第，历任天文隶习官、弘文馆正字、弘文馆修撰、侍讲官等职。积极推行赵光祖的道学政治，遭到南衮、沈贞等勋旧派的仇视。己卯士祸后，被流放牙山、稳城。1521年辛巳诬狱时被赐死。擅诗文，著有诗文集《服斋集》。《国朝诗删》录诗 9 首，《大东诗选》录诗 9 首。

义相庵

孤台矗矗入烟空，云尽沧溟一望穷。
三十八峰秋夜月，玉箫吹彻海天风。

秋日城头

塞国初霜下，胡山一半黄。
野寒风叶动，江落雁沙长。
朔气沉孤戍，边云老战场。
高城聊极目，日暮泪茫茫。

江上

远游临野戍，高会惜年华。
夜静胡天月，春深古塞花。
长江谁作酒，哀唱不成歌。
望望云空外，残星没晓河。

林亿龄（1496—1568）

字大树，号石川，籍贯善山（今龟尾），朝鲜王朝燕山君、宣祖年间的文臣。早年拜在朴祥门下，1525 年文科及第，历任司宪府持平、弘文馆校理、世子侍讲院说书、锦山郡守等职。1545 年乙巳士祸后，辞官隐居海南，后又出任同副承旨、江原道观察使等要职。诗才卓越，精通古今各体，诗风俊逸清新，关注社会生活，著有诗文集《石川集》。《国朝诗删》录诗 12 首，《大东诗选》录诗 11 首。

送白光勋还乡

江月圆还缺，庭梅落又开。
逢春归未得，独上望乡台。

鹭

人方凭水槛，鹭亦立沙滩。
白发虽相似，吾闲鹭未闲。

示友大

古寺门前又送春，残花随雨点衣频。
归来满袖清香在，无数山蜂远趁人。

秋村杂题

志与江湖远，形随草木衰。
美人嗟已暮，楚客自生悲。
密网江鱼骇，机心海鸟疑。
非无流水曲，何处遇钟期。

用企斋韵送听松还山

寂寞荒村隐少微，萧条石径接柴扉。
身同流水世间出，梦作白鸥波上飞。
山拥客窗云入座，雨侵书榻叶投帷。
飘然又作投簪计，尘土无由染素衣。

成运（1497—1579）

字健叔，号大谷，籍贯昌宁，朝鲜王朝燕山君、宣祖年间的名儒与诗人。早年参加科举考试，1545 年乙巳士祸后，隐居于报恩郡俗离山。其后，朝廷虽屡授官职，皆拒辞不受，终日与徐敬德、曹植、李之菡等人往来研讨学问。擅诗文，著有诗文集《大谷集》。《大东诗选》录诗 5 首。

大谷昼坐偶吟

夏木成帷昼日昏，水声禽语静中喧。
已知路绝无人到，犹倩山云锁洞门。

遣兴

春服称身双袖短，古琴便手七弦长。
十年尝尽山中药，客至时闻口齿香。

晚秋书事

僻居身与世相违，抱病多年客自稀。
败叶衰荷经雨侧，逸翰新雁拂云飞。
锉松催酿治风酒，弹絮先裁御腊衣。
囊箧久知无储物，不须当夜掩柴扉。

曹植（1501—1572）

字健中，号南冥，籍贯昌宁，朝鲜王朝燕山君、宣祖年间的儒学家。早年参加科举，会试落榜后绝意仕途。朝廷虽屡授官职，皆拒辞不受，一生致力于学问研究与培养后学，门下名士如金宇颙、郭再祐、郑琢、金孝元、郑逑等。强调学问要在修己治人的基础上实践躬行，主张儒生教育从《小学》《大学》等性理学修养层面入手，开创了南冥学派。与李滉开创的庆尚左道学风，一同成为岭南儒学的两大山脉。擅诗文，著有诗文集《南冥集》。《箕雅》录诗 4 首，《大东诗选》录诗 4 首。

天王峰

请看千石钟，非大扣无声。
万古天王峰，天鸣犹不鸣。

漫成

半目云中是赤城，一生难许入承明。
方知巢许无全节，自是箕山做得成。

咏梨

支离梨树立门前，子实辛酸齿未穿。
渠与主人同弃物，犹将樗栎保天年。

李滉（1501—1570）

字景浩，号退溪、退陶、陶叟，籍贯真宝（今青松），朝鲜王朝燕山君、宣祖年间的文臣与儒学家。12 岁学习《论语》，32 岁进入成均馆学习，与金麟厚、曹植、奇大升等人结为至交。1534 年文科及第，历任承文院副正字、弘文馆修撰等职。乙巳士祸后称病辞官，隐居洛东江养真庵。1548年重返政坛，历任丰基郡守、成均馆大司成、弘文馆副提学等职。宣祖时，声望日甚。68岁担任大提学、知经筵之职。1569年辞官归隐，次年病亡，追赠大匡辅国崇禄大夫、领议政。思想上主张“理气互发说”，成为主理的岭南学派的宗祖。著有《圣学十图》《朱子书节要》《理学通录》《传习录论辨》《经书释义》等。擅诗文，著有《退溪集》。《国朝诗删》录诗7首，《箕雅》录诗4首，《大东诗选》录诗7首。

景濂亭

草有一般意，溪含不尽声。
游人如未信，萧洒一虚亭。

石蟹

负石穿沙自有家，前行却走足偏多。
生涯一掬山泉里，不问江湖水几何。

义州杂题 其三

龙渊云气晓凄凄，鹘岫摩空白日低。
坐待山城门欲闭，角声吹度大江西。

溪上偶吟

把钓闲吟坐石矶，不知林表挂斜晖。
归来一室清如水，身上犹看半湿衣。

野池

露草夭夭绕碧坡，小塘清活净无沙。
云飞鸟过元相管，只恐时时燕蹴波。

晚步

苦忘乱抽书，散漫还复整。
曜灵忽西颓，江光摇林影。
扶筇下中庭，矫首望云岭。
漠漠炊烟生，萧萧原野冷。
田家近秋获，喜色动臼井。
鸦还天机熟，鹭立风标迥。
我生独何为，宿愿久相梗。
无人语此怀，瑶琴弹夜静。

申师任堂（1504—1551）

本名不详，号师任堂，籍贯平山（今南海），大儒李珥生母，朝鲜王朝燕山君、明宗年间的画家、女诗人。自幼聪明，熟读经文，7岁能画，19岁时与李元修结婚。育四男三女，其中就有日后成长为儒学大家的李珥。因在子女教育上成就巨大，历来被尊为朝鲜贤妻良母的典范。擅诗文，精通绘画，有《山水图》《草虫图》《墨葡萄图》《鹭莲图》《鱼虾图》等传世。《大东诗选》录诗2首。

逾大关岭望亲庭

慈亲鹤发在临瀛，身向长安独去情。
回首北村时一望，白云飞下暮山青。

思亲

千里家山万叠峰，归心长在梦魂中。
寒松亭畔双轮月，镜浦台前一阵风。
沙上白鸥恒聚集，波头鱼艇每西东。
何时重踏临瀛路，彩舞斑衣膝下缝。

黄真伊（生卒年不详）

本名黄真，一名真娘，妓名明月，生于开城，朝鲜王朝中宗年间的名妓与女诗人。相传为黄进士的庶女。15岁时，因爱慕的邻家青年病故而沦落风尘。爱慕当世大儒徐敬德，后拜其为师。精通诗文、书画。《大东诗选》录诗4首。

咏半月

谁断昆山玉，裁成织女梳。
牵牛离别后，谩掷碧空虚。

满月台怀古

五百终南余古寺，夕阳乔木使人愁。
烟霞冷落残僧梦，岁月峥嵘破塔头。
黄凤羽归飞鸟雀，杜鹃花落牧羊牛。
神嵩忆得繁华日，岂意如今春似秋。

普雨（1509—1565）

号虚应堂、懒庵，朝鲜明宗年间的名僧。15岁时在金刚山摩诃衍庵出家，1548年因文定大妃（明宗母后）的举荐，出任奉恩寺主持。其后，在文定大妃的支持下，大力复兴佛教事业。1551年恢复“禅教两宗”制度，次年又在科举中设置僧科，封判禅宗事都大禅师。1565年文定大妃死后，群臣上疏排佛，李珥撰《论妖僧普雨疏》，遂被剥夺僧职，流放至济州岛，后被济州牧使边协所杀。擅诗文，著有诗文集《虚应堂集》与《佛事问答》《禅偈杂著》等。

登悟道山

以道山名意欲观，杖藜终日苦跻攀。
行行忽见山真面，云自高飞水自湲。

山居杂咏

山非有意容贫道，贫道无心假碧山。
我即是山山即我，不知相对白云间。

次嵩师韵

庵前一径锁青岚，来访人疏兴不堪。
杜默坐中还有说，何须寻友费清谈。

金麟厚（1510—1560）

字厚之，号河西、湛斋，籍贯蔚山，朝鲜王朝中宗、明宗年间的文臣。早年跟随金安国学习，1531年进入成均馆学习，并与李滉结为至交。1540 年文科及第，历任承文院副正字、弘文馆著作、弘文馆副修撰、玉果县监等职。1545 年乙巳士祸后，称病回乡钻研性理学。擅诗文，精通道学、天文、地理、律历，门下郑澈、卞成温、奇孝谏等名士辈出，著有诗文集《河西集》与《周易观象篇》《西铭事天图》等。《国朝诗删》录诗 9 首,《大东诗选》录诗 11 首。

题冲庵诗后

来从何处来，去向何处去。
去来无定踪，悠悠百年许。

盆菊

十月清霜重，芳丛不耐寒。
枝条将萎绝，花叶半凋残。
北阙承朝露，东篱谢夕餐。
贞根期永固，岁岁玉阑干。

秋晓作

夜静星芒动，秋深露气高。
轻寒生枕席，倦梦落江皋。
未泛重阳菊，谁题九日糕。
孤怀愁不寐，奈复晓鸡号。

朴枝华（1513—1592）

字君实，号守庵，籍贯不详，朝鲜王朝中宗、宣祖年间的名儒与诗人。自幼喜欢游历名山，早年拜在大儒徐敬德门下。仕途上，仅担任过县监等下级官职。学术上，贯通儒释道三教，尤精气数学，被称为明宗年间的一等学者。死于壬辰倭乱。善诗文，著有诗文集《守庵遗稿》与《四礼集说》等。《国朝诗删》录诗 4 首,《大东诗选》录诗 3 首。

次北窗古玉韵

孤云晚出岫，幽鸟早归山。
余亦同舟去，忘形会此间。

青鹤洞

孤云唐进士，初不学神仙。
蛮触三韩日，风尘四海天。
英雄那可测，真诀本无传。
一入名山去，清风五百年。

鸟洞

山叶欲黄南去后，林莺初啭北归前。
光阴脱手箭相似，踪迹印泥鸿杳然。
百岁菟裘底处所，一生行乐只诗篇。
瘦童羸马江南路，倘有良工作画传。

郑惟吉（1515—1588）

字吉元，号林塘、尚德斋，籍贯东莱（今釜山），朝鲜王朝中宗、宣祖年间的文臣。1538 年文科状元及第，历任司谏院正言、工曹佐郎等职，与李滉、金麟厚等人一同在东湖书堂赐暇读书。1567 年以进贺使之职出使明朝。1572 年任明使接伴使，与明朝使臣建立了深厚友谊。宣祖即位后，历任礼曹、工曹、吏曹判书，官至左议政。擅诗文，精通书法，著有诗文集《林塘遗稿》。《国朝诗删》录诗 5 首，《大东诗选》录诗 5 首。

梦赉亭春帖 其一

白发先朝老判书，闲忙随分且安居。
渔翁报道春江暖，未到花时荐鳜鱼。

舟中示都事李元夫

扁舟摇曳下清滩，卸马新辞道路难。
停棹不妨参白鸟，卷篷聊许纳青山。
两年原隰全无兴，一日沧浪始解颜。
安得从兹溯云汉，与君同历斗牛间。

卢守慎（1515—1590）

字寡悔，号苏斋、伊斋、暗室、茹峰老人，籍贯光州，朝鲜王朝中宗、宣祖年间的文臣与诗人。自幼能诗，17 岁时与性理学名家李延庆女儿结婚，20 岁时拜在名儒李彦迪门下。1543 年文科及第，历任成均馆典籍、弘文馆修撰、侍讲院司书等职。明宗年间，受乙巳士祸、良才驿壁书事件牵连，先后流放顺川、珍岛二十余年，这期间与金麟厚、李滉等人交往密切。宣祖即位后，赦还回京，至此仕途顺畅，先后历任弘文馆直提学、大司谏、户曹参判、弘文馆大提学等职。1584 年升任领议政。诗才超群，推崇杜甫，诗风奇诡、雄壮。与郑士龙、黄廷彧并称“馆阁三杰”，参与接待明朝使臣。明人评价其诗“愈出愈奇”。著有诗文集《苏斋集》。《国朝诗删》录诗 36 首，《箕雅》录诗 31 首，《大东诗选》录诗 21 首。

十三日到碧亭待人

晓月空将一影行，黄花赤叶正含情。
云沙目断无人问，倚遍津楼八九楹。

十六夜感叹成诗

八月潮声大，三更桂影疏。
惊栖无定魍，失木有奔鼯。
万事秋风落，孤怀白发梳。
瞻望匪行役，生死在须臾。

十六夜唤仙亭二首次韵

二八初秋夜，三千弱水前。
升平好楼阁，宇宙几神仙。
曲槛清风度，长空素月悬。
愀然发大啸，孤鹤过蹁跹。

递右相

土虎春全暮，吴牛喘未苏。
初辞右议政，便就判中枢。

睿泽深如海，慈恩润似酥。
避贤仍乐圣，能住几年卢。

题幽谷驿

勉奉吾贤母，钦趋我圣王。
垂舆鹤发影，满袖凤纶光。
锦绣羞晴昼，烂斑媚夕阳。
如何日夜泪，太半是思乡。

题鹤林守游金刚轴

昔上毗卢览众山，今从摩诘认孱峦。
屯云古桧阴阴洞，落日危桥浅浅湾。
跨鹤风流穷左海，笼鹅文彩擅东韩。
可怜岭外稀年客，赢得城中满袖潸。

夏夜叹

残阳积威势，入夜昏气乘。
精神散不集，焉知有股肱。
欹枕梦非梦，美人呼不应。
二更戍角鸣，清露滴我膺。
星河动北岳，菜圃凉飙腾。
稍喜息燕雀，况屏营营蝇。
是时始自适，致有爽气澄。
我欲读我书，畏热不敢灯。

翛然但整襟，中心靡损增。
彼为利孳孳，终身抱炭冰。
予虽得少康，鬼神那可恒。
明朝万事出，赤日东方升。

沈守庆（1516—1599）

字希安，号听天堂，籍贯丰山（今安东），朝鲜王朝中宗、宣祖年间的文臣。1546 年文科及第，历任吏曹佐郎、弘文馆直提学等职。1562 年中宗移葬时因罪罢职，其后又相继出任各地观察使之职。1592 年壬辰倭乱爆发时，出任三道体察使，积极招募义兵抗倭。1598 年升任领中枢府事。擅诗文，著有《听天堂诗集》《听天堂遗闲录》《遣闲杂录》等。《大东诗选》录诗 3 首。

题鸿山澄清楼

竹色分双岛，荷香满一池。
雨边平野后，人倚小楼时。
胜地谁同赏，羁愁只自知。
欲将诗作垒，聊用酒为基。

八十岁元日述怀次七十岁韵

人生稀七十，八十更应稀。
欲学武公戒，曾知蘧瑗非。
贪荣身局束，乞退事乖违。
志愿何时遂，嗟哉食与衣。

杨士彦（1517—1584）

字应聘，号蓬莱、完邱、沧海、海客，籍贯清州，朝鲜王朝中宗、宣祖年间的文臣与书法家。1546年文科及第，历任大同丞、三登县监、平昌郡守、江陵府使等职。热衷山水，曾于金刚山万瀑洞岩石上题写“蓬莱枫岳元化洞天”八字。师从南师古学习易术，相传曾准确预言了壬辰倭乱的爆发。擅长楷书、草书，与安平大君、金絿、韩濩一起被称为“朝鲜四大书法家”。擅诗文，著有诗文集《蓬莱集》。《国朝诗删》录诗5首，《大东诗选》录诗6首。

国岛

金屋楼台拂紫烟，跃龙云路下群仙。
青山亦厌人间世，飞入沧溟万里天。

清涧亭

九霄笙鹤下珠楼，万里空明灏气收。
青海水从银汉落，白云天入玉山浮。
长春桃李皆琼蕊，千岁乔松尽黑头。
满酌紫霞留一醉，世间无地起闲愁。

权擘（1520—1593）

字大手，号习斋，籍贯安东，朝鲜王朝中宗、宣祖年间的文臣。1543年文科及第，历任艺文馆检阅、弘文馆正字等职。宣祖即位后，历任礼曹参议、掌隶院判决事、春秋馆记注官、江原道观察使、承文院提调等职。参与编撰《中宗实录》《仁宗实录》《明宗实录》。先后以书状官、冬至使之职两次前往明朝，还曾担任宣慰使、远接使接待日本僧使与明朝使臣，长期负责撰写朝鲜与明朝的外交文书。擅诗文，卢守慎、郑惟吉曾对其汉诗予以极高评价。著有诗文集《习斋集》。《国朝诗删》录诗5首，《大东诗选》录诗4首。

元日早朝是日颁赦

向曙钟声彻九门，春生殿阁布微温。
催班共听金鸡赦，拜赐欣沾白兽樽。
日照螭头当眠缬，香浮棋尾受风翻。
词臣黍草丝纶罢，老去空惭未报恩。

晓行

南村北村鸡乱鸣，东方大星如镜明。
山头雾卷月犹在，桥上霜凝人未行。
征马萧萧朔风急，客子悲吟仆夫泣。
何当早赋归去来，一醉都忘百忧集。

休静（1520—1604）

字玄应，号清虚、西山，俗姓崔，俗名汝信，籍贯完山（今全州），朝鲜王朝中宗、宣祖年间的名僧。早年科举落榜之后，入智异山出家，跟随崇仁法师学习《传灯录》《华严经》《法华经》等。1552年僧科及第后，历任教宗判事、禅宗判事等职，接替普雨大师出任奉恩寺住持。壬辰倭乱时，出任八道十六宗都总摄，募集僧兵1500名与明军一起参与收复汉阳的战斗，因功封“国一都大禅师禅教都总摄扶宗树教普济登阶尊者”。主张坐禅见性，强调儒释道的一致性，为后世“三教统合论”的提出奠定了基础。擅诗文，著有诗文集《清虚堂集》。《大东诗选》录诗 11 首。

游安心寺

夜雨朝来歇，青霞湿落花。
山僧留野客，手白煮新茶。

游伽倻

落花香满洞，啼鸟隔林闻。
僧院在何处，春山半是云。

青鹤洞瀑布

六月飞霜雪，浑身冷似铁。
声摇洞壑心，色夺虚空骨。

赏秋

远近秋光一样奇，闲行长啸夕阳时。
满山红绿皆精彩，流水啼禽亦所诗。

朴淳（1523—1589）

字和叔，号思庵，籍贯忠州，朝鲜王朝中宗、宣祖年间的文臣。1553 年文科及第，历任成均馆典籍、弘文馆修撰、议政府舍人、成均馆司成、吏曹参议、礼曹判书等职。1579 年升任领议政。精通性理学，早年拜在徐敬德门下，后拜李滉为师，晚年又与李珥、成浑等交往。诗才超群，诗风清丽，推崇唐诗，著有诗文集《思庵集》。《国朝诗删》录诗10首，《箕雅》录诗15首，《大东诗选》录诗14首。

送退溪先生南还

乡心不断若连环，一骑今朝出汉关。
寒勒岭梅春未放，留花应待老仙还。

湖堂口号

乱流经野入江沱，滴沥犹存槛外柯。
篱挂蓑衣檐晒网，望中渔屋夕阳多。

肃拜后归永平

答恩无术寸心违，收得残骸返野扉。
一点终南看渐远，西风吹泪碧罗衣。

题僧轴

小斋朝退偶乘闲，隐几悠悠望远山。
从古世纷谁尽解，只今人事转多艰。
长空过鸟元超忽，落日孤云自往还。
遥想旧游天外寺，木莲花发水潺潺。

奇大升（1527—1572）

字明彦，号高峰、存斋，籍贯幸州（今高阳），朝鲜王朝中宗、宣祖年间的文臣与性理学家。1558 年文科及第，历任艺文馆检阅、承政院注书、吏曹佐郎、议政府检详等职。作为新进士类的领袖人物，曾招致勋旧派的打压而削职。宣祖即位后，历任右副承旨、弘文馆副提学、成均馆大司成、大司谏等职。1572 年客死归途，1590 年追赠吏曹判书，配享光州月峰书院。自幼才能超群，精通道学，31 岁时编成《朱子文录》，32 岁时成为大儒李滉的弟子，后来与李滉展开了朝鲜哲学史上著名的“四端七情”论辩。擅诗文，著有诗文集《高峰集》。《箕雅》录诗 2 首，《大东诗选》录诗 3 首。

偶题

庭前小草挟风薰，残梦初醒午酒醺。
深院落花春昼永，隔帘蜂蝶晚纷纷。

次百祥楼韵

城北楼高鬼效工，翱翔云际压晴空。
香山缥气飞朱栱，渤海祥光隐画栊。
朗月照襟开玉界，仙风吹梦落琼宫。
悠悠往事谁凭问，一曲渔歌细雨中。

黄廷彧（1532—1607）

字景文，号芝川，籍贯长水，朝鲜王朝中宗、宣祖年间的文臣与诗人。1558 年文科及第，历任艺文馆检阅、户曹佐郎、晋州牧使、忠清道观察使等职，1584 年任“宗系辨诬奏请使”出使明朝，因“辨诬”有功升任户曹判书，封长溪府院君。壬辰倭乱爆发后，担任号召使陪同王子顺和君前往关东地区避难，并积极募集义兵抗倭。后因鞫景仁谋反，与顺和君一道被日军俘虏，并在加藤清正胁迫下给宣祖写劝降书。日军撤退后，因劝降一事而遭流放，后被宣祖赦免。诗歌造诣深厚，与郑士龙、卢守慎并称“馆阁三杰”。诗歌创作推崇宋代江西诗派黄庭坚、陈师道，诗风纵横、雄壮，是海东江西诗派的代表诗人。著有诗文集《芝川集》。《国朝诗删》录诗21首，《箕雅》录诗16首，《大东诗选》录诗11首。

次李伯生纯仁咏玉堂小桃

无数宫花倚粉墙，游蜂戏蝶趁余香。
老翁未及春风看，空有葵心向太阳。

送申叔正湜赴江陵

昔游东表镜湖亭，云梦胸吞八九平。
露浥海棠猩血艳，玉鸣沙路马蹄轻。
袁宏秋渚波声静，庾亮南楼月色清。
万古风流余兴在，亭中倘有客星经。

游穿岛

仇池小有潜通地，极目披襟海上台。
八九平吞云梦阔，三千远睹汉槎回。
沧波浩渺鲸争戏，碧落霏微雨骤来。
老去壮观真快意，向来忧恼总成灰。

罢官向芝上午坐楼院

午憩东楼卸马鞍，穷阴忽作暮天寒。
红尘谩说归田好，白首犹歌行路难。
天或试人聊自遣，雨还留客暂求安。
明朝刮目乡山碧，且费今宵一梦阑。

登乌头城录示同游

三岐水合一眉横，拔地乌头见古城。
鸟去鸟来天界白，潮生潮落岛分青。
神游八极楼居好，目送千帆海道清。
多少同游俱兴逸，依然风咏舞雩行。

送沈公直忠谦赴春川 其一

清平山色表关中，下有昭阳江汉通。
驰出东门一匹马，溯洄春水半帆风。
送人作郡鬼争笑，问舍求田囊久空。
为语当时勾漏令，衰颜须借点砂红。

郑碏（1533—1603）

字君敬，号古玉，籍贯温阳（今牙山），朝鲜王朝中宗、宣祖年间的文臣与诗人。其父郑顺朋是乙巳士祸的元凶，受此牵连，早年虽司马试合格，但未能进入仕途。平时以诗酒为乐，宣祖时入仕，官至吏曹佐郎，精通医典，参与编撰《东医宝典》。擅诗文，著有诗文集《古玉集》。《国朝诗删》录诗5首，《大东诗选》录诗4首。

闻笛

远远沙上人，初疑双白鹭。
临风忽横笛，寥亮江天暮。

重阳

世人最重重阳节，未必重阳引兴长。
若对黄花倾白酒，九秋何日不重阳。

桧岩途中作

匹马十年西复东，维扬今日又秋风。
山如画图白云外，路入招提红树中。
湘浦何须吊屈子，鹿门终拟访庞公。
隐沦经济各天性，我亦初非田舍翁。

高敬命（1533—1592）

字而顺，号霁峰、苔轩，籍贯长兴（今龟尾），朝鲜王朝中宗、宣祖年间的文臣与义兵将领。1552 年文科及第，历任成均馆典籍、工曹佐郎等职，后因得罪外戚李梁而遭罢官。壬辰倭乱爆发后，在南方积极组织义兵抗倭斗争，在锦山战斗中，与幼子高因厚一起战死，死后追赠左赞成。擅诗文，著有诗文集《霁峰集》与《游瑞石录》等。《国朝诗删》录诗 8 首，《箕雅》录诗 18 首，《大东诗选》录诗 20 首。

咏黄白二菊

正色黄为贵，天姿白亦奇。
世人看自别，均是傲霜枝。

食橘

平生睡足小江南，橘柚林中路饱谙。
朱实宛然亲不待，陆郎虽在意难堪。

早秋有感

一雨洗空碧，林塘生早秋。
新凉来枕簟，寒露下梧楸。
志士偏多感，芳辰惜屡遒。
无端万里意，湘楚忆同游。

记梦

少日风流独不群，暮年江海病兼分。
趑趄肯作湘中病，豪健应修岭外文。
潮入海门天拍水，日沉渔浦瘴如云。
江南驿使无消息，折得梅花未赠君。

宋翼弼（1534—1599）

字云长，号龟峰，籍贯砺山（今益山），朝鲜王朝中宗、宣祖年间的文臣与礼学家。本出身微贱，其父宋祀连因诬告他人谋逆有功，升任堂上官，其后家道昌盛。1586 年，诬告一事东窗事发，全家流放外地，辗转于友人与门人各处，最后宋翼弼死于颠沛流离之中。诗文俱佳，诗学李白，文宗左丘明、司马迁，与崔庆昌、白光勋、崔岦、李纯仁等人一同被称为宣祖年间的文学大家。早年与李珥、成浑等大儒往复讨论学问，在当时颇有声名。流放期间不遗余力培育后学，金集、郑晔、郑弘溟等名儒都出自其门下。他的礼学思想还直接影响到礼学大家金长生，并一直延续到宋时烈。擅诗文，著有诗文集《龟峰集》。《箕雅》录诗 11 首，《大东诗选》录诗 18 首。

龟山道中 其一

无心进取坐忘行，秣马松阴听水声。
后我几人先此路，各归其止又何争。

望月

未圆常恨就圆迟，圆后如何易就亏。
三十夜中圆一夜，百年心事总如斯。

寄牛溪

安土谁知是太平，白头多病滞边城。
胸中大计终归谬，天下男儿不复生。
花欲开时方有色，水成潭处却无声。
千山雨过琴书湿，依旧晴空月独明。

客去后独坐书怀

物理同源无厚薄，世情多径有猜疑。
携琴远望云归处，枕石孤吟月出时。

邪说岂留君子耳，闲愁难近达人眉。
身安更觉茅斋大，不独仙宫刻漏迟。

成浑（1535—1598）

字浩源，号牛溪、默庵，籍贯昌宁，朝鲜王朝中宗、宣祖年间的文臣与性理学家。早年无意科场，致力于学问研修，与白仁杰、李珥等人结为至交，朝廷虽多次授官，皆坚辞不受。东西分党时期，在政治上与郑澈等西人结为同盟。1589 年己丑狱事爆发后，西人掌权，官至吏曹判书。壬辰倭乱，与领议政柳成龙一道宣扬“主和论”。在李滉门下求学，因与李珥就“四端七情”展开论辩而名噪一时，其哲学思想后来成为朝鲜畿湖学派的理论源头。善诗文，著有诗文集《牛溪集》与《朱门旨诀》《为学之方》等。《国朝诗删》录诗 4 首，《大东诗选》录诗 4 首。

溪上春日

五十年来卧碧山，是非何事至人间。
小堂无限春风地，花笑柳眠闲又闲。

挽思庵

世外云山深复深，溪边草屋已难寻。
拜鹃窝上三更月，应照先生一片心。

赠安应休天瑞

一区耕凿水云中，万事无心白发翁。
睡起数声山鸟语，杖藜闲步绕花丛。

李珥（1536—1584）

字叔献，号栗谷、石潭、愚斋，籍贯德水（今开丰），朝鲜王朝中宗、宣祖年间的文臣与性理学家。自幼聪敏，早年拜在名儒白仁杰门下，母亲去世后一度入金刚山修佛，后下山钻研儒学。因前后九次取得各类科举考试的状元，被世人誉为“九度状元公”。明宗、宣祖两朝，历任星州牧使、户曹佐郎、大司宪、弘文馆大提学、吏曹判书、判敦宁府事等职。宣祖元年，以书状官之职出使明朝。在哲学思想上，批判李滉的“理一元论”与徐敬德的“气一元论”，主张“理气二元论”，与李滉并称为朝鲜思想界的“双璧”。著有《圣学辑要》《东湖问答》《经筵日记》《击蒙要诀》《万言封事》等。朴汝龙、成浑、李镇五等人收集整理其著述，于 1611 年、1724 年先后刊行《栗谷文集》《栗谷全书》。擅诗文，《箕雅》录诗 5 首，《大东诗选》录诗 7 首。

山中

采药忽迷路，千峰秋叶里。
山僧汲水归，林末茶烟起。

去国舟下海州

四远云俱黑，中天日正明。
孤臣一掬泪，洒向汉阳城。

求退有感

行藏由命岂由人，素志曾非在洁身。
阊阖三章辞圣主，江湖一苇载孤臣。
疏才只合耕南亩，清梦徒然绕北辰。
茅屋石田还旧业，半生心事不忧贫。

雪中骑牛访浩原叙别

岁云暮矣雪满山，野径细分乔林闲。
骑牛耸肩向何之，我怀美人牛溪湾。
柴扉晚扣揖清臞，小室拥褐依蒲团。
寥寥永夜坐无寐，半壁青荧灯影残。
因悲半生别离足，更念千山行路难。
谈余辗转晓鸡鸣，举目满窗霜月寒。

郑澈（1536—1593）

字季涵，号松江，籍贯迎日（今浦项），朝鲜王朝中宗、宣祖年间的文臣与诗人。出身名门，自幼出入宫门，与明宗交好。1545年乙巳士祸爆发时，随父亲一同流放外地。1551年赦还，移居丹阳唐旨山下，开始了十余年的苦学生涯。在此期间，跟随林亿龄学习诗歌创作，向金麟厚、奇大升等人请教学问，并与李珥、成浑等大儒往来交好。1562年文科及第，历任司宪府持平、咸镜道暗行御史、全罗道观察使、咸镜道观察使、右议政等职，逐渐成长为西人领袖。壬辰倭乱时，以谢恩使之职出使明朝，后受诬陷罢职，隐居江华松亭村。郑澈是朝鲜的歌辞大家，与时调文学大家尹善道并称朝鲜古典诗歌的“双璧”。歌辞名篇如《关东别曲》《思美人曲》等，有歌辞文学集《松江歌辞》传世。擅诗文，著有诗文集《松江集》。《国朝诗删》录诗2首，《大东诗选》录诗9首。

关东有赠妓

十五年前约，监司察访间。
吾言虽或中，俱是鬓毛斑。

雨夜

寒雨夜鸣竹，草虫秋近床。
流年那可住，白发不禁长。

秋夜

萧萧落叶声，错认为疏雨。
呼童出门看，月挂溪南树。

送人入头流山

头流山在白云表，独往神伤吾未从。
手弄天王峰上月，清光须寄唤仙东。

咸兴客馆对菊

秋尽关河候雁哀，思归且上望乡台。
殷勤十月咸山菊，不为重阳为客开。

次思庵韵

身如病鹤未归山，溪老松筠谷老兰。
汉水秋风愁里度，楚云乡路梦中漫。
人情阅尽头全白，世味尝来齿更寒，
遥忆松江旧钓侣，月明摇橹下前滩。

尹根寿（1537—1616）

字子固，号月汀、畏庵，籍贯海平（今龟尾），朝鲜王朝中宗、光海君年间的文臣。1558 年文科及第，历任承政院注书、春秋馆记事官、弘文馆副修撰、大司成、工曹参判、左赞成等职。门下人才辈出，名儒李廷龟、金尚宪等人都是其弟子。1573 年以奏请副使之职出使明朝，就宗系辨诬问题与明朝交涉，因辨诬有功封海平府院君。此次使行还将明代复古派文学引入朝鲜，并直接影响了朝鲜文坛先秦两汉散文创作思潮的兴起。壬辰倭乱爆发后，以问安使、奏请使之职多次出使明朝，为收复国土做出了积极贡献。诗文俱佳，参与编撰《明宗实录》，著有诗文集《月汀集》与《月汀漫笔》《朝天录》等。《大东诗选》录诗 1 首。

送尹养叔朝天

十载玄都观里花，重鸣环佩趁朝衙。
黄冈几和苏仙赋，辽海今浮汉使槎。
帝里山河森地轴，人间离别即天涯。
分明旧日经行路，肯遣乡愁上鬓华。

次苔轩韵赠义圆上人

曹溪流水悦仙山，石磴烟萝次第攀。
乱后试寻诸佛日，卷中犹对故人颜。
清诗惊世应长在，义魄归天更不还。
露盥蔷薇吟几遍，伤心空复倚松关。

闲中偶吟

一道长江几点山，渔歌忽断杳冥间。
舟撑绿浪独归稳，人与白鸥相对闲。

渐觉流年逢鬓改，讵容他日宦情悭。
曾闻雪谷亭基近，未访遗踪只汗颜。

白光勋（1537—1582）

字彰卿，号玉峰，籍贯海美（今瑞山），朝鲜王朝中宗、宣祖年间的诗人。早年在朴淳门下求学，13 岁时跟随名家梁应鼎学习诗文。1572 年因卢守慎的推荐，担任制述官，迎接明朝使臣。因诗才与书艺卓越，备受明朝使臣称赞。1577 年起，先后担任宣陵参奉、礼宾寺参奉、昭格署参奉等职。擅诗文，排斥宋诗，推崇唐诗，诗风浪漫、艳逸，与崔庆昌、李达并称为“三唐诗人”，著有诗文集《玉峰集》。《国朝诗删》录诗 21 首，《箕雅》录诗 23 首，《大东诗选》录诗 18 首。

弘庆寺

秋草前朝寺，残碑学士文。
千年有流水，落日见归云。

还乡路中

湖西路尽湖南路，千里山河一病身。
古店无灯风雨夜，半生形影愧前人。

龙门春望

日日轩窗似有期，卷帘时早下帘迟。
春光正在峰头寺，花外归僧不自知。

文舜举来访

松花满院更无春，却喜君来为整巾。
相引绿阴溪畔坐，午莺千啭似留人。

忆崔嘉运

门外草如积，镜中颜已凋。
那堪秋气夜，复此雨声朝。
影在时相吊，情来每独谣。
犹怜孤枕梦，不道海山遥。

漫兴 其二

欲说春来事，柴门昨夜晴。
闲云度峰影，好鸟隔林声。
客去水边坐，梦回花里行。
仍闻新酒熟，瘦妇自知情。

金诚一（1538—1593）

字士纯，号鹤峰，籍贯义城，朝鲜王朝中宗、宣祖年间的文臣。早年拜在名儒李滉门下求学，1568 年文科及第，历任刑曹佐郎、弘文馆修撰、春秋馆记事官、咸镜道巡抚御史等职，后升任大司成、弘文馆副提学等职。1590 年以通信副使之职出使日本，次年回国后向朝廷报告日本不会侵略朝鲜。壬辰倭乱爆发后，因误导朝廷而遭受罢职。宣祖许其戴罪立功，任庆尚右道巡察使，在庆尚道募集义兵，协同官军开展对日斗争。擅诗文，著有诗文集《鹤峰集》《日本行纪》《海槎录》等。《大东诗选》录诗 9 首。

汉江留别

仗钺登南路，孤臣一死轻。
终南与渭水，回首有余情。

矗石楼一绝

矗石楼中三壮士，一杯笑指长江水。
长江之水流滔滔，波不竭兮魂不死。

冒雨抵抱川留宿

山雨湿重裘，客行犹未休。
残民不成聚，老树半凋秋。
暂借宾轩宿，如从野寺游。
向昏人又散，寒角动边愁。

崔岦（1539—1612）

字立之，号简易、东皋，籍贯通川，朝鲜王朝中宗、光海君年间的文臣与文章家。出身寒门，早年在名儒李珥门下求学。1559年文科状元及第，历任公州牧使、承文院提调、同知中枢府事、刑曹参判等职。因文章超群，常年负责撰写中朝外交文书，以奏请使质证官、副使之职4次前往明朝。文学上深受明代复古派文人的影响，文章推崇模拟先秦两汉。其拟古文体问世后，风靡一时，与车天辂的诗、韩濩的字并称为“松都三绝”，并对朝鲜文坛秦汉古文复古思潮产生了重要影响。擅诗文，汉诗创作推崇苏轼、黄庭坚与陈师道，著有诗文集《简易集》与《十家近体诗》《汉史列传抄》《周易本义口诀附说》等。《箕雅》录诗23首，《大东诗选》录诗19首。

重奉徐方伯江上别章 其三

西游故国即天涯，复向江头管别离。
无限落来红叶湿，不堪题句寄相知。

十七朝

玉宇迢迢落月东，沧波万顷忽翻红。
蜿蜿百怪皆御火，送出金轮黄道中。

南江夜泛醉笔

自余来晋州，移月始登舟。
适是新年饮，浑如少日游。
笙歌依别渚，灯烛见高楼。
合有神仙在，他人向我求。

简远接一行江上

屈指西来冠盖频，东华定觉少居人。
士羞不识龙湾路，文欲相当凤诏臣。
聚胜亭深寒更胜，迎春堂迥早知春。
遥应酒赋无虚日，再造尤须认帝仁。

崔庆昌（1539—1583）

字嘉运，号孤竹，籍贯海州，朝鲜王朝中宗、宣祖年间的诗人。早年拜在朴淳、梁应鼎门下求学，1568 年文科及第，历任礼曹员外郎、司谏院正言、钟城府使等职，与当世名儒李珥、诗人郑澈等人交好。诗艺超群，推崇唐诗风，与白光勋、李达并称为“三唐诗人”。著有诗文集《孤竹遗稿》。《国朝诗删》录诗35首，《箕雅》录诗14首，《大东诗选》录诗22首。

高峰山斋

古郡无城郭，山斋有树林。
萧条人吏散，隔水捣寒砧。

浿江楼船题咏

水岸悠悠杨柳多，小船遥唱采莲歌。
红衣落尽秋风起，日暮芳洲生白波。

寄性真上座僧

茅庵寄在白云间，丈老西游久未还。
黄叶飞时疏雨过，独敲寒磬宿秋山。

箕城闻白评事别曲

锦绣烟花依旧色，绫罗芳草至今春。
仙郎去后无消息，一曲关西泪满巾。

废寺

有佛绝香火，无僧自暮朝。
古寮垂破衲，枯井弃残瓢。
径积今秋叶，厨余去岁樵。
只应游客到，归后更寥寥。

御题捣纨

谁家捣纨杵，一下一伤情。
满地秋风起，孤城片月明。
凄清动霜叶，寂寞入寒更。
征客关山远，能听空外声。

古意 其一

辚辚双车轮，一日千万转。
同心不同车，别离时屡变。
车轮尚有迹，相思人不见。

李达（1539—1612）

字益之，号荪谷、西潭、东里，籍贯洪州（今洪城），朝鲜王朝中宗、光海君年间诗人。自幼聪敏，早年跟随郑士龙、朴淳学习杜甫、李白、王维等人的诗歌。诗艺超群，尤擅唐诗，与崔庆昌、白光勋并称为“三唐诗人”。弟子许筠在《荪谷山人传》中评云:“其诗清新雅丽，高者出入王、孟、高、岑，而下不失刘、钱之韵。自罗丽以下，为唐诗者皆莫及焉。”受限于庶孽禁锢法，仅短暂担任过汉吏学官。著有诗集《荪谷诗集》。《国朝诗删》录诗 47 首，《箕雅》录诗 33 首，《大东诗选》录诗 37 首。

佛日庵赠因云释

山在白云中，白云僧不扫。
客来门始开，万壑松花老。

宫词 其一

平明日出殿门开，凤扇双行引上来。
遥听太仪宣诏语，罢朝新幸望春台。

松京怀古

前朝台殿草烟深，落日牛羊下夕阴。
同是等闲亡国地，笑看黄叶满鸡林。

寻伽倻山

中天笙鹤下秋霄，千载孤云已寂寥。
明月洞门流水在，不知何处武陵桥。

扑枣谣

邻家小儿来扑枣，老翁出门驱少儿。
小儿还向老翁道，不及明年枣熟时。

刈麦谣

田家少妇无夜食，雨中刈麦林中归。
生薪带湿烟不起，入门儿女啼牵衣。

祭冢谣

白犬前行黄犬随，野田草际冢累累。
老翁祭罢田间道，日暮醉归扶小儿。

斑竹怨

二妃昔追帝，南奔湘水间。
有泪寄湘竹，至今湘竹斑。
云深九疑庙，日落苍梧山。
余恨在江水，滔滔去不还。

李山海（1539—1609）

字汝受，号鹅溪、终南睡翁，籍贯韩山（今舒川），朝鲜王朝中宗、光海君年间的文臣。自幼聪敏，6岁即被誉为神童。1561年文科及第，历任弘文馆正字、兵曹佐郎等职。1567年以远接使从事官之职迎接明朝使臣。1590年因宗系辨诬之功封鹅城府院君。一生官运亨通，直至领议政。诗文俱佳，名列宣祖年间“文章八家”，著有诗文集《鹅溪遗稿》。《箕雅》录诗18首，《大东诗选》录诗16首。

暮出

海天风定日沉霞，蒲苇洲边夕露多。
瘦马倒鞭沙路迥，夜深明月宿渔家。

漫成

身似吴蚕尽吐丝，心如野鹿自难羁。
衣因坐石多穿破，冠为看山每侧欹。
松浦帆归晴浪阔，柳桥花发夕阳迟。
无端一掬临风泪，独向天边有所思。

江天别思帖 其三

三十年前此别离，事如春梦杳难追。
征人有恨停骖望，逝水无情向海驰。
冠盖几寻来去路，柳条添得短长枝。
龙湾城外销魂地，江草江花不尽思。

柳成龙（1542—1607）

字而见，号西厓，籍贯丰山（今安东），朝鲜王朝中宗、宣祖年间的文臣。早年拜在大儒李滉门下学习性理学，1566年文科及第，历任承文院权知副正字、弘文馆检阅、春秋馆记事官等职。1569年以圣节使书状官之职出使明朝。1582年任大司宪，奉命撰写《黄华集序》，其后历任弘文馆大提学、吏曹判书、左议政、领议政等职。1590年加封丰原府院君。壬辰倭乱时，任兵曹判书兼都体察使总管军务，启用李舜臣、权栗等名将，为扭转战局做出了重要贡献。与明军将领李如松一同收复平壤，1604年加封二等扈圣功臣。擅诗文，著有诗文集《西厓集》与《惩毖录》，编有《皇华集》《精忠录》等。《大东诗选》录诗1首。

斋居有怀录呈青城道契权章仲

细雨孤村暮，寒江落木秋。
壁重岚翠积，天远雁声流。
学道无全力，临歧有晚愁。
都将经济业，归卧水云陬。

南汉山城遇雪 二首

东郊匹马晓光微，暮入南城雪满衣。
匡世未应无寸策，独怜心与事相违。

温王城堞在山阿，故国繁华欲问何。
拖玉腰金趋走地，冷烟疏雨野人家。

郑逑（1543—1620）

字道可，号寒冈，籍贯清州，朝鲜王朝中宗、光海君年间的文臣。早年拜在大儒曹植、李滉门下学习性理学。1580 年入仕，历任昌宁县监、校正厅郎厅、通川郡守等职。壬辰倭乱时，积极招募义兵进行抗倭斗争。因安葬河陵君（宣祖之兄）之功升任堂上官，后历任掌隶院判决事、江原道观察使、刑曹参判等职。仁祖反正后，追赠吏曹判书。精通礼学与诗文，著有诗文集《寒冈集》，编有《古今会粹》《朱子诗分类》《医眼集方》《太极问辨》等。《大东诗选》录诗 1 首。

武屹夜咏

峰头残月点寒溪，独坐无人夜气凄。
为谢亲朋休理屐，乱云层雪径全迷。

偶吟

春山如锦水如蓝，风咏冠童共数三。
若会当时夫子叹，唐虞气象许君参。

惟政（1544—1610）

字离幻，号四溟堂、松云、钟峰，俗名任应奎，籍贯丰川（今松禾），朝鲜王朝中宗、光海君年间的名僧。13岁时拜在黄汝献门下学习《孟子》，1559年在直指寺出家。壬辰倭乱爆发后，与休静等一起投身斗争，并多次与明军总兵刘綎以及倭将加藤清正会谈。因战功显赫，宣祖授其“禅教两宗判事”。1604年，受宣祖之命出使日本，与德川家康谈判。次年，带回壬辰倭乱时期被掳朝鲜军民3000余人。1610年圆寂于海印寺。擅长草书与诗文，著有诗文集《四溟堂大师集》与《奋忠纾难录》等。《大东诗选》录诗7首。

奉李统制使舜臣

征南节度大将军，威振蛮荒静海氛。
节入生辰重九日，月明歌吹动辕门。

赠闲长老

衣下魔尼依旧在，不须虚认镜中头。
翻身直到故园里，一见爷娘方始休。

洛下卧病上西厓柳相公

一落黄云戍，七年犹未归。
鼓鼙秋梦少，京洛雁书稀。
镜里华容改，愁中岁月迟。
明朝渡江水，怊怅又相违。

李舜臣（1545—1598）

字汝谐，籍贯德水（今开丰），朝鲜王朝仁宗、宣祖年间的名将。30岁武科及第，历任权知训炼院奉事、训炼院参军等职。1587年因与女真族战斗失利而被罢官。1589年在李山海的推荐下，再次进入政坛，历任助防将、井邑县监、全罗左道水军节度使等职。壬辰倭乱时，任三道水军统制使。1598年10月，鸣梁海战中大败日军，12月露梁海战中，与明将陈璘再次大败日军。此役中被流弹击中战死。因战功卓越，死后相继被追授右议政、左议政、领议政之职，封德礼府院君。擅诗文，著有诗文集《李忠武公全书》，收录汉诗90首。《大东诗选》录诗1首。

闲山岛夜吟

水国秋光暮，惊寒雁阵高。
忧心辗转夜，残月照弓刀。

赠别宣水使居怡

北去同勤苦，南来共死生。
一杯今夜月，明日别离情。

阵中吟 其一

天步西门远，君储北地危。
孤臣忧国日，壮士树勋时。
誓海鱼龙动，盟山草木知。
雠夷如尽灭，虽死不为辞。

刘希庆（1545—1636）

字应吉，号村隐，籍贯江华（今仁川），朝鲜王朝仁宗、仁祖年间的诗人。出身卑微，属于贱民诗人，囿于身份制度，无法参加科举。诗艺超群，曾跟随朴淳学习唐诗，是当时推尊唐诗风的代表诗人。在自家后的溪水边建造“枕流台”，与白大鹏、崔奇男等中人诗人往来唱和。此外，早年曾随南彦经（徐敬德的门人）学习《文公家礼》，故而精通丧礼，经常指导士大夫葬礼与国丧的礼仪。擅诗文，著有诗文集《村隐集》，编有《丧礼抄》等。《昭代风谣》录诗10首，《大东诗选》录诗4首。

月溪途中

山含雨气水生烟，青草湖边白鹭眠。
路入海棠花下转，满枝香雪落挥鞭。

江亭次成双泉汝学韵

嫩绿门前柳，微凉槛外风。
乾坤分上下，日月见西东。
万象孤吟里，千山一望中。
渔樵生计足，愧我枕流翁。

太古亭 其一

暂过清溪洞，仍登太古亭。
庭云人不扫，涧水客来听。
细竹当檐翠，长松拂壑青。
何时谢尘土，此地付余龄。

九日陪柳文学登北麓

松间开小酌，两岸石苔斑。
乱壑泉声细，层城夕照寒。
秋阴生古木，云影度空坛。
岩下崎岖路，扶笻独自还。

白大鹏（？—1592）

字万里，籍贯林川（今扶余），朝鲜王朝宣祖年间的诗人。出身卑微，仅担任过掖庭署司钥等低级官职。1590 年随通信使许筬前往日本。壬辰倭乱时，跟随巡边使李镒参加抗倭斗争，战死于尚州之役。擅诗文，推崇晚唐风，与刘希庆、郑致等人结为至交。《国朝诗删》录诗 1 首，《昭代风谣》录诗 2 首，《大东诗选》录诗 2 首。

九日

醉插茱萸独自娱，满山明月枕空壶。
旁人莫问何为者，白首风尘典舰奴。

秋日

秋天生薄阴，华岳影沉沉。
丛菊他乡泪，孤灯此夜心。
流萤乱隐草，疏雨落长林。
怀侣不能寐，隔窗啼怪禽。

林悌（1549—1587）

字子顺，号白湖、枫江、啸痴、碧山、谦斋，籍贯罗州，朝鲜王朝明宗、宣祖年间的文臣与诗人。早年放荡不羁，20岁时才拜在成运门下。传言因屡试科举不中，故而发奋熟读《中庸》八百遍。1577年文科及第，历任兴阳县监、西北道兵马评事、关西都事、礼曹正郎、弘文馆知制教等职。擅诗文，著有诗文集《林白湖集》与汉文小说《愁城志》《花史》《元生梦游录》等。《国朝诗删》录诗8首，《箕雅》录诗11首，《大东诗选》录诗14首。

无语别

十五越溪女，羞人无语别。
归来掩重门，泣向梨花月。

山寺

半夜林僧宿，重云湿草衣。
岩扉开晚日，栖鸟始惊飞。

送黄景润为镜城判官

元帅台前海接天，曾将书剑醉戎毡。
阴山八月恒飞雪，时逐长风落舞筵。

浿江歌 其六

浿江儿女踏春阳，江上垂杨正断肠。
无限烟丝若可织，为君裁作舞衣裳。

驿楼

胡虏曾窥二十州，当时跃马取封侯。
如今绝塞烟尘静，壮士闲眠古驿楼。

许篈（1551—1588）

字美叔，号荷谷，许楚姬、许筠之兄，朝鲜王朝明宗、宣祖年间的文臣。1572 年文科及第，历任吏曹佐郎、昌原府使等职。后因弹劾李珥而流放甲山，1588 年病死于金刚山。1574 年曾以书状官之职出使明朝，并撰写了中国行纪《荷谷朝天记》。擅诗文，著有诗文集《荷谷集》，编有《仪礼删注》《北边记事》《海东野言》等。《箕雅》录诗 11 首，《大东诗选》录诗 20 首。

经废寺

古寺经年感废兴，重来不复见残僧。
香盘寂寂凝尘满，时有村巫点佛灯。

初出国门

莫谓江南远，兹行亦圣恩。
应为汉循吏，不作楚冤魂。
断岸蛩声绝，高空雁影翻。
那堪解缆处，回首国东门。

压胡亭

塞国悲寒望，人烟接鬼方。
山围孤障外，水入坏陵旁。

白屋经年病，青苗一夜霜。
登临最萧瑟，衰鬓叶俱黄。

谪中送朴甥

尔去向庭闱，余还掩旧扉。
重逢难自料，一别更谁依。
北阙春云满，西山夕照微。
当筵欲忍泪，不觉已沾衣。

郭再祐（1552—1617）

字季绥，号忘忧堂，籍贯玄风（今大邱），朝鲜王朝明宗、光海君年间的文臣与义兵将领。1585 年文科及第，但因试卷内容违背国王的意志而遭“罢榜”，此后绝意科场，隐居乡间。壬辰倭乱时，积极招募义兵组织抗倭斗争。因战功显著，历任幽谷察访、刑曹佐郎、折冲将军、星州牧使、庆尚左道防御使等职。晚年因痛恨朝廷党派斗争，而辞官归隐。擅诗文，著有诗文集《忘忧堂集》。《大东诗选》录诗 1 首。

咏怀

辞荣弃禄卧云山，谢事忘忧身自闲。
莫言今古无仙子，只在吾心一悟间。

江舍偶吟 其一

朋友怜吾绝火烟，共成衡宇洛江边。
无饥只在啖松叶，不渴惟凭饮玉泉。
守静弹琴心澹澹，杜窗调息意渊渊。
百年过尽亡羊后，笑我还应称我仙。

漫成

时人若要学长生，先是枢机昼夜行。
恍惚中间专志气，虚无里面固元精。
龙交虎战三周毕，兔走乌飞九转成。
炼出一炉神圣药，五云归去路分明。

李好闵（1553—1634）

字孝彦，号五峰、南郭、睡窝，籍贯延安（今延白），朝鲜王朝明宗、仁祖年间的文臣。1584年文科及第，历任应教、典翰、吏曹佐郎等职。壬辰倭乱后，护送宣祖到义州，奔赴辽阳请求明军支援，起草了大量与明朝的外交文书。封扈圣二等功臣、晋封府院君，升任同知中枢府事、吏曹判书、大匡辅国崇禄大夫等职。擅诗文，著有诗文集《五峰集》。《箕雅》录诗11首，《大东诗选》录诗11首。

寒食日松溪途中

寒食东风铲地号，平郊燕雀羽毛高。
千秋老鹤霜衣洁，独立岩嶅梦海涛。

乡思寄呈海平高提督卿老 其一

秋尽江南橘柚垂，百忧双鬓未归时。
寒灯照我床前竹，影上东窗叶叶疑。

龙湾行在闻下三道兵进攻汉城

干戈谁着老莱衣，万事人间意渐微。
地势已从兰子尽，行人不见汉阳归。
天心错漠临江水，庙算凄凉对夕晖。
闻道南兵近乘胜，几时三捷复王畿。

车天辂（1556—1615）

字复元，号五山、橘室、清妙居士，朝鲜王朝明宗、光海君年间的文臣与诗人。大儒徐敬德的门人，1577年文科及第，历任开城教授、奉常寺判官、奉常寺佥正等职。1559年跟随通信使黄允吉前往日本，期间作诗四千余首，名扬日本。又因长期起草外交文书，文名远播明朝，被誉为“东方文士”。诗才卓越，与韩濩的字、崔岦的文章并称“松都三绝”。著有诗文集《五山集》与随笔集《五山说林》。《箕雅》录诗3首，《大东诗选》录诗19首。

江夜

夜静鱼登钓，波深月满舟。
一声南去雁，啼送海山秋。

偶吟

蜗角争名战未休，几人谈笑觅封侯。
剑头蚁血流千里，甲外鲸波没十洲。
莫问是非身后定，从知胜败掌中收。
若教画像麒麟阁，上将奇功在伐谋。

送书状黄会元 其一

书状为官亚使臣，霜威凛凛肃行尘。
山川云物题诗好，风俗讴谣载笔真。
雪暗滦河迷蓟路，月明华表记辽闉。
凭君欲问悲歌者，燕市今人与古人。

赠琴娘秋香

十二巫山梦里寒，半窗明灭一灯残。
手调旧曲歌金缕，眉蹙春愁倚玉阑。
却羡双飞钗上燕，更怜孤舞镜中鸾。
胭脂坡下寻遗迹，屐齿苔痕不忍看。

王按察别诗 其二

铜柱犹轻马伏波，直从沧海洗周戈。
天回北斗低旌旆，雨卷东风入凯歌。
壁垒令严秦吏卒，云霞色动汉山河。
鲁儒一用知无敌，袖里晴虹凛不磨。

李恒福（1556—1618）

字子常，号弼云、白沙、东冈、素云，籍贯庆州，朝鲜王朝明宗、光海君年间的文臣。1580 年文科及第后，历任司谏院正言、弘文馆修撰、礼曹正郎等职。壬辰倭乱时，护送宣祖前往义州避难，升任兵曹判书，指挥抗倭斗争。1598 年以陈奏使之职出使明朝，其后因辨诬之功升任领议政，晋封鳌城府院君。1618 年因反对李尔瞻等大北派的废母论而遭罢职，流放北青。擅诗文，著有诗文集《白沙集》与《北迁日录》《四礼训蒙》等。《箕雅》录诗 9 首，《大东诗选》录诗 10 首。

寄申敬叔

两地俱为放逐臣，中间消息各沾巾。
清平山下昭阳水，日夜西流到广津。

夜坐

终宵默坐算归程，晓月窥人入户明。
忽有孤鸿天外过，来时应自汉阳城。

单于夜宴图

阴山猎罢月苍苍，铁马千群夜踏霜。
帐里胡笳三两拍，樽前醉舞左贤王。

柳梦寅（1559—1623）

字应文，号於于堂、艮斋、默好子，籍贯高兴，朝鲜王朝明宗、仁祖年间的文臣与文章家。早年跟随成浑、申濩学习，1589年文科状元及第，历任世子侍讲院文学、兵曹参议、都承旨、大司谏、吏曹参判等职。壬辰倭乱前后，以质正官、问安使、圣节使兼谢恩使之职三次出使明朝，因功晋封瀛阳君。仁祖反正后，柳应泂诬告其密谋光海君复位，与其子柳瀹一同被杀。擅诗文，著有诗文集《於于集》与随笔集《於于野谈》。《箕雅》录诗5首，《大东诗选》录诗12首。

咏梳

木梳梳了竹梳梳，乱发初分虱自除。
安得大梳千万尺，一梳黔首虱无余。

襄阳途中

贫女鸣梭泪满腮，寒衣初欲为郎裁。
朝来裂与催租吏，一吏才归一吏来。

题抱月亭

春潮得雨一篙添，浓蕊初稀嫩叶尖。
欲唤佳人舟上舞，江风不贷楚腰纤。

山行

蚌螺粘石何年海，萝葍生山太古田。
踯躅背岩多白蕊，鼪鼯食柏或青毡。

题宝盖山寺壁

七十老孀妇，单居守空壶。
惯读女史诗，颇知妊姒训。

傍人劝之嫁，善男颜如槿。
白首作春容，宁不愧脂粉。

李德馨（1561—1613）

字明甫，号汉阴、双松、抱瘫散人，籍贯广州，朝鲜明宗、光海君年间的文臣。自幼聪敏好学，1580年文科及第，历任修撰、校理、礼曹参判、同副承旨等职，31岁时担任大提学。壬辰倭乱时有战功：以请援使之职前往明朝请兵，任接伴使接待明军将领李如松，与明将刘綎、朝鲜李舜臣在顺川大败倭军。1608年光海君即位后，以陈奏使之职前往明朝，归国后升任领议政。1613年因反对处死永昌大君与废母论而遭罢职，后病死于龙津。擅诗文，著有诗文集《汉阴文稿》。《大东诗选》录诗3首。

寄邻丈李仁甫 其一

平原经雨草根柔，隔屋春山翠欲流。
赛社醉归桑柘晚，远村烟合月如钩。

次沈副学忠谦韵

泣血看天意，妖氛暗几州。
路迷心尽折，时定病应瘳。
野色秋连海，边城月满楼。
龙兴霜露迫，未死得无忧。

送松云赴日本

纷纷蛙坎自为多，谁识抟风九万赊。
道可适几心要细，言能惊俗气须和。
此间有味无人会，难处输君与世夸。
记得老师回棹日，尽传殊域伏降魔。

李春英（1563—1606）

字实之，号体素斋，籍贯全州，朝鲜王朝明宗、宣祖年间的文臣。大儒成浑的门人，1590年文科及第，历任检阅、礼曹佐郎、奉常寺佥正等职。壬辰倭乱期间，担任抄启制述文官，负责誊抄向明朝求援的奏文。擅诗文，著有诗文集《体素集》。《箕雅》录诗1首，《大东诗选》录诗7首。

送明应

我隐欲东浮，君行正西笑。
别后短长亭，山重水复绕。

可晦和送复次 其五

青春三十八年回，每送春归辄把杯。
当日只言行乐好，不知春与老俱来。

铁岭

暮宿银溪驿，朝登铁岭关。
思亲双鬓白，恋阙寸心丹。

客路连三水，家乡隔万山。
未应忠孝志，芜没半道间。

李睟光（1563—1628）

字润卿，号芝峰，籍贯全州，朝鲜王朝明宗、仁祖年间的文臣。1585年文科及第，历任承文院副正字、成均馆典籍、户曹佐郎等职。壬辰倭乱爆发后，任北道宣谕御史组织抗倭斗争。一生三次出使明朝，在北京与安南、琉球、暹罗使臣往来诗文唱和。将利玛窦的《天主实义》《教友论》引入朝鲜，是朝鲜半岛西学的早期传播者。仁祖反正后，历任都承旨、大司谏、吏曹判书。擅诗文，博学多识，著有诗文集《芝峰集》与百科全书《芝峰类说》。《箕雅》录诗18首，《大东诗选》录诗15首。

春宫怨

禁苑春晴昼漏稀，闲随女伴斗芳菲。
落花也被东风误，飞入宫墙更不归。

吹笛院

曾将一笛院前吹，醉倚空山落日时。
匹马偶来追往事，澹烟芳草十年思。

赠四溟山人往日本

盛世多名将，奇功独老师。
舟行鲁连海，舌骋陆生辞。

变诈夷无厌，羁縻事恐危。
腰间一长剑，今日愧男儿。

暮抵宁远卫

双树村前路，风沙马足随。
野从辽右旷，山到漠南奇。
日落行人疾，天寒宿鸟痴。
孤城知未远，戍角暗闻吹。

闻虏入沈阳之境杨御史领兵赴援

日夕孤城羽报多，天骄十万近辽河。
元戎独拥青骢马，壮士皆骑白橐驼。
塞上威名今寇准，禁中才略古廉颇。
只应免却汾阳胄，生致军前药葛罗。

偶成

宾馆经冬岁又华，衣冠染尽玉京沙。
羁怀冷落多因病，客梦参差少到家。
春日不消头上雪，年光先入眼中花。
愁来坐算东归路，海外云烟万里赊。

许楚姬（1563—1589）

字景樊，号兰雪轩，籍贯阳川（今首尔），朝鲜王朝明宗、宣祖年间的女诗人。出身文章世家，8岁撰《广寒殿白玉楼上梁文》，被誉为神童，后随李达学习汉诗。15岁时与金诚立结婚，婚后夫妻不合，加之子女早夭等变故，27岁时病故。诗才卓越，被誉为“海东第一女诗人”。其弟许筠将其部分诗稿赠予明使朱之蕃，去世16年后，其诗集在明朝刊行。1711年文台屋次郎在日本刊行其诗集。著有诗文集《兰雪轩集》，收录汉诗213首。《大东诗选》录诗20首。

效崔国辅体

池头杨柳疏，井上梧桐落。
帘外候虫声，天寒锦衣薄。

贫女吟 二首

岂是乏容色，工针复工织。
少小长寒门，良媒不相识。

手把金剪刀，夜寒十指直。
为人作嫁衣，年年还独宿。

出塞曲

烽火照长河，天兵出汉家。
枕戈眠白雪，驱马到黄沙。
朔吹传金柝，边声入塞笳。
年年长结束，辛苦逐轻车。

望仙谣

琼花风软飞青鸟，王母麟车向蓬岛。
兰旌蕊帔白凤驾，笑倚红阑拾瑶草。
天风吹擘翠霓裳，玉环琼佩声丁当。
素娥两两鼓瑶瑟，三花珠树春云香。
平明宴罢芙蓉阁，碧海青童乘白鹤。
紫箫吹彻彩霞飞，露湿银河晓星落。

李廷龟（1564—1635）

字圣徵，号月沙、保晚堂、痴庵、秋崖、习静，籍贯延安（今延白），朝鲜王朝明宗、仁祖年间的文臣。自幼聪慧，8岁时能次韵韩愈的《南山诗》。早年拜在尹寿根门下学习诗文，1590年文科及第，在承文院任职。壬辰倭乱时，因精通汉语担任御前通官，处理接待明朝使臣与代表朝廷的重要外交事务。1598年，明兵部主事丁应泰诬告朝鲜欲引倭寇侵略大明，李廷龟以陈奏副使之职前往辨诬。1601年、1604年，先后两次出使明朝。光海君即位后，历任兵曹、礼曹、刑曹判书。仁祖反正后，官至左议政。诗文超群，与张维、李植、申钦一起并称为“汉文四大家”，是当世馆阁文学的杰出代表。著有诗文集《月沙集》与中国行纪《朝天纪行录》，编有《书筵讲义》《大学讲义》等。《箕雅》录诗18首，《大东诗选》录诗20首。

近关春气尚早桃杏始开马上口号语会元

桃花落尽别京华，及到关头始杏花。
不是春光有先后，和风偏向帝城多。

途中口占

古店依西岸，河桥柳映湾。
春生天外树，日落马前山。
物色惊佳节，年华入病颜。
羁愁无处写，诗就不须删。

宿通远堡口占

半生三泛九天槎，二十年来鬓已皤。
问主尽非曾识面，寻村或记旧经家。
厨人拥雪晨吹火，羌女篝灯夜绩麻。
风土不殊言语异，吾邦休说小中华。

再用前韵为七言长句奉赠同行三学士暨车秘书权秀才求和

昔年吾与弼云翁，擎奏联镳宾上国。
登临讽咏日娱嬉，不知身作他乡客。
今来何幸继此游，随处江山穷远瞩。
况此诸君各能文，使我傍观袖手缩。
清篇日日散琼瑶，有时杰句舒郁抑。
说之之诗多态度，灿烂新锦迎朝旭。
酣来挥翰作嫩语，有似轻丸走广陌。
德水文彩自家传，浩浩词源深莫测。
才豪语硬亹亹逼，句法森严倚天壁。
南阳名阀得俊士，妙年落笔人刮目。
风标词藻共秀发，珠玉朗然惊在侧。
有穷者权独老成，平生读书破万轴。

一朝新诗入御屏，椟里宝气腾结绿。
忘形千里共提携，交义期推道南宅。
秘书车君学雄富，变化风涛驱霹雳。
蛟螭蝼蚓共纵横，觜距鳞角还堪惕。
诗成使之说奇字，期期吐语开茅塞。
老拙多惭秕在前，东槎远追前人迹。
风骚吾敢忝登坛，诗社君能优入域。
相持壁垒整麾幢，迭唱埙篪与匏革。
明灯风雪纵捭阖，坐到晨钟穷暮柝。
龙湾又是形胜地，山河壮哉关防扼。
皇皇圣朝调玉烛，胡羯远詟烟尘熄。
吾邦偏荷一视仁，今日三韩诚再拓。
昨者少阳初出震，诏书颁庆下紫极。
君王血诚上帝知，万里风云地不隔。
吾侪衔命实非分，半月饱闻关山笛。
何用苦吟愁肝肾，且复酣歌永今夕。
九龙渊上醉袖翻，统军亭前长啸划。
原头骄雉猎正肥，冰下寒鱼叉更跃。
人生快意即为之，莫把浮名较失得。
论文不惜任喧呼，胸次磊磈酒可濯。
只愿同保岁寒盟，我心还如不转石。

申钦（1566—1628）

字敬叔，号玄轩、象村、玄翁、放翁，籍贯平山（今南海），朝鲜王朝明宗、仁祖年间的文臣。1586年文科及第后，历任成均馆学谕、庆源训导、司宰监参奉、兵曹佐郎等职。壬辰倭乱爆发后，跟随三道巡边使申砬参、都体察使郑澈参与抗倭斗争。1594年、1609年，先后两次为世子册封出使明朝。仁祖即位后，历任弘文馆大提学、右议政等职。1627年丁卯胡乱爆发后，护送世子前往全州避难，后升任领议政。精通程朱理学，诗文卓越，与李廷龟、张维、李植一同被称为“汉文四大家”，著有诗文集《象村集》。《箕雅》录诗22首，《大东诗选》录诗25首。

阳春曲

垄蝶双双戏，含桃朵朵开。
临轩看斗草，鹦鹉报人来。

次僧轴韵

踯躅花开乳燕飞，枯梧睡罢正忘机。
僧来不作人间话，知我归心在翠微。

村兴 其二

征鸿背照下江门，落叶流风过别村。
莫遣龙眠画秋色，紫兰丛菊总伤魂。

夜坐

野藤拖地少人行，露草离离暗水鸣。
数点疏萤流客悦，一声寒雁过江城。
孤灯依壁花成晕，小雨经林叶尽惊。
最是殊方肠断处，旧游零落隔平生。

名都篇

名都佳且丽，城郭凌云烟。
离宫三十六，璇极相连延。
邃宇开网户，朱缀刻方连。
绮缟结琦璜，红壁玄梁悬。
明堂启大昕，冠佩争翩翩。
左有丞相宅，东阁迎群贤。
右有戚里第，觚稜金碧鲜。
车如流水疾，马如游龙翾。
朝随魏其后，暮趋武安前。
翻手作霜露，呼吸走百川。
沧桑倏盛衰，憎爱日推迁。
张汤牛车返，晁错东市边。
不及冶游人，狭邪藏婵娟。
手袖朱亥椎，身擅郭解权。

赵纬韩（1567—1649）

字持世，号玄谷、西峦、素翁，籍贯汉阳（今首尔），朝鲜王朝明宗、仁祖年间的文臣。壬辰倭乱爆发后，跟随金德龄参军抗倭，1609 年文科及第，历任持平、修撰等职，后因癸丑狱事遭罢职。仁祖反正后，任司成、掌令，并赐暇读书。1627 年丁卯胡乱后，积极组织义兵抗争，升任工曹参判。擅诗文，著有诗文集《玄谷集》与汉文小说《崔陟传》。《大东诗选》录诗 5 首。

南农八咏 其三

花稀新绿繁，陇麦摇高浪。
雉雊日当中，小犊随馌往。

宫中四时词 其二

榆叶阴阴荷叶肥，水晶帘外落蔷薇。
黄莺似识君王意，不断柔肠终不飞。

忆女儿

今岁渠生已七年，不宜游戏出门前。
瞻鸦每想涂窗墨，对蕨翻思觅栗拳。
学母晓妆应未惯，呼爷夜哭竟谁怜。
唯当老子还家日，未脱征衣抱尔先。

李玉峰（生卒年不详）

沃川郡守李逢的庶女，承旨赵瑗的小室，朝鲜王朝宣祖年间的女诗人。早年在名儒曹植门下学习，后死于壬辰倭乱之中。其诗在当世享有盛名，在朝鲜、明朝广为流传，钱谦益《列朝诗集》收录其诗。著有《玉峰集》，收录汉诗 32 首。《大东诗选》录诗 6 首。

闺情

有约来何晚，庭梅欲谢时。
忽闻枝上鹊，虚画镜中梅。

宁越道中

五日长关三日越，哀歌唱断鲁陵云。
妾身亦是王孙女，此地鹃声不忍闻。

赠云江 二首

柳外江头五马嘶，半醒半醉下楼时。
春红欲瘦临妆镜，试画梅窗半月眉。

近来安否问如何，月到纱窗妾恨多。
若使梦魂行有迹，门前石路便成沙。

许筠（1569—1618）

字端甫，号蛟山、惺所、白月居士，籍贯阳川（今首尔），许篈、许楚姬之弟，朝鲜王朝宣祖、光海君年间文臣。5岁习字，9岁能诗，早年拜在柳成龙、李达门下。1594年文科及第，历任世子侍讲院说书、春秋馆记注官、司仆寺正、遂安郡守等职。1606年、1609年以远接使从事官之职接待明使朱之蕃、李尚毅。1610年、1614年、1615年三次出使明朝，不仅接触到阳明学、天主教知识，还将《太平广记》等书籍引入朝鲜。光海君年间，升任承文院副提调、左参赞等职。1618年，因密谋推举义昌君为王而遭斩。思想上推崇阳明学，批判程朱理学。文学上推崇真情、排斥传统。著有诗文集《惺所覆瓿稿》、诗话集《鹤山樵谈》《惺叟诗话》与小说《洪吉童传》，编有诗选集《国朝诗删》等。《大东诗选》录诗6首。

除夕

中宵谯鼓报阗阗，断送人间己亥年。
爆竹颂椒无旧俗，按歌催瑟且华筵。
功名不入持杯手，岁月从消拥被眠。
莫笑明朝三十二，潘郎元已雪满颠。

初夏省中作 二首

田园芜没几时归，头白人间官念微。
寂寞上林春事尽，更看疏雨湿蔷薇。

恹恹昼睡雨来初，一枕薰风殿阁余。
小吏莫催尝午饭，梦中方食武昌鱼。

宫词 其七

建春门外仗如雷，法府丰呈小宴开。
花里一班宫女出，两宫初幸瑞葱台。

有怀 其二

倦鸟何时集，孤云且未还。
浮名生白发，归计负青山。
日月消穿榻，乾坤入抱关。
新诗不缚律，且以解愁颜。

除春秋有感

投闲方欲乞江湖，金匮䌷书更滥竽。

丘壑风流吾岂敢，丹铅雠勘岁将徂。
壮游未许追司马，良史谁能继董狐。
碧海烟波三万顷，钓竿何日拂珊瑚。

灵源寺

螺宫高削翠芙蓉，日出金霏射牖浓。
舍利旧藏多宝塔，沙弥犹扣下堂钟。
莲花昼集听经鸟，云气秋盘入洞龙。
绝境偶拼人外赏，振衣仍陟望高峰。

权韠（1569—1612）

字汝章，号石洲，籍贯安东，朝鲜王朝宣祖、光海君年间的诗人。大诗人郑澈的门人，为人豪放，一生未仕，钟情于诗酒。诗才卓越，与许筠结为至交，与李安讷一同被称为穆陵文坛的“双璧”。光海君年间，撰写了《宫柳诗》，该诗讽刺了柳希奋（光海君妃子之弟）等戚族。因而遭受酷刑，后被流放。西大门友人设酒宴为其送行，在酒宴中暴饮而亡。著有诗文集《石洲集》与汉文小说《韦敬天传》《周生传》。《国朝诗删》录诗30首，《箕雅》录诗58首，《大东诗选》录诗50首。

途中

日入投孤店，山深不掩扉。
鸡鸣问前路，黄叶向人飞。

过郑松江墓有感

空山木落雨萧萧，相国风流此寂寥。
惆怅一杯难更进，昔年歌曲即今朝。

寄具容

年年同赏禁城花，别后那堪度岁华。
鸿雁不来春又晚，一船风雨在天涯。

征妇怨

交河霜落雁南飞，九月金城未解围。
征妇不知郎已没，夜深犹自捣寒衣。

夜坐书怀

世事有如此，流光无奈何。
菊花秋后少，虫语夜深多。
悄悄月侵牖，萧萧风振柯。
关心十年事，坐数扑灯蛾。

松京道中怀旧游玉连环

衣上风埃日色黄，八年陈迹入思量。
土桥山霭空中碧，石涧松阴雨后凉。
小路崎岖寻野寺，寸岑依约想云庄。
壮游奇乐消磨尽，一曲高歌泪满裳。

古意 其二

有客别东鲁，求名入长安。
长安多甲第，歌舞青云端。
衣冠散广陌，剑佩声珊珊。
忽见车骑来，白日辉金鞍。
认是平生亲，欲进仍盘桓。
愿一道姓名，气象不可干。
日暮归邸舍，抚枕涕汍澜。
传语后来人，此路诚独难。

忠州石效白乐天

忠州美石如琉璃，千人劚出万牛移。
为问移石向何处，去作势家神道碑。
神道之碑谁所铭，笔力倔强文法奇。
皆言此公在世日，天姿学业超等夷。
事君忠且直，居家孝且慈。
门前绝贿赂，库里无财资。
言能为世法，行足为人师。
平生进退间，无一不合宜。
所以垂显刻，永永无磷缁。
此语信不信，他人知不知。
遂令忠州山上石，日销月铄今无遗。
天生顽物幸无口，使石有口应有辞。

金尚宪（1570—1652）

字叔度，号清阴、石室山人，籍贯安东，朝鲜王朝宣祖、孝宗年间的文臣。15岁时跟随尹寿根学习经史文章，1596年文科及第，历任通礼院引仪、礼曹佐郎、弘文馆修撰。光海君即位后，赐暇读书，升任同副承旨。1613年癸丑狱事时，受连坐罢官迁居丰山。1623年仁祖反正后，升任大司谏、都承旨等职，并以圣节兼谢恩陈奏使之职出使明朝，回国后历任六曹判书。丙子胡乱时，强烈主战，仁祖降服后辞官隐退。1639年，因撰写反对朝鲜派兵帮助清军攻打明朝的奏疏，而被押送沈阳监禁6年，释放回国后升任左议政。1653年追赠领议政。擅诗文，与李廷龟、申翊圣、李敬舆等人结为至交，著有诗文集《清阴集》与随笔集《野人谈录》等。《箕雅》录诗6首，《大东诗选》录诗10首。

路旁冢

路旁一孤冢，子孙今何处。
唯有双石人，长年守不去。

芦洲落雁

青女乘秋结夜霜，塞鸿连阵正南翔。
衡山到日无前路，少为芦花下夕阳。

又次梦到清风溪韵

华屋沉沉更未归，棣华零落鹡鸰飞。
余生不向江都路，忍见城南一片衣。

山人玄悟诗卷次韵

到老君恩重，归田夙计非。
匡时那有策，遣兴亦无诗。
佳节腾腾过，清游历历违。
春来杨柳树，羡尔自舒眉。

送秋日感怀

忽忽殊方断送秋，一年光景水争流。
连天败草西风急，幂碛寒云落日愁。
苏武几时终返国，仲宣何处可登楼。
骚人烈士无穷恨，地下伤心亦白头。

李安讷（1571—1637）

字子敏，号东岳，籍贯德水（今开丰），朝鲜王朝宣祖、仁祖年间的文臣与诗人。1599 年文科及第，历任刑曹佐郎等职。1601 年以书状官之职出使明朝，回国后担任成均馆直讲、户曹参议、江华府使等职。丁卯胡乱时，任江华府留守、咸镜道观察使等职。1632 年，以奏请副使之职出使明朝，请求追尊仁祖的生父定远君。明朝赐封号“元宗”，回国后升任礼曹判书。诗文超群，与权韠、尹根寿、李好闵等人交好，并称“东岳诗坛”。尤擅唐诗，被誉为当世的李太白，著有诗文集《东岳集》，一生留下诗作四千余首。《箕雅》录诗 45 首，《大东诗选》录诗 23 首。

龙山月夜闻歌姬唱故寅城郑相公思美人曲率尔口占示赵持世昆季

江头谁唱美人词，正是孤舟月落时。
惆怅恋君无限意，世间惟有女郎知。

塞上曲

三月天山草未芽，笛中空奏小梅花。
春风若到黄沙碛，塞上征人更忆家。

戏示任玄石绝句 其一

白头伶叟病还乡，自说先朝入上阳。
一曲升平与民乐，锦溪花落月苍苍。

从军行 其三

岁暮居延路，严风透战袍。
马跑关雪暗，雕放碛云高。
报国身方健，临边气益豪。
长歌塞下曲，含笑看霜刀。

闻石洲权汝章以本月初七日殁于京城东门外逆旅之家 二首

尚惜天涯谪，何言地下游。
吾人且相戒，异代果谁尤。
忍泪裾先湿，临文笔欲投。
百身无处赎，遗怨在千秋。

死固人皆有，君应世所无。
谁知一个字，能丧百年躯。
浩荡神农药，萧条大禹谟。
此生那更见，孤月照西湖。

奉赠琉球国使臣蔡长史奎

万里琉球国，曾闻在海中。
帝京逢使节，王事度秋风。
地隔山川异，天连雨露同。
南归倘相忆，回首月生东。

四月十五日

四月十五日，平明家家哭。
天地变萧瑟，凄风振林木。
惊怪问老吏，哭声何惨怛。
壬辰海贼至，是日城陷没。
惟时宋使君，坚壁守忠节。
阖境驱入城，同时化为血。
投身积尸底，千百遗一二。
所以逢是日，设奠哭其死。
父或哭其子，子或哭其父。
祖或哭其孙，孙或哭其祖。
亦有母哭女，亦有女哭母。
亦有妇哭夫，亦有夫哭妇。
兄弟与姊妹，有生皆哭之。

蹙额听未终，涕泗忽交颐。
吏乃前致词，有哭犹未悲。
几多白刃下，举族无哭者。

桂生（1573—1610）

字天香，号梅窗，本名李香今，因生于癸酉年，又名癸生、桂生、桂娘（韩语中“癸”与“桂”发音相同），下级官吏李汤从之女，朝鲜王朝宣祖、光海君年间扶安的名妓与诗人。精通诗文与音乐，与开城名妓黄真伊并称朝鲜妓女“双璧”。与刘希庆、许筠、李贵等当世名士交往深厚。著有诗文集《梅窗集》，一生作诗数百首，目前仅有58首传世。《大东诗选》录诗4首。

赠醉客

欢子挽罗衫，罗衫随手裂。
不惜罗衫裂，但恐恩情绝。

春怨

竹院春深鸟语多，残妆含泪卷窗纱。
瑶琴弹罢相思曲，花落东风燕子斜。

任叔英（1576—1623）

字茂淑，号疏庵，初名任湘，籍贯丰川（今松禾），朝鲜王朝宣祖、仁祖年间的文臣。自幼能诗，记忆超群。1611年，在文科对策中激烈批判外戚专横，因而虽科举及第仍被光海君罢黜，后在领议政李恒福的强烈支持下恢复资格。历任承文院正字、注书等职。1613 年癸丑狱事时，遭罢职隐居广州。1623 年仁祖反正后，任艺文馆检阅、弘文馆持平等职。擅诗文，尤擅四六文，著有诗文集《疏庵集》。《箕雅》录诗 10 首，《大东诗选》录诗 8 首。

梦作 其一

白露洗瑶空，明河挂银阙。
仙人绿玉箫，夜弄天门月。

月夜山映楼即事

月光穿树鹤巢空，霜叶萧萧乍有风。
虚阁夜深凉露湿，玉箫声断彩云中。

早行

客子就行路，早乘西北风。
鸡声月落后，水气晓寒中。
孤店鸣双杵，空林语百虫。
自怜千里外，长作一飞蓬。

彦机（1581—1644）

法号鞭羊堂，俗姓张氏，朝鲜王朝宣祖、仁祖年间的名僧。11 岁出家，受戒于休静大师弟子玄宾。壬辰倭乱后，继承休静的衣钵，先后在井冈山天德寺、九龙山大乘寺、妙香山天授庵等地开坛讲法。

门下高僧如义谌、义天等，是朝鲜佛教“鞭羊派”的开山鼻祖。擅诗文，著有诗文集《鞭羊堂集》,《大东诗选》录诗1首。

次东林韵

云走天无动，舟行岸不移。
本是无一物，何处起欢悲。

赠轩师

白云禅子来相访，拜后勤求六祖禅。
春日山中寒气重，风生万壑雪飘然。

郑弘溟（1582—1650）

字子容，号畸庵、三痴，籍贯迎日（今浦项），右议政、大诗人郑澈之子，朝鲜王朝宣祖、孝宗年间的文臣。早年在宋翼弼、金长生门下求学。仁祖反正后，历任艺文馆检阅、弘文馆修撰、吏曹参议等职。1626年以从事官之职出使明朝。丙子胡乱时期，积极招募义兵抗击清军，后任大司宪、大提学等职。擅诗文，精通诸子百家，尤其推崇古文风，著有诗文集《畸庵集》与随笔集《畸翁漫笔》等。《箕雅》录诗1首，《大东诗选》录诗5首。

经高判官彦荣墓

半生身世醉醺醺，一片荒山锁断魂。
泠落四时三献酒，只应浇得伯伦坟。

君涉携被来宿有赠

我作逃虚客，君为去国人。
相逢各衰晚，细语半悲辛。
乞酒难成醉，烹葵不讳贫。
寸心元自是，休复说缁磷。

感遇十四首寄示持国 其六

树萱堂北砌，种兰园中畴。
兰以充我佩，萱以忘我忧。
二者欲滋茂，霰雪纷飘浮。
容光忽凋落，感叹何时休。

李植（1584—1647）

字汝固，号泽堂，籍贯德水（今开丰），朝鲜王朝宣祖、仁祖年间的文臣。1610 年文科及第，历任侍讲院说书、宣传官等职。1618 年“废母论”掀起后，辞官隐退乡里。1623 年仁祖反正后，出任吏曹佐郎、大司谏、大提学、吏曹参判等职。1642 年，因主张“斥和论”，与金尚宪等人一同押送沈阳。回国后历任刑曹、礼曹判书等职。1646 年任别试官，负责科举考试出题，因试题内容涉嫌谋逆而遭罢职，回乡隐居。诗文超群，尤善古文，与李廷龟、张维、申钦并称“汉文四大家”，曾参与修订《宣祖实录》，著有诗文集《泽堂集》与《初学字训增辑》《杜诗批解》等。《箕雅》录诗 19 首，《大东诗选》录诗 18 首。

漫成 二首

即事羞前事，今年悔往年。
无端歧路上，岁月几推迁。

有心形物我，无眼识贤愚。
平生白鸥鸟，万里没江湖。

咏新燕

万事悠悠一笑挥，草堂春雨掩松扉。
生憎帘外新归燕，似向闲人说是非。

宿龙津村

梨花吹雪入柴门，云影参差敛月痕。
不管子规啼到晓，恼人春睡已昏昏。

送松云僧将使日本

制敌无长算，云林起老师。
行装冲海远，肝胆许天知。
试掉三禅舌，何烦六出奇。
归来报明主，依旧一筇枝。

又次楼题韵

天末伤春目，残花几树明。
山从古城峻，江与长官清。
寓世皆为客，怀归各自情。
骊江楼亦好，形胜共谁评。

送慎伯举南归

秋气忽凄凛，回飙鸣窗扉。
玄蝉已停响，梁燕亦无依。
慎生不我顾，策马湖南归。
湖南有何好，草堂临海矶。
家人待君来，饤盘供鲜肥。
闾里敬君来，酒醪相与挥。
鸥鸟喜君来，翩翩傍君飞。
余生此可适，古义殊未非。
岂若北方客，黄尘空污衣。

权克中（1585—1659）

字正之，号青霞，籍贯安东，朝鲜王朝宣祖、孝宗年间的儒者与道教思想家。早年拜在金长生弟子崔命龙门下修学，并跟随赵缵韩学习诗文，28岁时进士试合格。得知仁穆大妃被黜的消息后，回乡隐居。与郑斗卿、李植结为至交，醉心于内丹思想。擅诗文，思想上主张“禅丹互修论”，著有诗文集《青霞集》。《大东诗选》录诗1首。

金丹吟 其一

道德五千言，善论柔制刚。
吾观其宗旨，水火妙合方。
偏阳苦燥烈，无术可周防。
至人用柔克，气定神自康。

丹法三关 其二

初地工夫熟，中关道路平。
等分乌兔液，文武丙丁烹。
黍米从微著，金丹告大成。
我非前日我，万化手中生。

完山府即景

名都三月盛繁华，莺燕纷飞白日斜。
叱拨马嘶垂柳宅，琵琶声出卷帘家。
溪流润作千村井，园木交开百果花。
薄暮更凭高处望，炊烟上结半空霞。

崔奇男（1586—？）

字英叔，号龟谷、默轩，籍贯川宁（今骊州），朝鲜王朝宣祖、显宗年间的闾巷诗人。家世不详，早年在申翊圣门下学习。其诗文受申翊圣之父申钦的称赞，在士大夫之间享有美誉。1643年，跟随通信使尹顺之前往日本，诗才扬名域外。1660年，与郑柟寿、南应琛、金孝一、崔大立、郑礼男等闾巷诗人刊行诗选集《六家杂咏》。该诗文集1660年首刊，录崔奇男诗53首。诗崇唐风，门下闾巷名辈如林俊元、李得元等。著有诗文集《龟谷集》。《大东诗选》录诗16首。

奁体

婀娜绮窗柳，昔时郎自栽。
柳带已堪结，长年郎不回。

怨词

妾有菱花镜，忆君初赠时。
君归镜空在，不复照蛾眉。

闲中用杜诗韵

绿树阴中黄鸟节，青山影里白茅家。
闲来独步苍苔径，雨后微香动草花。

寒食途中

东风小雨过长堤，草色和烟望欲迷。
寒食北邙山下路，野乌飞上白杨啼。

秋怀 其五

伤心国事日萧然，板荡重经壬丙年。
将士多骑辽北马，官商互市海东船。
历阶雄辩思毛遂，蹈海高标想鲁连。
落木西风暮天迥，苍梧愁色锁秋烟。

金孝一（生卒年不详）

号菊潭，朝鲜王朝宣祖、显宗年间的闾巷诗人，曾任禁漏官。1660 年初刊本闾巷诗集《六家杂咏》录诗 41 首。《大东诗选》录诗 8 首。

秋夜

月迴梧阴薄，蛩吟草露洿。
离怀易怊怅，不忍凭危栏。

秋思

满庭梧叶散西风，孤梦初回烛泪红。
窗外候虫秋思苦，伴人啼到五更终。

漫吟

乐在贫还好，闲多病亦宜。
烧香春雨细，觅句晓钟迟。
巷僻苔封径，窗虚竹补篱。
笑他名利客，终岁任驱驰。

崔鸣吉（1586—1647）

字子谦，号迟川、沧浪，籍贯全州，朝鲜王朝宣祖、仁祖年间的文臣。早年在李恒福、申钦门下修学，1605年文科及第，历任艺文馆典籍、兵曹佐郎等职。1623年仁祖反正后，成为靖社一等功臣，晋封完城府院君。1627年丁卯胡乱时，推行“主和论”。其后历任户曹判书、兵曹判书、汉城判尹等职。1636年丙子胡乱，清军包围了南汉山城，面对此景，他力排众议，再次主张议和，仁祖向清太宗皇太极称臣。官至领议政。1643年，清朝发现朝鲜与明朝的外交暗通，遂将其与金尚宪等人一同押送沈阳，2年后被释放回国。精通性理、文章与书法，著有诗文集《迟川集》。《箕雅》录诗4首，《大东诗选》录诗2首。

闻风林大君喜报

一骑将书半夜过，呼灯起坐失沉疴。
东宫即返大君继，喜气偏知紫禁多。

用前韵讲经权

静处观群动，真成烂漫归。
汤冰俱是水，裘葛莫非衣。
事或随时别，心宁与道违。
君能悟斯理，语默各天机。

燕雏 其一

帘影玲珑霁景妍，雄雌相逐画梁边。
粘巢始趁花开后，啄抱终居麦熟前。
黄口未销烦乳哺，黑衣才长各风烟。
须知唤主丁宁语，正要幽人护视专。

张维（1587—1638）

字持国，号溪谷、默所，籍贯德水（今开丰），孝宗仁宣王后之父，朝鲜王朝宣祖、仁祖年间的文臣。出门名门世家，早年在大儒金长生门下修学，1609年文科及第，历任艺文馆检阅、注书等职。3年后因金直哉事而遭罢职。1623年仁祖反正后，成为靖社二等功臣，升任大司谏、大司宪、工曹判书等职。1636年丙子胡乱时，护送仁祖前往南汉山避难，与崔鸣吉一道力排众议，主张与清军议和。孝宗即位后，追封新丰府院君，追赠领议政。思想上，纠正朱子学的偏颇，主张实心与知行合一。文学上，与李廷龟、申钦、李植等人并称“汉文四大家”。著有诗文集《溪谷集》与随笔集《溪谷漫笔》。《箕雅》录诗 16 首,《大东诗选》录诗 19 首。

次韵题戒净诗卷

师是山人本住山,若为携卷到尘间。
尘间却有张居士,不是全忙亦不闲。

珍岛碧波亭 其四

天边日脚射沧溟,云际遥分岛屿青。
阊阖风声晚来急,浪花翻倒碧波亭。

雪后感事

蓬莱双阙雪边高,圣主临朝玉色劳。
不见张骞求苜蓿,又闻回纥入蒲萄。
书生扼腕伤时事,肉食无谋愧我曹。
千载弼云留旺气,几时西塞涤腥臊。

感兴 二首

伥鬼为虎役,既悟还自悔。
可怜世上人,疲薾迷真宰。
京华多冠盖,翕赫流光彩。
富贵岂不美,识者忧其殆。
任重负版蹈,怀璧匹夫罪。
萧萧衡茅下,中有至乐在。

鸿鹄倚六翮，一举凌天倪。
天长霜雪多，苦饥常酸嘶。
不如埘上鸡，饮啄安其栖。
高才多落拓，阘茸分组圭。
乃知庞德公，甘心隐蒿藜。

闻沈阳不守 其二

闻说辽阳事转危，天骄新拔汉旌旗。
医巫山下烟尘暗，太子河边鼓角衰。
但使中原管仲在，不教东海鲁连悲。
倡优铁剑看消长，回首苍梧泪自垂。

张元帅出师日主上亲饯于西郊行

前行后行铁裲裆，赤羽白羽光煌煌。
卤簿前头咽鼓吹，君王亲送都元帅。
借问元帅身姓谁，汉代留侯本多智。
胸中金版玉帐经，要与海内除搀抢。
向者辽塞有胡尘，榆关以北无坚城。
三韩健儿岂不多，陇西都尉先投戈。
督府西巡临鸭水，威声直压单于垒。
主昏政乱万事非，王翦谢病频阳归。
吾王英武奋大义，太祖宗祀重光辉。
逆胡游魂待天诛，吾王赫怒张威弧。
铜虎兵符下武台，水犀十万随风雷。
吉甫文武众所推，分阃救世非公谁。

伏波据鞍气犹壮，充国论兵谋更奇。
坛场礼数久不行，九重有命群臣惊。
法驾平朝出西郊，钩陈壁垒何纵横。
黄金锁甲八尺身，路左长揖真将军。
千牛万瓮犒飨遍，密授胜算人莫闻。
尚方宝刀秋水寒，玉具鹿卢龙雀环。
君王亲下盘龙榻，付与将军双手接。
三军鼓舞声动地，父老纵观多感泣。
千载恩荣此最厚，百年胡运那能久。
有戈必喋可汗血，有旗必悬名王首。
辽河碣石汉乾坤，紫塞无复狼烟昏。
功成奏凯归金阙，然后方酬圣主恩。

尹善道（1587—1671）

字约而，号孤山、海翁，籍贯海南，朝鲜王朝宣祖、显宗年间的文臣与诗人。1616 年成均馆儒生时期，因抨击李尔瞻、柳希奋等权臣而遭流放庆源等地。1623 年仁祖反正后，多次婉拒国王的官职任命。1628 年文科状元及第，成为凤林大君（日后的孝宗）的老师，历任刑曹佐郎、汉城府庶尹等职。丙子胡乱时，隐居普吉岛十余年，创作了大量时调。作为南人领袖，与宋时烈等西人矛盾激烈。1660 年西人得势，尹善道流放三水，病逝于普吉岛芙蓉洞乐书斋。肃宗即位后，追赠吏曹判书。诗才卓越，尤擅时调，与郑澈的歌辞并称朝鲜古典诗歌的“双璧”，并与朴仁老、郑澈并称朝鲜时期的“三大歌人”。著有诗文集《孤山遗稿》。《大东诗选》录诗 3 首。

暮投广津村偶吟

净洗萝菖莱，烂煮土莲羹。
犹言无馔物，深感主人情。

思亲旧

青丘绝塞北，蜗室小城隈。
风雪春犹壮，柴荆昼不开。
时闻邻犬吠，还讶故人来。
千以高山隔，何由把一杯。

对月思亲 二首

雨退云消月色新，青天万里净无尘。
遥知此夜高堂上，坐对儿孙说远人。

楸城明月举头看，月照东湖也一般。
姮娥若许掀帘语，欲问高堂宿食安。

被谪北塞

叹息狂歌哭失声，男儿志气意难平。
西山日暮群鸦乱，北塞霜寒独雁鸣。
千里客心惊岁晚，一方民意畏天倾。
不如无目兼无耳，归卧林泉毕此生。

初得金锁洞作

鬼刻天悭秘一区，谁知真箓小蓬壶。

琼瑶万仞神仙窟，山海千重水墨图。
兔跃鸦腾窥断嶂，风颠雨暗在平芜。
登临记得前宵梦，玉帝何功锡与吾。

题砺山弥勒堂

息马砺山郡，朝日正杲杲。
路傍坐石像，兀然形色老。
茅屋垂纸钱，布衣巾覆脑。
不识何人施，求福可知道。
神乎苟其灵，余亦有所祷。
愿得神妙医，亲疴即净扫。
康宁坐高堂，受庆遐寿考。
儿孙满庭下，点头答寒燠。

李敏求（1589—1670）

字子时，号东州、观海，籍贯全州，吏曹判书李睟光之子，朝鲜王朝宣祖、显宗年间的文臣。1612 年文科状元及第，历任礼曹佐郎、司宪府持平等职，次年以宣慰使之职接待日本使臣。1627 年丁卯胡乱时，护送世子前往南方避难，后任吏曹参判、同知经筵事。丙子胡乱时任江都检察副使，护送仁祖前往江华岛，失利，流放宁边等地。1649 年赦还后历任大司成、礼曹参判等职。擅诗文，著有诗文集《东州集》与《读史随笔》《谏言龟鉴》《唐律广选》等。《箕雅》录诗 14 首，《大东诗选》录诗 12 首。

月溪峡

广陵江色碧于苔，一道澄明镜面开。
夹岸枫林秋影里，水流西去我东来。

琴娘

香罗簇蝶绣红裙，豆蔻春心已七分。
却把瑶琴弹一曲，意中流水梦中云。

步檐

步屧虚庭畔，衣巾夕露微。
疏星寒更润，缺月细犹辉。
虏牒要盟数，边筹决胜稀。
南枝有栖鹊，拄杖暂相依。

游通度寺 其二

岧峣鹫岭闷禅居，石路莓苔步屧徐。
忽有高僧来款我，都无俗事可关渠。
千峰树色和云冷，一磬钟声带雨疏。
若道三幡终不妄，吾将即此问真如。

送永安尉使燕

沙塞茫茫落日低，行人冠盖蓟门西。
神州万里尧封蹙，碣石千年禹迹迷。
荏苒王程方未已，参差世故直难齐。
金缯报聘由来事，敢为朋情惜解携。

李明汉（1595—1645）

字天章，号白洲，籍贯延安（今延白），左议政李廷龟之子，朝鲜王朝宣祖、仁祖年间的文臣。1616年文科及第，历任承文院权知正字、工曹佐郎。光海君在位时掀起“废母论”，李明汉因未参与而遭罢职。1623年仁祖反正后，担任经筵侍读官、吏曹佐郎、承文院制述官等职。“李适之乱”爆发后，与李植一起撰写讨逆教书，后升任大司成、两馆大提学、吏曹判书。丙子胡乱时，与李敬舆、申翊圣一道主张斥和。朝鲜降清后，1643年李明汉等“斥和派”一同被押往沈阳，获释后迎回了做质子的昭显世子。两年后，又因撰写暗通明朝的咨文再次被押赴清朝，获释放回国后升任礼曹判书。精通性理学，擅诗文，著有诗文集《白洲集》。《箕雅》录诗18首，《大东诗选》录诗22首。

野坂题一相扇

漠漠王孙草，悠悠太子河。
孤臣独归路，春色为谁多。

金子珍南重第口号

风雨到君家，雨晴山日斜。
今年秋色早，八月已黄花。

白马江示李仲深

何处高台何处楼，暮山千迭水西流。
龙亡花落他时事，谩有浮生不尽愁。

夜坐有感示郑德基姜叔久诸人

公馆沉沉暮角残，客衾如水一灯寒。
尽输行乐供年少，独伴牢愁坐夜栏。
沧海泛舟非旧役，青台颁历异前看。
孤臣抱病仍成老，千里神京梦到难。

别东岳朝天 其二

泰山西望碧嵯峨，燕地风烟接玉河。
白雪楼空余古迹，黄金台废尚悲歌。
文章四海知音少，意气千秋揽涕多。
此去纵观天下胜，一方匏系奈吾何。

李景奭（1595—1671）

字尚辅，号白轩，籍贯全州，定宗第十子德泉君第六代孙，朝鲜王朝宣祖、显宗年间的文臣。早年在金长生门下修学，1617 年文科及第，因未参与废黜仁穆大妃的上疏而遭削籍。仁祖反正后，再获文科及第，担任艺文馆检阅、春秋馆史官、礼曹佐郎等职。1636 年丙子胡乱时，担任大司宪、副提学等职，护送仁祖进入南汉山城。仁祖在三田渡降清后，奉命撰写《三田渡碑文》。其后历任两馆大提学、吏曹判书等职，官至领议政。1650 年，李彦标等人向清廷揭发孝宗密谋北伐。李景奭为保护孝宗，承担所有责任，因而流放白马山城，遭遇围篱安置。1653 年赦还后，历任领中枢府事、领敦宁府事等职。1668 年，孝宗特赐“几杖”以表感激。擅诗文，著有诗文集《白轩集》。《大东诗选》录诗 3 首。

晴川滩夜渡

长河月黑雨丝丝，人语滩声共闹时。
半夜直将忠信涉，此心惟有鬼神知。

读史有感

丞相生何晚，崖山运已终。
千秋犹正气，万古见孤忠。
天地无情极，华夷慕义同。
只今青史在，空泣几英雄。

白马山书怀

白马山头日欲落，白马山下行人稀。
纵横但有虎豹迹，寂寞曾无乌鹊飞。
长江流入碧海去，大野遥连青嶂围。
极目东华何处是，暮天云树正依依。

许穆（1595—1682）

字文甫、和甫，号眉叟，籍贯阳川（今首尔），朝鲜王朝宣祖、肃宗年间的文臣与书法家。早年在大儒李滉弟子郑逑门下修学。孝、显年间，朝廷内部分为南人和北人，两派因服丧礼仪问题多次交锋。许穆两次与宋时烈、金寿恒等西人一派展开论争。肃宗时，南人针对如何处置西人领袖宋时烈而产生分歧，分裂为主温和的“浊南”与主张强势的“清南”两派。许穆是“清南”领袖。后历任吏曹参判、成均馆提调、吏曹判书、右议政等职。1680年庚申换局后，南人失势，许穆因此遭罢职，此后致力于学问修养与培养后学。擅诗文，精通篆书，著有诗文集《眉叟记言》，撰有《陟州东海碑》《领相李元翼碑》等。《大东诗选》录诗8首。

山斋送客

岁暮天正寒，山斋风雨夕。
梅花酒一樽，远慰东归客。

题蒋明辅江舍

江水绿如染，天涯又暮春。
相逢偶一醉，皆是故乡人。

熊渊泛舟示永叔

山下春江深不流，绿蘋风动浪花浮。
草青沙白汀洲晚，卷钓移舟上渡头。

无可无不可吟

一往一来有常数，万殊初无分物我。
此事此心皆此理，孰为无可孰为可。

南海中感怀作 其一

海岳何嶒崚，秀出沧溟间。
杳冥石门清，此地日月闲。
长啸倚霞石，云海浩漫漫。

旷然一怊怅，极目涕汍澜。
秋气满天地，凄凄大荒寒。

郑斗卿（1597—1637）

字君平，号东溟，籍贯温阳（今牙山），朝鲜王朝宣祖、显宗年间的文臣与诗人。诗人郑之升、郑碏的后人，李恒福门人。少年才子，1629年文科状元及第。参与接待明朝使臣，历任副修撰、正言等职。1636年丙子胡乱时，上疏《御敌十难》。孝宗即位后，因撰写“讽诗”27首，而被赏赐虎皮。擅诗文，尤喜唐诗，著有诗文集《东溟集》。《箕雅》录诗44首，《大东诗选》录诗27首。

塞上曲

花门藩将气雄豪，八尺长身带宝刀。
大猎天山三丈雪，帐中归饮碧蒲萄。

戏赠子文

御史潜来不道名，自称京洛李书生。
阴山夜雪将军猎，莫向边城作虎行。

大风

烈气三秋作，雄声万里闻。
夜驱沧海浪，朝卷朔方云。
动地龙难蛰，掀天雁失群。
貂裘带沙砾，愁杀李将军。

田园即事 二首

垂柳阴中一径微，杂花生树草芳菲。
骚人独酌有诗句，村老相逢无是非。
春水白鱼争泼泼，野田黄雀自飞飞。
翟公未解闲居兴，枉恨门前车马稀。

万树烟花一巷迷，百年天地此幽栖。
每惊梅客来寻洞，却喜林僧访过溪。
庭畔开樽春鸟语，窗间隐几午鸡啼。
比来懒惰诗兼废，得句今朝觅纸题。

白头吟

君心若逝水，妾容如满月。
逝水不复还，满月光渐缺。
龙门百尺桐，霹雳半摧折。
劚成膝上琴，泠泠随风发。
为奏白头吟，哀怨何激烈。
一弹黄鹄来，再弹绿云绝。
琴罢月照台，恻怆与君别。

送内兄郑评事斗源赴宁边

宁边地势何壮哉，边亭障塞郁崔嵬。
妙香积翠千峰出，铁瓮雄城百丈开。
药山东台在东北，台前常有载酒客。
登临一望万里平，海门穷阴连大漠。

此地壮观天下稀，少年行乐公莫违。
玉帐将军倚长剑，青楼美女舞罗衣。
美女罗衣为君舞，军中纵酒日击鼓。
锦瑟朝弹陌上桑，高歌夜唱丁都护。
都护歌声声正哀，西征远客几时回。
为折柳条持相赠，须及瓜时归去来。

走笔赠朴伯谦兄弟

我昔十七八，始读子长书。
二十下笔作剑赋，沧洲词伯称相如。
又作歌行数十篇，文章巨公争相传。
扬眉北渚先生座，抵掌东阳都尉前。
谓余殊有乐府风，可与汉魏相争雄。
丈夫岂可久贫贱，床头有书数百卷。
十年贯穿不知老，闭门城西长秋草。
至今壮怀无所成，可笑浮名何足道。
出门摆落向酒垆，翰墨于我浮云虚。
欲随雄侠学击剑，剑术自觉荆卿疏。
下士见我大笑之，此生落魄为人欺。
太行山高天马蹶，伯乐去远谁能知。
君家兄弟自奇士，一见相许相追随。
管鲍其人骨已朽，千载知音各一时。
知君意气超千古，家有黄金散如土。
高堂日日会众宾，就中与我最相亲。
呼卢六博白日暮，但知一醉安知贫。

见君心，握君手。
昨夜长安细雨晴，城头春风拂杨柳。
请君更脱鹔鹴裘，换取胡姬一斗酒。

姜柏年（1603—1681）

字叔久，号雪峰、闲溪、听月轩，籍贯晋州，朝鲜王朝宣祖、肃宗年间的文臣。1627年文科及第，历任正言、掌令、副校理、同副承旨、大司谏、礼曹参判等职。显宗年间，以冬至副使之职出使清朝。肃宗即位后，升任礼曹判书、判中枢府事。擅诗文，为显宗撰写《谥册文》，著有诗文集《雪峰集》与随笔集《闲溪谩录》。《大东诗选》录诗3首。

山行

十里无人响，山空春鸟啼。
逢僧问前路，僧去路还迷。

次唐诗高适除夜韵

酒尽灯残也不眠，晓钟鸣后转依然。
非关来岁无今夜，自是人情惜旧年。

任参判有后挽

才哭君平泪未收，万休何遽又长休。
文星天上一时晦，诗卷人间千古留。
名利浮云浑已已，生涯流水总悠悠。
悲凉数曲广陵散，独鸟东南何处求。

金得臣（1604—1684）

字子公，号柏谷，籍贯安东，朝鲜王朝宣祖、肃宗年间的诗人。传闻幼年愚钝，后在父亲的亲自教导与熏陶下日渐成材，诗文名噪一时。李植（汉文四大家之一）誉其为“当今第一”。传言曾诵读《伯夷传》一亿遍，因而将自己的书斋命名为“亿万斋”。诗文俱佳，尤擅五言、七言绝句。著有诗文集《柏谷集》、诗话集《终南丛志》与假传小说《欢伯将军传》《清风先生传》等。《大东诗选》录诗7首。

龙湖

古木寒云里，秋山白雨边。
暮江风浪起，渔子急回船。

湖行

湖西踏尽向秦关，长路行行不暂闲。
驴背睡余开眼见，暮云残雪是何山。

龟亭 三首

落日下平沙，宿禽投远树。
归人欲骑驴，更怯前山雨。

夕照转江沙，秋声生野树。
牧童叱犊归，衣湿前山雨。

清钟殷佛舍，绿雾沉江树。
渔客湿蓑衣，应知前夜雨。

宋时烈（1607—1689）

字英甫，号尤庵、尤斋、华阳洞主，籍贯恩津（今论山），朝鲜王朝宣祖、肃宗年间的文臣与儒学家。早年拜在大儒金长生门下，学习性理学与礼学。金长生逝世后，随其子金集学习。因学问渊博，担任凤林大君（后日的孝宗）的老师。孝宗即位后，任世子侍讲院进善、司宪府掌令等职。撰有《己丑封事》，强调“尊周大义”，契合了孝宗的“北伐”理念，成为“北伐派”的核心人物。因而升任吏曹判书，最后官至领中枢府事兼领经筵事，享受“奉朝贺”的礼遇。

宋时烈为西人领袖，因与弟子尹拯的私人关系恶化等原因，1682年西人内部分化为以尹拯为首的“少论”与以宋时烈为首的“老论”。老少分党后，逐渐从政界隐退，居于华阳洞。1689年己巳换局后，南人掌权，因而流放至济州岛，后在押送回京的途中赐死。思想上，独尊朱子，将与朱子不同的学说视为“斯文乱贼”。文学上，推崇韩愈、欧阳修的义理文章。一生著述颇丰，著有诗文集《尤庵集》与《宋书拾遗》《朱子大全札疑》《程书分类》《朱子语类小分》等，1971年斯文学会将其现存著作整理影印成《宋子大全》（全七册）。《大东诗选》录诗6首。

赴京

绿水喧如怒，青山默似嚬。
静观山水意，嫌我向风尘。

永同玉溪瀑布

濯发飞泉落未收，雪茎飘向海东流。
蓬莱仙子如相见，应笑人间有白头。

咏风

来从何处去何处，无臭无形但有声。
赤壁曾焚曹子舶，睢阳虚散项家兵。
翻云转汉天枢动，荡海掀山地轴倾。
卷我屋头茅盖尽，月光穿漏照心明。

赠别南云路九万燕行

鹤野迢迢去路修，蓟门烟树湿征辀。
山河举目天犹醉，今古伤心月独留。
何日威仪重睹汉，每年朝聘异观周。
君行试向燕中市，尚有悲歌击筑不。

处能（1617—1680）

字慎守，号白谷，俗姓金，朝鲜王朝光海君、肃宗年间的名僧。15岁出家为僧，早年跟随申翊圣学习诸子百家与诗文，曾在智异山双磎寺参禅23年。1674年在南汉守御使金佐明的推荐下，担任八道禅教十六宗都总摄，但旋即辞职。此后在青龙山、圣住山、鸡龙山等地开坛说法，极力培养后学。显宗时推行斥佛政策，处能因撰写《谏废释教疏》而名噪一时。1680年圆寂于金山寺。擅诗文，著有诗文集《白谷集》等。《风谣三选》录诗6首，《大东诗选》录诗7首。

赠别

白衲白如雪，着来多岁月。
春风忽飘然，万水千山别。

秋日寄呈忍尊宿

霜着枫林药尽红，隔帘轻霭小溪风。
多情最爱黄昏月，来照幽人寂寞中。

题浮山寺

俯压苍龙窟，平临白马滩。
山河连百济，栋宇自三韩。
绝壁松阴转，澄江月影寒。
夜深无梦寐，长啸倚栏杆。

崔大立（生卒年不详）

字秀夫，号苍厓，籍贯隋城（今水原），朝鲜王朝仁祖年间的译官与闾巷诗人。诗才超群，是“洛社诗社”的重要成员。1660年刊行的初刊本闾巷诗集《六家杂咏》中录诗51首，《大东诗选》录诗13首。

丧妻后夜吟

睡鸭薰消夜已阑，梦回虚阁枕屏寒。
梅梢残月娟娟在，犹作当年破镜看。

练光亭别后

钩尽缃帘独倚楼，酒醒人去又生愁。
桃花水涨春江阔，何处飞来双白鸥。

宫词

深宫昼静啭黄鹂，针线功夫绣就迟。
偶向园中逢伴侣，白樱桃下语移时。

南龙翼（1628—1692）

字云卿，号壶谷，籍贯宜宁，朝鲜王朝仁祖、肃宗年间的文臣。1648年文科及第，历任侍讲院说书、兵曹佐郎、弘文馆副修撰等职。1655年以通信使从事官之职出使日本，回国后赐暇读书，后任刑曹参议、承旨、左赞成等职。1683年起历任礼曹判书、两馆大提学、吏曹判书等职。1689年己巳换局后，流放至明川。擅诗文，编有新罗时期至朝鲜仁祖年间497位诗人的汉诗选集《箕雅》，著有诗文集《壶谷集》与日本行纪《扶桑录》等。《大东诗选》录诗8首。

与金柏谷得臣

客散西原路，云屯上党城。
西风吹落叶，归马踏秋声。

唤仙楼月夜题寄主守金使君

清夜江波漾月轮，举杯楼上唤仙人。
泠泠笙鹤云间响，不是安期即洞宾。

过三田碑感吟

并六奇功镌岱岳，报千洪烈立灵州。
怜渠同是顽然物，独载东方万古羞。

雨后访新兴寺

十日耽书籍，今朝始出门。
枯苗经雨活，病叶受风翻。
鹭立长沙渚，蝉鸣独树园。
缘溪路转失，莫是武陵源。

金寿恒（1629—1689）

字久之，号文谷，籍贯安东，金尚宪之孙，西人中“老论”派领袖，朝鲜王朝仁祖、肃宗年间的文臣。1651 年文科状元及第，历任正言、校理等清宦职。1653 年以冬至使书状官之职出使清朝。显宗即位后，因撰写孝宗陵碑之功封嘉善大夫，后历任都承旨、礼曹参判、吏曹判书等职。肃宗时，升任领议政。1689 年己巳换局后南人掌权，因而流放珍岛，后被赐死。擅诗文，骈俪文堪称当世第一，任《显宗实录》总裁官，与宋时烈、宋浚吉等“老论”派大儒交往深厚，著有诗文集《文谷集》。《大东诗选》录诗 6 首。

雪夜独坐

破屋凄风入，空庭白雪堆。
愁心与灯火，此夜共成灰。

次玄洲韵

自甘穷巷静无依，门掩苍苔过客稀。
每到夜深吟不寐，坐看窗月转清辉。

题雄州客馆

天气常寒地不毛，海洋曾被羯奴臊。
戎装妓队能驰马，皮肤人家尽养獒。
官酒味酸酏麦汁，旅灯愁碧炙鲸膏。
阴山丈雪埋行路，时听城头虎夜嗥。

南九万（1629—1711）

字云路，号药泉、美斋，籍贯宜宁，朝鲜王朝仁祖、肃宗年间的文臣。早年在名儒宋浚吉门下修学，1656年文科及第，历任司谏院正言、吏曹佐郎、大司谏、全罗道观察使等职。肃宗继位后，升任刑曹判书、领议政等职，后成为西人“少论”派的领袖。1707年赐“奉朝贺”，进耆老所养老。擅诗文，著有诗文集《药泉集》。《大东诗选》录诗7首。

庆州赠泰天上人

我如流水无归去，尔似浮云任往还。
旅馆相逢春欲暮，刺桐花落满庭斑。

黄雀

眉山有语我悲之，食美须思死苦时。
今尔十身充一饭，对盘停箸更嗟咨。

送洪端川锡龟之郡任

端邑由来重北关，为推贤宰辍星班。
去时正值庭梧落，到日应看岭菊斑。
夜半涛声城近海，朝来雪色郡连山。
知君惠政能追古，伫使明珠合浦还。

金锡胄（1634—1684）

字斯百，号息庵，籍贯清风（今堤川），领议政金堉之孙，兵曹判书金佐明之子，朝鲜王朝仁祖、肃宗年间的文臣。出身官宦世家，1662 年文科状元及第，历任吏曹佐郎、司谏院正言、司宪府持平、左副承旨、吏曹判书、右议政等职。作为“西人”的重要成员，曾因告发许坚等“南人”谋逆有功，晋封“清城府院君”。1683 年以谢恩使之职出使清朝后，对“南人”的打击更为激烈，招致了西人中“少壮派”的不满，这也成为日后西人分裂为“老论”与“少论”的重要原因之一。擅诗文，著有诗文集《息庵稿》与《海东辞赋》等。《大东诗选》录诗 1 首。

题倭人扇头

锦折手中扇，持来沧海上。
但令祛炎热，何烦作风浪。

燕京感怀 其二

英皇往迹足伤怜，欲说崇祯更怆然。
社稷于公真一介，乾坤申岁是何年。

煤山阁毁唯衰草，天寿陵空只冷烟。
堪恨绦衣无继烈，几时由蘖起丛颠。

九连城途中

霏微小雨乍收晴，晚撤关议出凤城。
乡信欲开添感泪，家山渐近破愁情。
望来黛色千峰出，涉尽河流八渡平。
行到九连便刮眼，统军亭北暮云横。

金万重（1637—1692）

字重叔，号西浦，籍贯光山（今光州），理学大家金长生的曾孙，朝鲜王朝仁祖、肃宗年间的文臣、小说家与诗论家。1665年文科及第，历任正言、持平、修撰、暗行御史等职。肃宗时，党争激烈，金万重属于西人。1675年，西人、南人两派因仁宣大妃丧服礼仪问题而针锋相对。西人失利，金万重因而罢官。1680年以后，局势变换，南人逐渐失势，西人东山再起。金万重又先后历任工曹判书、大司宪、弘文馆大提学等职。1686年、1689年因党争又先后流放宣川、南海等地，1692年病死在南海橹岛谪所。流放宣川时，为安慰自己的母亲而创作了韩文小说《九云梦》，成为肃宗朝小说文学的先驱。擅诗文，著有诗文集《西浦集》、诗话集《西浦漫笔》与小说《谢氏南征记》。《大东诗选》录诗2首。

咏琴题诗稿

秋夜正沉沉，凄风拂玉琴。
独弹还自赏，何必有知音。

葱秀站

攒云苍壁驿亭幽，十顷澄波静不流。
盛世衣冠那复见，西关物色总深愁。
羸骖落日伤心地，黄菊丹枫满目秋。
最是翰林遗迹在，只教苔藓护银钩。

送姜校理叔夏擢守钟城

侍臣增秩领边州，千里龙荒玉陛头。
壮志已轻云岭险，惠声应共豆江流。
平郊快马秋观猎，红烛青蛾夜打球。
遥识政成饶乐事，愁城从此不须愁。

赵圣期（1638—1689）

字成卿，号拙修斋，籍贯林川（今扶余），朝鲜王朝仁祖、肃宗年间的儒学家。自幼习读性理学书籍，20岁时撰《退栗两先生“四端七情”“人道理气”说后辨》，与李滉、李珥两位大儒辩论，名噪一时。早年屡中司马试，但皆因身有宿疾而不仕。此后专心学问数十载，在性理学方面造诣颇深，被金昌协、金昌翕兄弟称为“巨儒”。擅诗文，著有诗文集《拙修斋集》与小说《彰善感义录》。《大东诗选》录诗3首。

春望

三月好天气，骚人意自夸。
高轩一樽酒，俯看满城花。

山寺春日 其一

小雨初晴淑气新，岩花如锦草如茵。
花间细路穿云去，溪上和风吹角巾。

赠洪道长入清平山

仙袂翩翩道气凉，秋山归路入微茫。
小溪孤榻依然在，明月苍松古意长。

送人赴燕

星槎西去隔秋还，万里山河倚剑看。
地接黄云秦后堞，天留明月汉时关。
峥嵘碣石吟边出，莽荡神州眼底宽。
百岁壮观重快意，休言王事此行艰。

任埅（1640—1724）

字大仲，号水村、愚拙翁，籍贯丰川（今松禾），朝鲜王朝仁祖、景宗年间的文臣。名儒宋时烈、宋浚吉的门人，1701 年文科及第，历任掌令、大司成、工曹判书等职。1721 年辛壬士祸时，流放咸从、金川等地。擅诗文，尤喜唐诗，著有诗文集《水村集》，编有《歌行六选》《唐绝荟蕞》《唐律辑选》《唐雅》等诗选集。《大东诗选》录诗 2 首。

山村

一抹炊烟生，孤村在山下。
柴门老树枝，不系行人马。

次舍弟汉儒董韵漫题

垂杨拂地乱莺啼，梦罢高楼归思迷。
细雨飞花村远近，暖烟芳草水东西。
春如弃我无情去，诗为逢君得意题。
霁后凭栏独回首，亭亭落日下江堤。

洪万宗（1643—1725）

字宇海，号玄默子、梦轩、长洲，籍贯丰山（今安东），朝鲜王朝仁祖、英祖年间的文臣与诗论家。早年拜在名儒郑斗卿门下，与金得臣、洪锡箕结为至交，曾任副司正、参奉、佥知中枢府事等职。擅诗文，精通诗评，著有诗话集《诗话丛林》《小华诗评》《诗评补遗》与随笔集《旬五志》《海东异迹》等。《大东诗选》录诗 4 首。

采莲曲

彼美采莲女，系舟横塘渚。
羞见马上郎，笑入荷花去。

赠僧

锡杖随云过野亭，萧然一橐负禅经。
谈移万瀑双溪胜，山在山人舌上青。

赠成川妓

大堤西畔草萋萋，春尽江楼日欲低。
风送落花添酒算，云托过雨促诗题。

纤腰献舞何多楚，宝瑟挑心自择齐。
豪兴已栏扶醉过，满街犹唱白铜鞮。

吴道一（1645—1703）

字贯之，号西坡，籍贯海州，朝鲜王朝仁祖、肃宗年间的文臣。1673 年文科及第，任持平、副修撰、承旨等职，1694 年以奏请副使之职出使清朝，其后任江原道观察使、大司宪、艺文馆大提学、兵曹判书等职。好饮酒，有诗名，著有诗文集《西坡集》。《大东诗选》录诗 10 首。

重兴洞山影楼赠子直

古寺钟沉客倚楼，一林寒叶夜鸣秋。
关心又是明朝别，长笛残星总唤愁。

右揆南公九万以上价赴燕要别语寄赆一律

相国方乘使者车，清秋别意倍凄如。
千年燕市歌残后，十月辽阳雪下初。
天地即今迷虏气，山河终古壮皇居。
那堪五凤门前过，泪入离离麦秀墟。

重到真珠

灵区宿债未全酬，恩许观风办此游。
千里再为关外客，十年重上竹西楼。
崖擎高栋悬疑堕，水抱层栏漾似浮。
仙路不迷他日到，桃花轻薄引渔舟。

金昌协（1651—1708）

字仲和，号农岩，籍贯安东，大儒宋时烈门人，领议政金寿恒之子，朝鲜王朝孝宗、肃宗年间的儒学家、书法家与文学家。1682年增广文科状元及第，历任兵曹佐郎、咸镜北道兵马评事、大司谏等职。1689年己巳换局后，宋时烈、金寿恒等被处死，金昌协受牵而被罢职。1694年甲戌换局后，其父得以平反，金昌协重新进入政坛，相继担任弘文馆提学、吏曹参判、大提学等职。晚年辞官不仕，钻研学问。金昌协在儒学与书法领域造诣颇深，著有《朱子大全札疑问目》《论语详说》等，并撰有《文贞公李端相碑》《监司李万雄碑》《金命元神道碑篆额》等。同时，在文坛上也开一代风气之先，倡导“真诗”运动，作为“白岳诗坛”的领袖人物，对后世的文学产生深远影响。著有诗文集《农岩集》。《大东诗选》录诗14首。

训戎镇早起登东城

五夜吟笳北海滨，牙旗拂曙已前陈。
独携老校东城去，指点穹庐问厚春。

又赋 其一

蒹葭岸岸露华盈，篷屋秋风一夜生。
卧溯清江三十里，月明柔橹梦中声。

咏田中群雁

万里随阳雁，先霜发北边。
含芦愁远道，啄穗下寒田。
顾影频疑网，闻声误怯弦。
冥冥九霄意，终被稻粱牵。

镜城

障塞迢迢地一隅，碛沙西北是长榆。
白山古雪兼冬夏，青海愁云接晓晡。
佩剑气应冲北斗，弯弓兴在射东胡。
不知汉日燕然石，容我千秋再勒无。

钟城客馆

愁州城外野茫茫，碛草连天落日黄。
客路已临胡地尽，乡心直共暮云长。
烽传远火明孤戍，江涌寒波下大荒。
不恨楼笳侵晓梦，归魂元自阻关梁。

辕门

辕门北接古匈奴，书记腰间佩辘轳。
兵事即今休草檄，雅歌终日且投壶。
功名耻卖卢龙塞，意气思摧白马胡。
会待将军行射虎，短衣同去试驰驱。

九日与诸生携酒登高 其一

卧病那能负菊觞，小驴扶我上高冈。
森森万木知霜气，历历三洲见夕阳。
老去尚堪供节序，心期久已托沧浪。
不须更问明年健，且较樽前兴短长。

山民

下马问人居，妇女出门看。
坐客茅屋下，为客具饭餐。
丈夫亦何在，扶犁朝上山。
山田苦难耕，日晚犹未还。
四顾绝无邻，鸡犬依层峦。
中林多猛虎，采藿不盈盘。
哀此独何好，崎岖山谷间。
乐哉彼平土，欲往畏县官。

金昌翕（1653—1722）

字子益，号三渊，籍贯安东，生于汉阳（今首尔），领议政金寿恒之子，金昌协之弟，朝鲜王朝孝宗、景宗年间的儒学家与诗人。金昌翕生性淡泊，无意功名。幼年时虽遵父命参与科举，但出仕后多次拒绝肃宗、景宗的任命。钟情于山水，专心于儒学，晚年隐居雪岳山。1682 年，建洛诵楼于白岳山南麓，与友人结为诗社，游览山水，诗文唱和。著有诗文集《三渊集》。《大东诗选》录诗 7 首。

葛驿杂咏 三首

篱前何所见，大小麦黄黄。
那分人我饱，生意觉舒长。

人方掩幽户，云亦返高岑。
鹕鹈飞不息，何乐在丛林。

民饥官不养，犬瘠复谁怜。
御盗无勋禄，惟应哭向天。

檗溪杂咏

三冬雪壑闭门深，出岫闲云自在心。
春雨一犁山欲绿，檗溪人返旧园林。

练光亭与定而同次郑知常韵 其二

城外人喧汲水多，烟沙一带有渔歌。
夜来未厌金樽月，已见朝霞荡绿波。

访俗离山

江南游子不知还，古寺秋风杖屦闲。
笑别鸡龙余兴在，马前犹有俗离山。

三日浦 其一

奇峰三十六婵娟，逐岸无非可系船。
神岳云来红树外，大瀛风进白蘋前。
人从垞曲看轩槛，龙在波心听管弦。
千古丹书犹滞迹，不如移棹问高禅。

晓吟

晨起坐茅亭，微月当窗白。
河汉影清浅，村鸡声断续。

四顾阒无人，蟏蛸挂虚壁。
白露夜来湿，秋山似膏沐。
端居不可道，景物日萧索。
蹝履独彷徨，幽怀更寂寞。

洪世泰（1653—1725）

字道长，号沧浪、柳下，籍贯南阳（今华城），朝鲜王朝孝宗、景宗年间的闾巷诗人。自幼聪敏，1682年通过杂科（译科）考试后，授吏文学官，其后随通信使团前往日本。囿于“中人”的身份，虽才华出众，但一生仕途不顺，仅担任过通礼院引义、义盈库主簿、蔚山监牧官等微职。晚年担任燕行使团的制述官前往清朝。与金昌协、金昌翕等士大夫，以及林俊元、崔大立等闾巷文人交往频繁，大力倡导“天机论”。诗才卓越，著有诗文集《柳下集》，编有闾巷诗选集《海东遗珠》。《大东诗选》录诗22首。

闻雁

春日江南雁，连行复北飞。
来时见吾弟，何事不同归。

秋兴

野人篱落过重阳，满地寒花寂寞香。
何限秋光浑不管，独留虫语五更霜。

满月台歌

满月台前落木秋，西风残照使人愁。
山河气尽姜邯赞，日月名悬郑梦周。

农岩金判书挽 其八

尚忆公兄弟，招余上峡游。
有诗分四郡，无日不东楼。
往事登仙梦，浮生溢世愁。
只今龟岛水，呜咽入三洲。

呈南邻 其一

始辍咨文草，身闲趣可知。
烟生溪上屋，雀聚雨中枝。
末路看棋累，浮名觉黍炊。
随缘有忧乐，写出即真诗。

登宣川倚剑亭忆金将军

当日宣川守，深河战不归。
大东臣独有，中国事全非。
尺剑余秋色，孤城半落晖。
悲歌塞天阔，倚马看云飞。

金昌业（1658—1721）

字大有，号老稼斋，朝鲜王朝孝宗、景宗年间的文人与画家。自幼跟随兄长金昌协、金昌翕学习诗文，后虽参加科举但未入仕，长年隐居在汉阳东郊。1712年，兄长金昌集担任燕行正使出使北京，金昌业与兄随行，并留下了记录中国山川风貌、风土人情与文物制度的《老稼斋燕行录》。1721年辛壬士祸时，与其兄金昌集等老论人士皆遭罢职流放，最后在愤慨中病亡。擅诗文，精通绘画，著有诗文集《老稼斋集》。《大东诗选》录诗6首。

枫溪夜逢士敬

青林坐来瞑，独自对苍峰。
先君一片月，来挂槛前松。

练光亭

普通门外草青青，浮碧楼前春水生。
谁道吾行归未晚，杏花如雪满江城。

冬至

地底孤阳回，天垂细雨来。
积阴难遽尽，暖律莫轻催。
幽事观梅萼，春农占麦胎。
谁知穷谷里，终有未燃灰。

李颐命（1658—1722）

字养叔、智仁，号疏斋，籍贯全州，世宗之子密城君的第八代孙，朝鲜王朝孝宗、景宗年间的文臣。1680年文科及第，历任弘文馆正字、司宪府持平、承政院承旨等职。1689年己巳换局后遭罢职流放。1694年甲戌狱事后复职，历任兵曹、吏曹、刑曹判书，官至左议政。1720年肃宗去世后，以告慰使之职出使清朝，回国途中购买了大量天主教、历法等西学书籍。1721年，王世弟（日后的英祖）代理听政失败后，与金昌集等老论人士一同流放外地，次年押送至汉阳赐死。擅诗文，著有诗文集《疏斋集》与《疆域关系图说》《江都三忠传》等。《大东诗选》录诗2首。

咏薝卜树

好在堂前薝卜花，当时手种短如麻。
今来老干凌檐角，已结明年六出芽。

次沃州赵相国泰采韵

兰佩歌成泪满缨，楚云湘水寄深情。
同随辽鹤三千里，复徙溟鹏九万程。
缓死圣恩犹此世，壮游吾辈最今行。
春深两岛无消息，天末相思月共明。

李宜显（1669—1745）

字德哉，号陶谷，籍贯龙仁，朝鲜王朝显宗、英祖年间的文臣、文章家与书法家。早年在金昌协门下修学，曾任礼曹参判、刑曹判书、礼曹判书、右议政、领议政等职。1742 年，以奉朝贺致仕。1720 年、1732 年，曾先后以冬至正使、谢恩正使之职前往清朝。书法与文章造诣高深，著有诗文集《陶谷集》，撰有《文庄公辛应时碑》《朴弥神道碑》《宋时烈受命遗墟碑》《松云大师碑》等。《大东诗选》录诗 2 首。

病起野望

江城雪后似春归，蔼蔼平原映夕晖。
乍见轻冰浮野渡，还听幽涧咽林扉。
寒云送色连山嶂，积素凝华覆石矶。
欲向闲窗收景物，病余诗兴转依微。

漫吟次放翁韵

丛桂攀援岁暮期，只今京洛计还非。
深惭彤笔趋青琐，更耐缁尘染素衣。
北麓新居连草树，东湖旧筑静烟霏。
唯应随地全吾性，莫向乡园漫说归。

沈阳行

沈阳城外阴霭繁，沈阳城中寒日昏。
金汤千古壮关防，只今颓堞增悲凉。
中华天子昔临边，不许胡马来陆梁。
如何一朝事反复，往迹空余华表鹤。
况复吾东万世羞，忆着丁岁泪横落。
咸阳布衣几思归，北海中郎空握节。

年年皮币燕京道，客来今日遗愤切。
中宵浩歌抚孟劳，万里寒风吹壮发。

金春泽（1670—1717）

字伯雨，号北轩，籍贯光山（今光州），朝鲜王朝显宗、肃宗年间的文人。祖父为礼学大家金长生，在党派上属于西人中的少论派。因陷入朝廷党争而多次流放外地，高宗时追赠吏曹判书。擅诗文，著有诗文集《北轩集》。《大东诗选》录诗 7 首。

金德受来访将归抽古韵共赋 二首

夕风吹雪急，穷巷见人稀。
病马鸣如诉，寒禽倦不飞。
百年吾自苦，三日尔将归。
相视中心在，临歧耻挽衣。

谁非湖海士，所贵岁寒心。
赖尔同书榻，宽吾忆故林。
雪中台岳秀，鸥外道溪深。
送后空翘首，无由命驾寻。

小晴

海天苦雨也新霁，客子多忧聊细斟。
宴坐看山皆好句，出门临水总归心。
黑云漏日犬争吠，碧树含风蝉自吟。
正忆冠童携六七，翠屏潭上一披襟。

到配作

我从海外至，鹫山又海隅。
舟楫与鞍马，去来良区区。
瘴疠稍清凉，惟觉圣恩殊。
乾坤非不广，吾道长崎岖。
昔时冲与尤，相望三乙墟。
自庵于兹土，留迹沃州余。
贤哲苟如此，奇穷况在吾。
安心知有术，信命复何虞。
努力崇所学，庶几偿罪辜。
泽兰秋欲老，采采聊踟蹰。

李秉渊（1671—1751）

字一源，号槎川、白岳下，籍贯韩山（今舒川），朝鲜王朝显宗、英祖年间的诗人。早年拜在金昌协门下，积极参与金昌协倡导的“真诗运动”，被誉为英祖时期第一诗人。一生创作万余首汉诗，但现仅存500余首，大部分为山水诗、田园诗，著有《槎川诗抄》。《大东诗选》录诗15首。

午雨

破蕉喧未已，寒雀坐无聊。
一阵萧萧雨，西窗度寂寥。

关王庙 其一

落日东城隅，秋风壮士庙。
时危匹马过，寥落一长啸。

野行

山中偶一宿，山下晚来行。
野水纵横暮，秋天一半晴。
鸢浮盘远势，鸿去堕寒声。
共作黄昏意，萧条入洛城。

枫亭

枫亭今日事，数子只相知。
花落驴摩树，巾斜客俯池。
石床凉可卧，蒲席醉须移。
太守来扶病，犹令小酒随。

寄酬洪君则

一道江花万柳间，旁边着得小官闲。
白云僧去三申寺，残雪民耕五腊山。
公退读书斜日尽，病余高枕早春还。
故人近有诗相寄，海上毗卢欲共攀。

高时彦（1671—1734）

字国美，号省斋、栗园，籍贯开城，朝鲜王朝显宗、英祖年间的闾巷诗人。1687年杂科(译科)合格后，以译官之职多次出使清朝，1734年病死于燕行途中。因其在外交事务上有特殊贡献，虽出身中人阶层，仍官至二品。擅诗文，尤其擅学唐诗，与林俊元、洪世泰、郑来侨等人闾巷诗人交好。著有诗文集《省斋集》，编有闾巷诗人汉诗选集《昭代风谣》。《昭代风谣》录诗7首，《风谣续选》录诗9首。《大东诗选》录诗4首。

晓出东郭

晓嶂尚依微，林风吹浙浙。
马嘶临寒流，残星落如雪。

月夜 其一

短褐徘徊小院东，惊梧一叶乍金风。
孤城月挂虫吟里，万树秋涵露气中。

病中

病久凝尘满药囊，自怜消瘦卧深堂。
围棋未竟还推局，看字无多辄失行。

李喜之（1681—1722）

字士复，号凝斋，籍贯全州，判书李师命之子，朝鲜王朝肃宗、景宗年间的儒生。1721年，景宗病重无子，金昌集等老论大臣主张册封延礽君（日后的英祖）为王世弟，实行代理听政。对此，少论派开展对老论人士的政治报复。李喜之出身于老论家族，受此牵连而流放长兴。1722 年，金一镜、睦虎龙等少论诬陷老论，企图谋害景宗，再次受牵连入狱，死于刑杖。《大东诗选》录诗 7 首。

渔父词 其二

春社前村赛酒归，鱼苗风暖日初迟。
江南又报河豚候，柳絮枝头作雪飞。

渔父 其二

风雨中宵满钓矶，渔翁初制绿蓑衣。
前江月出孤舟发，白鸟惊人两两飞。

杏花绝句

花落花开一病中，烟笼春昼雨蒙蒙。
多情独有双飞燕，墙角檐头蹴小红。

申维翰（1681—1752）

字周伯，号青泉，籍贯宁海（今盈德），朝鲜王朝肃宗、英祖年间文臣与文章家。1713 年增广文科及第，1719 年，以制述官之职随通信使团前往日本，期间与雨森芳洲等日本名士往来诗文唱和，名扬海外，回国后任奉常寺佥正等职。诗文俱佳，著有诗文集《青泉集》与日本行纪《海游录》。《大东诗选》录诗 12 首。

寄洞阴任使君

山南十亩田，筑室如斗大。
手展山海经，神游八荒外。

碛川寺过方丈英禅师

扫石临流水，问师何处来。
师言无所住，偶与白云回。

黄天用有诗意若有不怡然者戏为放语以和

相逢词客五云裘，明月开尊汉水流。
最爱旗亭双玉女，为谁齐唱古凉州。

日本竹枝词 二首

黄金船舶紫绫帷，大阪繁华第一奇。
二十四桥红橘里，家家珠箔锁名姬。

琵琶湖上月如钩，百里帆樯镜面游。
踏遍海山千万迭，风烟最爱近江州。

郑来侨（1681—1757）

字润卿，号浣岩，籍贯河东，朝鲜王朝肃宗、英祖年间的闾巷诗人。学诗于洪世泰，为金昌协、申靖夏等士大夫所推重。1705 年，以译官之职随通信使团前往日本，因诗才敏捷，受日本士人称赞，声名日盛。著有诗文集《浣岩集》。《大东诗选》录诗 5 首。

白华庵赠定慧上人

炉香一炷涅槃经，峰在窗前佛顶青。
静里观心方宴坐，自来风叶满空庭。

槎川子为安山郡即席赠别

将为沧海别，故与此中过。
林坐落残果，樽移净晚荷。
微风系马久，新雨听蝉多。
纵有黄花约，离怀且短歌。

舟次楮子岛

龙川席上醉深杯，港口春风解缆回。
雾里杂花孤屿出，帆前芳草二陵来。
平沙鸥鸟依依集，欹岸人家历历开。
日暮系舟高柳下，攀崖上处有亭台。

林昌泽（1682—1723）

字大润，号松岳，籍贯罗州，朝鲜王朝肃宗、景宗年间的诗人。早年司马试合格后，于白云洞创立书堂讲学。1732年，因其生前成就，追授司宪府持平之职。擅诗文，诗学李白，文慕司马迁、班固，著有诗文集《松岳集》。《大东诗选》录诗4首。

秋思

谷口秋声来，飞霜满幽草。
卖剑千行泪，清晨白发扫。

大兴洞

天磨山北佛宫探，古柏丛间见石龛。
饥虎逼人当白昼，老龙失势蛰穷潭。
有僧汲涧雪初落，引客升堂日欲含。
却顾人寰发一笑，遑遑道上何为男。

金履万（1683—1758）

字仲绥，号鹤皋，籍贯礼安（今安东），朝鲜肃宗、英祖年间的文臣。1713 年增广文科及第，历任承文院正字、兵曹佐郎等职。1740 年担任梁山郡守时，捐献私人俸禄修筑堤坝，受到人民的爱戴与歌颂。1745 年担任掌令时，上疏痛斥地方官员的贪污腐败，提请选任贤明的地方官，因而受到英祖嘉奖。《大东诗选》录诗 6 首。

雪涧断桥

南村复北村，雪涧一条路。
桥断不须愁，卧柳亦堪渡。

双燕

双燕衔虫自忍饥，往来辛苦哺其儿。
看成羽翼高飞去，未必能知父母慈。

上元 其二

浮生七十五回春，回首尘寰事事新。
独有一轮天上月，至今留照白头人。

南克宽（1689—1714）

字伯居，号谢施子、梦呓，籍贯宜宁，领议政南九万之孙，朝鲜王朝肃宗年间的文人。自幼身体羸弱，20岁进入成均馆学习，不久身患怪疾，直至去世一直在家休养读书。擅诗文，精通文学批评、天文历法，著有诗文集《梦呓集》。《大东诗选》录诗5首。

瀑布

白雪挂终古，惊雷殷一壑。
晚来更清壮，高峰秋雨落。

枫岩静斋秋词

霜叶自深浅，总看成锦树。
虚斋坐忘言，叶上听疏雨。

和仲容弟处宽冰湖有感之作

西湖亭子昔游非，湖上何人信马归。
钓渚鹭丝自生态，新年草色又天机。
徘徊古道明残雪，怅望寒流带落晖。
病甚把君诗过目，沉吟一字一沾衣。

吴光运（1689—1745）

字永伯，号药山，籍贯同福（今和顺），朝鲜王朝肃宗、英祖年间文臣。1719 年增广文科及第，担任延礽君（后日的英祖）的书筵官，其后历任修撰、校理、大司宪、礼曹参判等职。与元景夏、郑羽良等人一起推行“荡平策”，死后追赠吏曹判书、大提学。自幼善文，为柳馨远的《磻溪随录》与高时彦等人编选的《昭代风谣》题写序文，著有诗文集《药山漫稿》。《大东诗选》录诗 9 首。

春闺怨

楼前金色柳，本意为郎栽。
郎游不系马，寂寂小莺来。

江浦渔火

遥夜渔灯点点愁，伴星和月耿寒洲。
一时影乱争明灭，风起芦花万顷秋。

艾仓道中记所见

登登山路入云层，绝壑危岩曲曲仍。
十里人穿花影去，终朝禽与水声应。
愚氓累石因成鬼，僵柳横溪遂渡僧。
敢喜蓝舆经历稳，仆夫长叹抚心膺。

百祥楼

漠漠关山夕，历历榆柽林。
朔气江上来，振我游子衿。

高楼一极望，春色寒以阴。
阴寒此何气，对酒不能斟。
昔闻隋家卒，败死萨江浔。
鬼磷生战场，积骸成山岑。
大江激其波，鸟兽多悲音。
游子发冲冠，匣剑吐龙吟。
乙支何如者，旷世感人心。
此儿如复作，单于可生擒。
毋谓秦无人，光岳无古今。

崔成大（1691—？）

字士集，号杜机，籍贯全义，朝鲜肃宗、英祖年间的文臣与诗人。1732年文科及第，曾任世子侍讲院、掌令、大司谏等职。以诗扬名，被誉为金昌翕后的第一人，与申维翰结为至交，著有《杜机诗集》，收录汉诗11首。《大东诗选》录诗13首。

梧馆同从叔公弼赋

高馆对青草，弹基逢故人。
梨花那及雪，栀叶独能春。
云水遥城令，山烟暮郭新。
庞公将尽室，栖隐百年身。

黄昏有感

都门挽哭悲秋草，槐馆笙歌感路人。
怊怅同归百年后，黄昏歌哭复如新。

暮春旅思

春城月晓听栖鸦，河上津亭驿路斜。
杨柳花时渡江客，山桃开尽未还家。

松都有感

一曲丹心休唱悲，遗民听罢泣垂垂。
橐驼桥上秋风起，天寿门前落日时。
尺木讵能扶大厦，灵根空遣植千枝。
兴亡迭代浑闲事，至竟辛王辨是谁。

松京词

开城少妇貌如花，高髻红妆半面遮。
向晚宫墟斗草去，叶间蝴蝶上银钗。

赵观彬（1691—1757）

字国甫，号悔轩，籍贯杨州，朝鲜王朝肃宗、英祖年间的文臣。历任弘文馆提学、南汉山城守御史、礼曹判书、工曹判书等职。1745年担任冬至正使前往清朝，途中创作400余首燕行汉诗，至今仍保存197首。擅诗文，著有诗文集《悔轩集》，其中收录汉诗1278首。《大东诗选》录诗4首。

题披襟亭

晴川深树槛西东，正好炎天纳晚风。
太守不曾私一物，欲分清吹与民同。

以奉使虚随八月槎为韵书古体

平生最远行，万里燕山使。
薪胆圣祖义，皮币弱国耻。
皇极贺王春，犬戎僭天子。
想有狗屠隐，吾欲访燕市。

抒愤

宫观依然帝者居，宏规知是大明余。
百年皇极无龙衮，五夜端门有象车。
白鼻纵横皆贝勒，红头匝沓尽穹庐。
堪羞弱国金缯使，跪叩殊庭尘满裾。

沈阳书感怀

凄风寒雨助悲辛，此地何心更驻轮。
凛凛秋霜三学士，萋萋春草一行人。
中原史册谁王统，大国藩城尚虏尘。
老胆只思燕石勒，灯前看剑剑花新。

郑敏侨（1697—1731）

字季通，号寒泉，籍贯昌宁，郑来侨之弟，朝鲜王朝肃宗、英祖年间的闾巷诗人。幼年随兄学习诗文，后又拜在洪世泰门下，有诗名，著有诗文集《寒泉遗稿》。《昭代风谣》录诗4首，《风谣续选》录诗10首，《大东诗选》录诗2首。

奉次伯氏秋夕感怀韵却呈

异乡惊物候，羁思转多端。

病失今年半，愁经一日难。

山河悲道远，骨肉念天寒。

谩把佳辰酒，逢人强作欢。

归到中和

积雪关河外，三旬道路间。

野行频渡水，村宿每依山。

节近新春色，愁无旧日颜。

已看官事了，从此我将还。

南有容（1698—1773）

字德哉，号雷渊、少华，籍贯宜宁，朝鲜王朝肃宗、英祖年间的文臣与书法家。早年拜在大儒李縡门下修学，1740年文科及第，历任弘文馆校理、世子侍讲院弼善等职。1754年任元孙辅养官，照料年幼世孙（日后的正祖），三年后转任世孙师傅，其后历任弘文馆提学、户曹参判、刑曹判书等职。1767年以“奉朝贺”致仕，入耆老所。南有容在诗文、书法与史学领域都颇有建树，著有诗文集《雷渊集》与史学著述《明史正纲》《阐义理编》等，此外，还撰有《羽化桥碑》《海伯尹世绥碑》等。《大东诗选》录诗6首。

忆幼子

积雨连旬苦不开，迟迟幼子信书来。

遥知水阔柴门外，日弄长竿上钓台。

骑牛

春雨蒙蒙过一蓑，片云出峡与婆娑。
极知牛背便如许，笑杀齐人叩角歌。

过三田渡有作

石生不愿坚以穹，试看三田渡口碑。
人生不愿才且文，试读三田碑上辞。
三田日夜流沄沄，下流直接东江涘。
他年若过东江去，莫以吾牛饮江水。

看漉酒

劝妇漉酒儿承盎，我坐揞颐闻酒香。
斗米前年得三瓶，今年酒好少十觞。
我言酒好径得醉，虽失十觞亦相当。
不须斟酌疏酒气，且将一瓶与我尝。

李天辅（1698—1761）

字宜叔，号晋庵，籍贯延安（今延白），朝鲜王朝肃宗、英祖年间的文臣。1739年文科及第，历任校理、掌令、吏曹判书、右议政、敦宁府领事等职，1761年升任领议政，后因庄献世子（即思悼世子、正祖生父）平壤远游事件引咎服毒自尽。擅诗文，著有诗文集《晋庵集》。《大东诗选》录诗4首。

石潭书院

丛桂余秋色，萧条此道非。
岩阿徒旷感，歧路欲何归。
楼影临清涧，炉香入翠微。
怀哉风咏会，吾未摄春衣。

早春偶题

空庭扶杖一婆娑，拂面东风任帻斜。
春意自能成细雨，山光元不厌贫家。
闲从棋局观机事，老向诗篇送物华。
更喜今年时候早，园中已拆杜鹃花。

天安道上口占

极目霜空一雁还，吾行萧瑟向湖关。
浮云何意随孤客，落木无边有断山。
世运伤心书卷里，人生多事马蹄间。
千秋却忆庞公隐，物外高风杳莫攀。

与通判诸人泛舟洁城至青浦海口

帆外微茫浪拍空，柁楼徙倚海门东。
河山不尽关防里，翰墨相逢意气中。
云过横分盐井黑，潮平倒插画旗红。
时清战舰闲无事，稳载笙歌下晚风。

吴瑗（1700—1740）

字伯玉，号月谷，籍贯海州，金昌协之外孙，朝鲜王朝肃宗、英祖年间的文臣。早年拜在李縡门下，1728 年文科状元及第，1732 年曾担任冬至使书状官前往清朝，后历任校理、检讨官、工曹参判等职,死后追赠左赞成。擅诗文,著有诗文集《月谷集》。《大东诗选》录诗 4 首。

降仙台

汀沙如雪石离离，怅望琼峦云起时。
迟留不惜樵柯烂，畹晚三山采秀期。

冬夜

摇落多愁思，穷阴掩弊庐。
流年那得住，今岁又将除。
有酒谁同酌，无人问索居。
经冬何事业，兀兀一床书。

同诸君出东亭 其一

忽忆溪亭好，悠然信马时。
山寒微雪在，野阔宿云迟。
水竹春来兴，棋樽世外期。
狂吟同岸帻，西日绿塘移。

金元行（1702—1772）

字伯春，号渼湖、云楼，籍贯安东，朝鲜王朝肃宗、英祖年间文臣与儒学家。景宗即位初，围绕王位继承问题爆发了辛壬士祸。金元行叔祖父金昌集被赐死，受此牵连而被流放。此后转向《孟子》、李珥、宋时烈的学说，无心仕途。英祖虽多次授予官职，皆拒辞不受。擅诗文，著有诗文集《渼湖集》。

云山书屋

闲云自悠扬，青山青未了。
读罢支颐坐，此乐知者少。

白云寺

古寺僧六七，荒溪水东西。
阴阴千木肃，漠漠众峰齐。
迟暮余生感，苍茫二祖栖。
无人话今昔，岸岸晚蝉啼。

白云台

一径迢迢乱木稠，篮舆转入白云幽。
峰当缥缈林端出，水散玲珑石上流。
花发阴崖还自落，鸟啼迟日不知休。
悠然却枕松根卧，未觉人间有百愁。

李匡师（1705—1777）

字道甫，号圆峤、寿北，籍贯全州，朝鲜王朝肃宗、正祖年间的文人与书画家。英祖即位后，老论派掌握实权，其少论出身的父亲与叔父尽皆流放。1728 年，“南人”李麟佐不满“老论”执政，联合“少论”势力叛乱，最终失败。此后，叔父被赐死，家族开始衰落，至此无意功名，开始钻研学问。1755 年，罗州挂书事件后，李匡师被处以终身流放的刑罚，在富宁、珍岛、薪智岛等地渡过了 23 年的流放生涯。擅诗文，精通金石文、篆书、楷书、草书等多种书法，同时在山水、人物画方面也造诣颇深，著有诗文集《圆峤集选》。《大东诗选》录诗 13 首。

警溪鱼

隐见小溪鱼，猜人不定居。
海门无百里，宜去好宽舒。

书事 其二

山茶结子亩栀齐，轻樾风微落照低。
古今郊外行人旷，九十湖南瘴气迷。
风涛夜昼慼床跗，寿曜晨昏晃牖题。
长时祈祝无余事，随意蛮溪怪鸟啼。

老牛叹

陷泥蹶块但雷鸣，无望高平引重行。
朝卧绿坡依日晷，夜饥空囿待天明。
寒鸦啄背悲全瘠，败耒横腰认旧耕。
用尽身捐终古事，怜渠只得下邳名。

李用休（1708—1782）

字景命，号惠寰，籍贯骊州，朝鲜王朝肃宗、正祖年间的文人。幼年丧父，15岁时与胞弟李秉修寄居叔父李瀷门下。早年虽通过生员试，但终身不仕，后因其子李家焕身居高位，70岁时被赠佥知中枢府事之职。诗文造诣深厚，名噪一时。小品文风深受明代公安派、竟陵派影响，诗风奇崛、尖新，对后世文坛影响巨大。著有诗文集《㰈數集》《惠寰诗抄》《惠寰杂著》等。《大东诗选》录诗15首。

田家

妇坐掏儿头，翁伛扫牛圈。
庭堆田螺壳，厨遗野蒜本。

有感

峡民谱海鱼，汉客画吴笋。
持示本土人，鲜不捧腹哂。

访山家

松林穿尽路三丫，立马坡边访李家。
田父举锄东北指，鹊巢村里露榴花。

题美人戏婴图 二首

玉指尖头举示之，铜钱两个贯青丝。
买糖买饼随儿愿，更勿啼呼恼阿嬰。

通宝宁容暂去身，回嗔作喜辄如神。
嫡亲母子犹须此，何况悠悠路上人。

黄景源（1709—1787）

字大卿，号江汉遗老，籍贯长水，朝鲜王朝肃宗、正祖年间的文臣、儒学家。1740 年增广文科及第，历任艺文馆检阅、弘文馆应教、大司成、大司谏、大司宪、大提学、工曹判书等职。1761 年，因姑父吏曹参判李涎的上言事件而被流放巨济岛、陕川等地，后获恩放还。思想上推崇“春秋大义”，先后编撰《南明书》《明朝陪臣传》等。擅诗文，著有诗文集《江汉集》。《大东诗选》录诗 3 首。

反棹

石门云正杳，潭岛日方低。
渔父回舟去，仙源路更迷。

入沈阳

沈阳弓弩地，城郭郁嵯峨。
大野晨征远，荒林夜猎多。
家家驯介马，处处舞金戈。
万里流沙外，今年又凯歌。

田庐 其五

秉耒遵南亩，在昔以为高。
世世事新畬，何必耻蓬蒿。
春雨夜云足，石田便可薅。
台笠老农夫，牵牛上平皋。
长妇盘盂馈，少妇筐筥操。
稚子踵其后，小尨系铃绦。

忽见山外客，归自广陵舠。
为传朝右事，寸舌诛且褒。
田家无是非，不意斯人遭。
长歌黍稷天，倾我榼中醪。

申光洙（1712—1775）

字圣渊，号石北、五岳山人，籍贯高灵，朝鲜王朝肃宗、英祖年间的文臣与诗人。39 岁进士及第，历任宁陵参奉、金吾郎、敦宁主簿、涟川县监等中下官职。61 岁时获耆老科状元，担任敦宁府都正，英祖因其贫寒亲赐府邸与奴婢。诗文超群，推崇唐诗，被称为“东方的白乐天”。著有诗文集《石北集》《石北科诗集》与汉文小说《虎僧传》《剑僧传》等。《大东诗选》录诗 8 首。

峡口所见

青裙女出木花田，见客回身立路边。
白犬远随黄犬去，双还更走主人前。

关西乐府 四首

虬髯客是盖苏文，勾引东来大国军。
留与高丽学士话，玄花白羽笑唐君。

豪华丽代乐西巡，花月年年浿水春。
空使妙清油饼计，太平民物污腥尘。

成都少妓一枝红，锦绣心肝解语工。
飞马驮来三百里，校书郎在绮罗中。

羊皮褙子压身轻，月下西厢细路明。
暗入册房知印退，银灯吹灭闭门声。

姜世晃（1713—1791）

字光之，号忝斋、山响斋、朴庵、豹庵、豹翁等，籍贯晋州，朝鲜王朝肃宗、正祖年间的文臣、书画家。8岁能诗，13岁能画，早年醉心于书画，未参加科举，61岁时承蒙英祖关照进入仕途。66岁获文臣庭试第一名后，历任英陵参奉、兵曹参判、汉城判尹等职，71岁致仕进“耆老所”。1785年，以燕行使团副使之职前往清朝，参加乾隆皇帝在乾清宫举办的“千叟宴”。才华横溢，诗书画三绝，为“南宗文人画风”的建立做出了重要贡献，并在真景山水画、风俗画方面等留下大量脍炙人口的作品。著有诗文集《豹庵遗稿》。《大东诗选》录诗5首。

路上有见

凌波罗袜去翩翩，一入重门便杳然。
惟有多情残雪在，屐痕留印短墙边。

瀛台冰戏

瀛台仙界夹城中，万顷琉璃莹若空。
始讶槎乘银汉渚，方知桥接广寒宫。
星驰铁屐千夫集，龙负凌床一路通。
鹿尾酪茶沾异味，多惭远价仄群工。

蓟门烟树

从古奇观说蓟州，旷原斜日暂停辀。
直疑桑海须臾改，始信乾坤日夜浮。
短短菌芝生复灭，童童旌盖去还留。
人间幻景谁堪比，曾记东溟蜃结楼。

李凤焕（？—1770）

字圣章，号雨念斋，籍贯全州，朝鲜王朝英祖年间的文臣。司马试合格后，因领议政洪凤汉推荐担任阳智县监。1770年受“庚寅狱事”牵连，死于狱中。擅诗文，著有《雨念斋诗稿》。《大东诗选》录诗14首。

客去

江水寒犹去，梅花澹欲迟。
孤灯送客后，微雪读书时。
宿鸟常依侣，潜鱼不上丝。
幽居无历日，记事有新诗。

挽赵童子九镇

来乘何气去何之，衰世宏才夭固宜。
赢得乃翁无恨恸，十年虚阅蜃楼奇。

出门

点检初心亦自高，中年畸迹转牢骚。
文为书记雕虫技，武竹军官跃马劳。
成事因人元碌碌，流光欺我剧滔滔。
山川极目三千里，一笑出门看宝刀。

题友人扇面

折花临水共春游，花落春归更别愁。
君言去此久难见，他日相思看船头。

题画

钱塘江上柳如烟，水远山长意渺然。
送客虚亭归隐几，双帆已在夕阳边。

徐命膺（1716—1787）

字君受，号保晚斋，籍贯大邱，朝鲜王朝肃宗、正祖年间的文臣。1754 年增广文科及第，历任副提学、吏曹判书、大提学等职。曾随燕行使团前往清朝，以“奉朝贺”致仕。博闻强识，是“北学派”的先驱人物，主张“利用厚生”。擅诗文，著有诗文集《保晚斋集》。《大东诗选》录诗 3 首。

甲山官舍次梁凤周韵 其一

客睡寻常到五更，起看银汉欲西倾。
帘垂积雪千山色，灯剪寒梅一笛声。

怀土愁因佳节倍，思君泪入静时生。
弦歌谁道宣幽郁，听罢弦歌亦怆情。

次李深远惟秀寄示韵

天涯流落寄孤村，叹息吾行过鬼门。
归梦每惊宾雁晓，旅愁偏入戍鸦昏。
身罹德裕分争罪，心愧唐生切直言。
塞北山川看欲遍，好酬蓬矢亦君恩。

夜起

东窗忽依微，知是月上林。
摄衣下前除，松竹已交阴。
草露侵屦湿，寒蛩绕砌吟。
人生昼多营，真意易浮沉。
却到清夜中，偶然发省深。

李匡吕（1720—1783）

字圣载，号月岩、七滩，籍贯全州，朝鲜王朝英祖、正祖年间文人。博学多识，崇尚阳明学，强调学问的实用价值。1763 年，通信使正使赵曮将对马岛的红薯引进朝鲜后，李匡吕着手进行红薯的本土化栽培试验，为日后东莱府使姜必履的成功栽培提供了宝贵经验。诗文造诣深厚，追求文学“性灵”的发现，门下弟子才人辈出。著有诗文集《李参奉集》。《大东诗选》录诗 11 首。

江行书事次唐人绝句韵 其五

黯黯欲成雨，斜风兼倒吹。
水上点初见，人颜沾未知。

宿练光亭

练光亭对大同楼，重迭青山映绿洲。
睡起帘旌上初日，半江伊轧动行舟。

梅 其一

满户影交修竹枝，夜分南阁月生时。
此身定与香全化，嗅逼梅花寂不知。

发紫浦

江上晓来雨，江船发棹迟。
早风生麦色，晴日泛花枝。
舟语声相识，邻帆影屡移。
莫辞牵助缆，俱及上滩时。

蔡济恭（1720—1799）

字伯规，号樊岩、樊翁，籍贯平康，朝鲜王朝英祖、正祖年间的文臣与政治家。1743 年文科及第，历任承文院权知副正字、奎章阁提学、江华留守、右议政、领议政等职。1801 年，受“黄嗣永帛书”事件的牵连，被追夺一切官职，1823 年平反。政治上主张强化王权，推行改革；学问上继承李滉、李瀷以来的正统性理学，排斥佛教、西学等思想。擅诗文，著有诗文集《樊岩集》，编有《国朝宝鉴》。《大东诗选》录诗6首。

敬次汉阴李先生韵寄题霞鹜堂

双湖宛转一江横，化力何曾造次成。
鱼鸟烟霞非外物，楼台钟鼓属时平。
开帘楚色斜阳远，俯槛天光永夜明。
尘里闻名空白首，百年匏系笑吾生。

逍遥

无才无德谢清朝，敢道林庄学午桥。
渐老与人忘爱恶，有谁争我老渔樵。
半窗松籁山虚寂，尽日蝉声树动摇。
千古庄生真达道，好将鹏鷃等逍遥。

洗剑亭 其一

无事元戎鬓半华，边楼夜上剑生花。
四州城废云常黑，五国山高月易斜。
江色直通辽海阔，烽烟递入汉宫赊。
当时定远堪羞杀，未扫胡尘已忆家。

丁范祖（1723—1801）

字法世，号海左，籍贯罗州，朝鲜王朝景宗、纯祖年间的文臣。1763 年增广文科及第，历任社稷署直长、兵曹佐郎、开城留守、刑曹判书、艺文馆提学等职，1794 年入“耆老所”。文词超群，在士林中颇负盛名，受到英祖、正祖的恩宠，长期担任撰写朝廷文词的重任，参与编撰《正祖实录》。著有诗文集《海左集》。《大东诗选》录诗 7 首。

蟾江

柳外多时望，烟中数客来。
小舟春雨湿，柔橹碧波开。
共宿应山寺，幽期更钓台。
明朝移画艇，南浦看花回。

送人之京师

扶病送君发，津亭杨柳斜。
老人难作别，春水更无涯。
漠漠舟中雨，冥冥峡口花。
悬知西到日，词赋满京华。

望枫岳

高城西北忽泠泠，马首金刚满目青。
尽化寒芒入寥泬，绝无纤滓翳珑玲。
遥看已验中峰势，深处方通万窟灵。
五十年来始偿愿，身犹下界顿心惺。

洪良浩（1724—1802）

字汉师，号耳溪，籍贯丰山（今安东），初名良汉，朝鲜王朝景宗、纯祖年间的文臣。1752 年文科及第，历任司宪府持平、弘文馆修撰等职。两次随燕行使团前往北京，因与戴衢亨、纪晓岚等名儒交好而闻名清朝，并在传播“考证学”方面做出了重要贡献。擅诗文，博学多识，著有诗文集《耳溪集》与《万物原始》《高丽大事记》等，参与编撰《英祖实录》《国朝宝鉴》《同文汇考》等。《大东诗选》录诗 7 首。

促织

尽日林中响，通宵枕底鸣。
不知织多少，长作弄梭声。

舟中望皋兰寺

江雨霏霏满客船，扶苏王气冷如烟。
惆怅千年歌舞地，短灯疏磬一僧眠。

双树亭

云坛献馘竖龙旗，弓剑难攀岁月移。
惟有锦江春色在，年年重上万年枝。

望华楼

龙湾一路走燕京，玉帛年年渡此行。
天地横分三派水，山河割与九连城。
堪怜弱国无长策，犹幸边臣际太平。
莫向望华楼上望，皇华秋色异崇祯。

望商山

清秋九月雁南归，霜菊初黄野稻肥。
何处田家醧白酒，有时山果落征衣。
商山锦树天中出，洛水晴云马首飞。
此去郡城应不远，万株槐柳隐朝晖。

睦万中 （1727—1810）

字公兼、幼选，号余窝，籍贯泗川，朝鲜王朝英祖、纯祖年间的文臣。1759 年文科及第，历任敦宁都正、泰山县监、大司谏等职。1801 年“辛酉迫害”时，与领议政沈焕之一起参与残酷镇压天主教徒，后官至判书。擅诗文，著有诗文集《余窝集》。《大东诗选》录诗 9 首。

长信怨

妾身如秋草，而今已半槁。
昭阳一枝花，能得几时好。

田家词

苍苍暝色生田陂，黄犊前行荷锸随。
颠倒小儿出门语，晒迟新麦不成炊。

赠俞右相彦镐使燕

一别湖山岁几回，关河此夕又离杯。
暂辞廊庙衔君命，为是朝廷重使材。

莫道重江隔万里，每从中夜望三台。
文章汪魏今谁踵，仔细逢人问答来。

成大中（1732—1812）

字士执，号青城，籍贯昌宁，朝鲜王朝英祖、纯祖时期的文臣。出身“庶孽”，因英祖的“庶孽通清运动”而得以进入仕途。1756年文科及第，历任兴海郡守等职。1763年，以书状官之职随通信使团前往日本。虽为性理学者，却并不排斥当时的“北学思想”，与“北学派”代表人物朴趾源、李德懋、柳得恭、朴齐家等人交往密切。文学上排斥稗官小说，提倡纯正古文。1792年，正祖推行“文体反正”时，积极呼应，后擢升为北青府使。擅诗文，著有《青城集》。《大东诗选》录诗5首。

奉赠成川韩使君晚裕

十二峰前第一楼，缃帘低拂百花洲。
神仙太守将春到，绣板题诗又上头。

亭渊阻雨 其二

科头箕踞是何官，剩被儿童拍手看。
尽日虚舟松下系，风波自定使君滩。

次海阳 其二

径看霜剥与烟沉，无怪衰年病日寻。
月出空惊林鹤梦，秋来还爱草虫吟。

夕阴绕屋疑乘舫，天籁生虚胜奏琴。
便觉身心无一累，缁尘先避薜萝襟。

朴趾源（1737—1805）

字美仲、仲美，号燕岩、烟湘、冽上外史，籍贯潘南（今罗州），朝鲜王朝英祖、纯祖年间的实学家与小说家。早年应举不中，随后无意科场，专心学问。1768 年，迁居于汉阳曹溪白塔，与李德懋、朴齐家、柳得恭等人交好结社，诗文唱和。后因得罪权臣洪国荣，被迫离开汉阳，前往金川燕岩峡避难。1780 年，随堂兄朴明源率领的使团前往清朝，游历了北京与承德避暑山庄，并与清人尹嘉铨、王明皞等人笔谈交流。回国后创作了中国行纪《热河日记》。因其诙谐的语言与小说化的叙事，《热河日记》一经面世便风靡一时，这也成为日后正祖推行“文体反正”的导火索。1786 年，朴趾源开始走入仕途，历任平市署主簿、司仆寺主簿、安义县监、沔川郡守、襄阳府使等职。主张“北学”，强调“利用厚生”，倡导学习清代的先进文明制度，并主张文学创作应当“法古创新”，反对盲目求新与一味复古。但就其文学创作的实际风格而言，“小品文”与“稗官小说”的倾向更为明显。此外，还创作了《两班传》《闵翁传》《广文者传》等汉文短篇，这些小说主要关注社会现实问题，具有强烈的讽刺意味。著诗文集《燕岩集》，收录汉诗 42 首。《大东诗选》录诗 13 首。

元朝对镜

忽然添得数茎须，全不加长六尺躯。
镜里容颜随岁异，稚心犹自去年吾。

晓行

一鹊孤宿蓟黍柄，月明露白田水鸣。
树下小屋圆如石，屋头匏花明如星。

山行

叱牛声出白云边，危嶂鳞塍翠插天。
牛女何须乌鹊渡，银河西畔月如船。

滞雨通远堡

塞雨淋淋未肯休，皇华使者滞行辀。
游谈从古羞牛后，眷属还怜恃马头。
醉里相看非故国，人间何世又新秋。
前河报道阙舟楫，长日无聊那可由。

露宿九连城

卧念辽阳万里中，山河今古几英雄。
树连李绩曾开府，云压东明旧住宫。
战伐飞腾流水尽，渔樵问答夕阳空。
醉歌出塞歌还笑，头白书生且栉风。

渡鸭绿江回望龙湾城

孤城如掌雨纷纷，芦荻茫茫塞日曛。
征马嘶连双吹角，乡山渲入万重云。
龙湾军吏沙头返，鸭绿禽鱼水际分。
家国音书从此断，不堪回首入无垠。

李彦瑱（1740—1766）

字虞裳，号松穆馆、沧起、云我，籍贯江阳（今狭川），朝鲜王朝英祖年间的译官与诗人。出身译官世家,早年拜在李用休门下，译科合格后，任司译院主簿。1763 年，随通信使团前往日本，因诗才名噪一时。囿于身份制度，虽满腹才华，但一直屈居下僚，愤懑早亡。朴趾源曾撰《虞裳传》为其立传。擅诗文，文学创作上推崇李攀龙、王世贞倡导的复古文风，著有《松穆馆烬余稿》。《大东诗选》录诗 5 首。

窗光

窗光苍黑变成红，岭上残霞落日烘。
欲状此时奇绝观，桃花林里水晶宫。

灯

油灯结穗寸来长，睡睫摩挲眼尽芒。
一个当中如豆佛，通身围绕紫金光。

客中秋夕

蟹舍牛栏似画图，晴沙十里晚霞铺。
稻根水暖浮鱼婢，菰叶霜清下雁奴。
虚槛傍崖秋色满，片帆横渡夕阳孤。
闲居产业都关念，竹石琴书好在无。

衕衚居室

五更头晨钟动，通衢奔走如驰。贫求食贱求官，万人情吾坐知。

一虞裳一蟹荡，我友我不友人。词客供奉同姓，画师摩诘后身。
呵殿声如雷过，人避途家闭户。三岁儿止啼号，进贤冠真畏虎。
来者牛去者马，溺于涂粪于市。先生鼻观清净，床头焚香一穗。
治家装聋做哑，养儿就干推湿。三字诀贫而乐，甚么忧到眉睫。
说一句两句易，伏羲以卦见卖。念千声万声经，释迦为斋行丐。
尘容俗状满坐，其宾张三李四。贸贩歌哭聒耳，其邻东井西市。
车马丁丁当当，妇女叨叨絮絮。我则如面墙僧，一生炼神闹处。
出辛辛游苦苦，居喜喜处欢欢。形体不老不弱，眷属无饥无寒。
市里别起谜诨，不辨汉语倭语。米和沙银夹铜，全瞒过村男女。
坐不着一种人，鲜衣白面名士。口不道三样话，闺里市里朝里。
申牌后吃晚饭，摆摆走灯市内。挨着肩迭着足，好个人山人海。
一碗饭饱则休，大道傍抱头眠。寒乞儿怜承旨，雪晓里每朝天。
白髭发老贵人，拥被卧拥被坐。五世孙计生计，田不广屋不大。
此世界大牢狱，没寸木可梯身。八十年皆杀之，无万人无一人。
历秽巷入净室，烧清香挂绣佛。疥痔者痈脓者，亦皆作菩萨想。
宋儒说心说性，个个八字着脚。打麦诗击壤吟，邵尧夫另一色。
俗称观音大士，赞之亦复如是。不必似不须似，若有时应尔尔。
地狱图上现相，稗官书中说法。前道子后耐庵，皆证明龙树学。
以文字来说法，稗官中有瞿昙。须眉在咳笑在，百八人皆耐庵。
儒其衣僧其相，其姓则上清李。要不可一端名，三教中大弟子。
语有新有陈腐，法有活有印板。万山包藏真穴，觑者除是神眼。
五戒外有羼提，解之者曰忍辱。号称羼提居士，能能佛能做得。
面黑任称黑厮，性痴任称白痴。吾无可无不可，乃所愿学仲尼。
猛一喝如雷吼，日过午胡不起。赞叹声歌呗声，凡夫僧睡梦里。
学诗郊寒岛瘦，学佛周妻何肉。但见貌如白碑，不知胸有酺国。

苦呼唤不回头，抱虎眠袖蛇走。勇退凶少吉多，甚么问数问繇。
带枷囚敲枷歌，人尽笑伤心人。圣人知非其罪，灾星退福星臻。
臭秽时如粪艘，黑暗时为漆桶。方寸地亦如是，吾不嫌门前巷。
满衢路皆圣贤，但驱使饥寒苦。有良知与良能，孟氏取吾亦取。
婆娘养两个儿，一般鼻一般眉。大儿非小儿面，问其夫亦不知。
呼不受蹴不食，丐子岂无廉耻。取必宜分必均，偷儿亦有仁智。
人都说人瞒人，自我观我自瞒。口头瞒却心头，一身自为秦韩。
乌犀带犯繇牌，系着人人不悟。此物君必欲之，左手刎右手取。
痴呆好痴呆好，抱儿子朝朝祝。饥但食饱但嬉，如东邻某子甲。
逢乡人问家乡，其人端的指示。虽有聪明才识，莫知心在那里。
家里鸡鸭几个，个个知其肥瘦。此心如野猴子，任他东跳西走。
天愈转地愈凝，坐通衢如深室。一个人一个心，大圣贤真菩萨。
小儿啼真天籁，胜他吹的弹的。檐溜亦爱闲听，枕头一滴两滴。
性格任尔乖觉，言语任尔灵警。皆入古人鼠穴，不出今人兔径。
鹿养精鹤养神，那个先生教他。自心里有灵丹，不炼时做甚么。
灵心一线微通，突尔兴精作怪。如电滚如潮涨，来来拍案叫快。
嘈杂不入静定，即拣城里村里。鸡鹜肥禾稻熟，真个是一家瑞。
仰鼻窍随脚跟，呼为舆呼为台。蒙贱名不思改，真奴才真奴才。
五官耳能司听，聋者未始无耳。牛以角虬以掌，别有神通在里。
骑青牛跨白马，大逍遥自在人。佛氏兼具千手，老氏犹患一身。
陶先生万卷书，孙先生数丸药。陈先生五龙睡，李先生都乞得。
三百篇道性情，难化那一世人。五千言无丹药，亦保个自家身。
一器饭两手匙，饥饱犹或不均。市争哄势必至，半钞钱千亿人。
一个夫一个妻，十数个子和孙。不注脚生生易，在吾家在吾身。
时来三台八座，管甚才也命也。道在行商市侩，任他誉者毁者。

人情百暖百寒，身世多苦多恼。尊客前为鲍老，假头面假啼哭。

穿两鞋戴个笠，闲走两瓦三舍。一艺无成吾耻，弹棋蹴球皆可。

诗不套画不格，翻窠臼脱蹊径。不行前圣行处，方做后来真圣。

五都市一句栏，戏千般闹千般。巫婆撒豆是佛，里童骑竹亦官。

居常苦屋打头，游常爱僧行脚。妻如蛛子如蚕，浑身都被粘缚。

风闲户雨闭户，平生友数人聚。快意事快意说，无过说鬼打虎。

铺絮被儿对眠，点油灯妻进饭。先生读书不休，举界尺拍藤案。

灯晕紫香穗青，丹铅杂书栖案。古瓷瓶插朵花，碧色同蜻蜓眼。

十笏房精进定，半篆香吉祥眠。不做顽仙才鬼，自称散圣野禅。

三人面貌奇丑，一胡一麻一瘿。过来后每在眼，平常的百不省。

烧香祓秕糠气，读书破斗哄声。誉无根毁无带，销不得浪沸澎。

儿堕地便啼哭，阿爸闷阿婆恼。鸡生啄不待乳，犊生走不待抱。

世情千世态万，大海里数鱼虾。先生心细如发，知市上人面麻。

人百口口百舌，精细伶俐毕聚。吾腌臜我尴尬，喉里饭亦骗取。

猛可里想起来，我有眼寄在人。眼有神必叫冤，寻我眼还我身。

眉毛已搁眼上，舌头亦入口里。善易者不论易，丘明耻吾亦耻。

眸子昏眸子昏，只一篦病无余。左如月右如镜，莫看人自看渠。

市街头卖炊饼，小孩儿知时价。只一件好东西，吾不辨真和假。

犬斗嗥声出户，鸡号鼓翅上屋。有时鸱堕雀雏，庭心盘旋跳跃。

厨婢骂厨下鼠，狸咬杀狗咬杀。碗碟泻尔遗矢，衣襟遭尔残裂。

蠢婢貌蠢性蠢，不知驴马几脚。雌懦饱卧爨下，黠多笞顽多责。

街头汗流如浆，个个扇不离手。大石桥狮子项，看水痕一伙走。

千蹄踏万足踏，巷口泥如浓粥。东邻晨谒某宰，来借油衣木屐。

话美人剑客事，一痒杀一吓杀。游高山邃壑时，不险绝不奇绝。

快呼来泥水匠，为我造一间房。上头置蹦跌所，安茶窜安书床。

怒厮打喜说谎，性地实实真真。读书人无此辈，张兽医是好人。
孩儿学谜藏戏，猜个赤黑白黄。妇人拣裁衣辰，数行角亢氐房。
官里笞人杖人，一般父母血肉。已则臂上生疥，呼医问膏问药。
妓女家脂粉多，难掩过面上疮。人见笑人见讥，渠有贼心贼肠。
卖薪者问卜者，十年内大富贵。担着薪沿街走，七分有富贵气。
城一环步不广，瓦一压头长低。只除日月灯光，眼睁睁看个妻。
巷深如入瓮里，屋低不及帽檐。笔砚杂置烟爨，书卷夹注米盐。
造物宠我为人，再拜谢天谢地。出万象媚吾目，有万声乐吾耳。
担个瓮筹瓮钱，痒起来跌破瓮。看的官试记取，小行货休卖弄。
昼所为必告天，夜所为不瞒人。有功过骤记录，已为已直日神。
谜语没理没会，小儿日来笑谑。尔知屋上雨点，我数市里人迹。
食经夜便嫌败，衣经岁便嫌古。文士家烂口气，汉唐来那不腐。
太平好衣食多，举世人无过失。凶肆祝人长寿，虔婆教女守节。
为我谢门前客，不吊丧不赴贺。今日不宜出行，先生闭门闲坐。
贫家盘飧寒俭，一碟配盐幽菽。今朝妻子大飨，西邻祭送牛肉。
巷里屋多天少，恰像浑身着帽。一片土踏如杵，百年来无寸草。
雪夜起呼少妇，马通里取火种。今年冬布价贱，破絮被可改缝。
都用尽千金赀，易丢去九品官。朝乞肉唐兀坐，暮分飧孤老盘。
掷不收好岁月，行不顾好世界。无有悭人吝人，大家心性松快。
迭着瓦连着墙，雨点下不堕地。暮归来帚扫衣，行一道滚尘里。
金色鱼青竹篮，扮一个村里妇。出世适在吾家，稽首赞叹希有。
一不解佛三昧，二不解仙五通。白日里行市街，百不及张姓翁。
朝杵声暮杵声，两个时撞吾耳。枕上在闻犬吠，亦有一段幽意。
真普陀活观音，在十步吾不往。吾有母真佛母，吾在家好供养。
昼里参夜里参，拈一瓣心头香。窗间玉虹百道，不辨灯光佛光。

心具只正法眼，指有个广长舌。神通大教化大，吾师乎文中佛。
色一件甚么难，吾圣戒吾佛戒。霹雳火都消除，方寸里清凉界。
卧被中喃喃语，天地字教孩儿。小女弄针弄线，小儿含乳撒嬉。
鸡戴胜高似帻，牛垂胡大如袋。家常物百不奇，大惊怪橐驼背。
神医活人一针，勇将杀人寸铁。真实义在半偈，万释迦说不出。
画时有三分真，衣折痕毛和发。不画时十分真，净白纸即是佛。
闭眼中光景多，如火光如金光。千亿佛毕来现，此张纸火无妨。
蛮子国数卷经，以文字为供养。毕劫后四风雨，不敢侵室方丈。
生不必郁单州，自有随身衣服。居不必占城国，午时起子时宿。
指尖笔头纸面，一佛分明涌现。指尖看笔头看，纸面看皆不见。
闻者谓佛在耳，谈者谓佛在舌。两端见牢不破，吾则谓皆无佛。
殷杨州咄咄法，空里书一卷经。水火劫不能灭，何以故本无形。
谁家无一张纸，书帐目书告状。悭心人狠心人，不肯施菩萨像。
供奉白郧侯泌，合铁拐为沧起。古诗人古山人，古仙人皆姓李。
面黄者类古佛，衣白者类山人。能经世能出世，始能生身外身。
裂半纸糊窗穴，裂半纸拭唾津。见在身本是幻，描写相又不真。
几颗顶骨数珠，一条生铁戒尺。念念夺九品莲，不欲称尊鸡足。
五官外具文眼，百病中无钱癖。吟得写得画得，人所应有皆足。
咸的酸的辣的，油酱铺气掩鼻。铙儿钹儿磬儿，水陆场声闹耳。
西方有文字海，上天有图书府。不识丁无玉帝，不识丁无佛祖。
在鸟兽为翚尾，金渐绿紫渐青。除是野乌一种，黑色万群同形。
心坎里怀着他，手掌儿擎着他。东家食西家宿，我爱他做甚么。
白日轣辘西坠，此时吾每欲哭。世人看做常事，只管催呼夕食。
天下本自无事，文人弄出事来。焚诗书大眼力，罪之首功之魁。
道人心肠偏窄，万想锻炼成狱。清晓卷书起坐，无事忽笑忽哭。

昔时百丈尊师，有言寒杀热杀。四百病无此病，文字令人疟疾。
遗腹子思其父，思言笑思口鼻。恍惚来梦中见，问其母果然是。
山人合住山中，山貌山骨山情。本来无事可做，无荣无辱无名。
话间带些婆气，脸上都是饿文。冗司若在仙府，合置这般猥员。
握筹不知纵横，举枰不知高低。不能乐圣避贤，唯能誉儿畏妻。
鹿皮裘牛尾尘，拖一条鬼面藤。天地间都散汉，不要道不要僧。
迹太侠虬髯客，容太慢羊鼻翁。遇明主如髭圣，成奇名立奇功。
安所得文墨匠，记罪过人面上。以为假文伪学，欺世盗名榜样。
鼠言空鸟言即，牛呼牟驼呼圝。大狮子一声吼，天上彻地下彻。
上陪玉皇大帝，下陪卑田乞儿。一副放达襟怀，东坡去后为谁。
狂时去登妓席，圣时来参佛座。这般方便法门，迦叶传之在我。
摩挲病筋病骨，臂麻难举虎子。闻诗未忘摇头，对食常患遗矢。
歌妓千人登场，终朝喉热齿楚。拍下一声铁板，高唱大江东去。
焚其衣舞其灰，移家入农家籍。唯著作不可废，写牛经抄兔册。
全凭医作司命，倒思仇亦知己。休论否泰亨坎，一意吮笔摊纸。
画舫寄情永叔，书巢命名放翁。虽无文章为记，衚衕差同两公。
身寄室室寄地，室亦称寄所寄。摹米南宫额书，集苏东坡文记。
惟有文人善病，惟有诗人解愁。都担上一身上，我不与人不求。
痴呆朽聪明朽，土不拣某某某。兔园册若干卷，吾证吾千载后。
过去佛我前我，未来佛身后身。一个佛方现在，是衚衕姓李人。
青城逃入平仲，壶头病困伏波。嗟古人款段马，愧后人千里骡。
闹人争似闲人，仙乡端在睡乡。救贫悭为上策，医忙懒是单方。
名场险似战场，佛国真个乐国。戒色医戒独眠，量贫妻习中食。
一躯像眼宜青，须宜白鬓宜苍。爱佛嫌佛同相，唯是面不宜黄。
官交热市交闹，高言矜卑言哗。屈指计遍游迹，山家农家渔家。

蟹荡亦曰蟹汤，好隐好狎好禅。好诗又似古人，斜川樊川辋川。
譬如乱山藏穴，譬如疑狱无案。须良地师一视，须神明宰一断。
窗光白窗光黑，胶难粘日长午。闲坐一纸窗下，便观来今往古。
不管米债柴债，只管买画买书。妻儿何知相詈，颠哉渠迂哉渠。
百贤同聚一堂，洵是文章盛观。正古人未平衡，翻古人已断案。
腐烂譬如语录，烦琐譬如注脚。其譬愈下愈奇，文如传奇词曲。

李德懋（1741—1793）

字懋官，号炯庵、雅亭、青庄馆、婴处等，籍贯全州，朝鲜王朝英祖、正祖年间的文臣与诗人。出身庶子，虽博学多才，但仕途不顺。历任奎章阁检书官、沙斤道察访、广兴仓主簿、司饔院主簿等中下官职。与洪大容、朴趾源等北学派人士结为至交，多次随燕行使团出使清朝，并与纪昀、李调元、李鼎元、陆飞、严诚、潘庭筠等清代名儒交往深厚。诗文卓越，与柳得恭、朴齐家、李书九并称“汉诗后四家”。四家诗选集《韩客巾衍集》受到李调元、潘庭筠的亲自批点，其所著诗话集《清脾录》，被李调元收入《续函海》。著有诗文集《青庄馆全书》与中国行纪《入燕记》等。《大东诗选》录诗6首。

晓发延安

不已霜鸡郡舍东，残星配月耿垂空。
蹄声笠影蒙眬野，行踏闺人片梦中。

婵娟洞

婵娟洞草赛罗裙，剩粉残香暗古坟。
现在红娘休詑艳，此中无数旧如君。

汉水舟中

日脚玲珑水步舒，春波绿阔素舲虚。
潜吹细沫空明里，针尾芒须二寸鱼。

碧蹄店 二首

天兵癸巳齿倭锋，铁马蹄劳腻土浓。
未抵轻儇蝴蝶阵，临风痛哭李如松。

往往锄头触铁丸，村娥缀佩爱团团。
太平生长那由识，透甲曾成壮士瘢。

延安府

申公城筑炳几先，毕竟奇功李月川。
败垒蜿蜒逋卉寇，崇碑屃赑辨龙年。
池莲适用还征税，野鹤横罹亦直钱。
饭颗延州谁谓美，秋荒禾黍剧萧然。

金沙寺

水背如弓不见洲，壮游吾且散羁愁。
群龙鳍戏潮音迴，诸佛眉忧地轴浮。
遍满秾棠闻亦艳，飞来芽菽事颇幽。
年年首夏唐船泊，僧将营高海月楼。

铜雀津

冷红京树著霜纹，霍霍空船橹响勤。
顷刻花惟凫外浪，飞来峰是马头云。

鞋弹锦石何时了，扇拍金沙竟日纷。
水店更衣催趁郭，旋归久旅得无欣。

李家焕（1742—1801）

字廷藻，号锦带、贞轩，籍贯骊州，生于汉阳，朝鲜王朝英祖、纯祖年间的文臣与学者。自幼聪敏，家学深厚，1777 年文科及第，历任承政院副正字、庇仁县监、开城府尹、刑曹判书等职。1784 年，结识天主教徒李承薰等人，转而信奉天主教。1801 年“辛酉迫害”时，与李承薰、丁若镛等人一同被捕，死于狱中。诗文超群，精通经史、天文学与数学。著述虽丰，但大部分都已佚失，有《锦带遗稿》传世。《大东诗选》录诗 7 首。

练光亭 二首

江楼四月已无花，帘幕薰风燕子斜。
一色碧波连碧草，不知别恨在谁家。

仁圣遗祠岁月多，朝天旧石足悲歌。
大同门外长江水，不见回波见逝波。

雪晴

每愁山倒雪，何意日生林。
惨黑屯云色，微青小草心。
乌鸢飞不定，豺虎迹全深。
独有袁安宅，高情自古今。

花江四时词 其一

烟林饷馌人家，远望依依日斜。
田野轻风细雨，泉源漾柳浮花。

遣闷

萧条锦树落天霜，为客江关日月长。
千佛风云供坐卧，五山冰雪变衣裳。
衰颜宾对苍生哭，往岁虚随粉署香。
薄暮柴门扶杖立，愁看荒草野茫茫。

柳得恭（1748—1807）

字惠风、惠甫，号冷斋、冷庵、歌商楼、古芸堂等，籍贯文化（今信川），朝鲜王朝英祖、纯祖年间的文臣与诗人。出身庶孽，1774年司马试合格，五年后被任命为奎章阁检书官，其后历任抱川县监、广兴仓主簿、加平郡守、丰川都护府使等职，正祖去世后被罢官。诗文超群，博学多识，与李德懋、朴齐家、李书九并称“汉诗后四家”，多次随燕行使团前往清朝，与张问陶等清代士人交往密切。著有诗文集《冷斋集》、中国行纪《热河纪行诗注》《燕台再游录》、历史著述《渤海考》《四郡志》与随笔集《古芸堂笔记》等，并编有诗选集《中州十一家诗选》《并世集》。《大东诗选》录诗11首。

西京杂绝 三首

朝周白马已千秋，杨仆楼船尚有洲。
涓水汤汤流日夕，蘼芋草色使人愁。

乙密台西春日曛，婵娟洞里草如裙。
可怜今日西游客，又断情肠苏小坟。

采莲歌曲绿鬟低，荡漾官船过大堤。
初到寺门如蝶散，花前柳外一时迷。

松京杂绝 三首

门千户万总成灰，剩水残山春又来。
吹笛桥边踏青去，礼成江上打鱼回。

清溪曲曲石嵯嵯，知道宫中旧浣纱。
素手一双人去后，几番呜咽换新波。

爱侬双绶尺来垂，沿过田中白鹭鸶。
寒食归宁簟笠小，芜城疏雨不禁吹。

送李时叔南归

连天草色晚，离别欲依依。
千里南归客，三韩一布衣。
春云鸿雁杳，湖水鲤鱼肥。
满地梨花白，皆君去后飞。

芙蓉山中话旧述怀 其一

东小门洞更向东，新兴萧寺旧栖同。
别来几日非吴下，和者无人又郢中。
还似寒号得过鸟，偏怜琐蛣寄居虫。
寒山蠹管悲今夜，绕屋霜鸣槲槲红。

朴齐家（1750—1805）

字次修、在先、修其，号楚亭、贞蕤、苇杭道人，籍贯密阳，朝鲜王朝英祖、纯祖年间的实学家与诗人。出身庶孽，历任奎章阁检书官、军器寺正等职。思想上主张“北学”，与朴趾源、李德懋、柳得恭等人结为至交，随燕行使团多次前往清朝，与李调元、潘庭筠、罗聘等清代士人交往密切，著有《北学议》。诗文超群，与李德懋、柳得恭、李书九并称“汉诗后四家”，著有诗文集《贞蕤阁集》。《大东诗选》录诗 4 首。

为人赋岭花

毋将一红字，泛称满眼花。
花鬓有多少，细心一看过。

西京

春城花落碧莎齐，终古芳魂此地栖。
何恨人间情胜话，死犹求溺浣纱溪。

白云台

地水具纤竟是涯，圆苍所覆界如丝。
浮生不翅微于粟，坐念山枯石烂时。

庆会楼古池

格格惊飞鸖上松，池荭浅缬有鱼踪。
游丝咫尺无寻处，时听人声响碧峰。

法华庵

浮图缥缈梵王宫，檐马丁当积翠中。
贝叶千卷散花雨，茶声一沸悟松风。
归禽入远时看碧，落日盈空总是红。
踞石不知云绕膝，枫阴深处静双瞳。

村中人携酒来别次前韵

醇醪合使薄夫宽，久客翻为破涕叹。
犹有书香留信宿，居然野色染衣冠。
多声木叶流霜白，未曙茅茨淡月寒。
豆壳禾丛离别后，不知何日梦中看。

夷树堂夕思 其一

不愿功名不愿仙，治生端悔失青年。
执筹休怪王戎鄙，问舍方知许汜贤。
子母青钱通亥市，弟兄红稻接秋田。
他年置屋沧江上，修竹千竿月一船。

李晚秀（1752—1820）

字成仲，号屐翁、屐园，籍贯延安（今延白），朝鲜王朝英祖、纯祖年间的文臣。1789 年文科及第，历任弘文馆修撰、大司谏、刑曹判书、辅国判敦宁府事、广州府留守等职，参与制作铜活字“整理字”。擅诗文，著有诗文集《屐园遗稿》。《大东诗选》录诗 2 首。

洗心台赓韵

诸臣宽礼数，天许醉中喧。
一岁浓花节，千家芳树园。
春先宸藻得，台自驾临尊。
庆会知多日，蓬莱有法樽。

降仙楼敬次先祖文忠公板上韵

玉箫清转彩云流，江上青山一色秋。
歌妓总翻神女曲，居民亦喜使君游。
朱栏画栋重重映，锦缆牙樯泛泛休。
吾祖题诗今日载，无人更赋仲宣楼。

病中漫作

夜卧山斋万念删，了无余味恋尘寰。
开帘独许林风入，隐几时看涧鸟还。
浊酒清琴堪送老，诗囊笔架剩供闲。
迩来衰病缘何事，只为从前名利关。

车佐一（1753—1809）

字叔章，号四名子，籍贯延安（今延白），朝鲜王朝英祖、纯祖年间的闾巷诗人。出身低微，虽才能出众，只担任过“万户”一类的武官末职。擅诗文，曾与千寿庆、张混等闾巷诗人结社，是“松石园诗社”的重要成员。相传其母有孕时，曾梦见唐代诗人贺知章，因此其诗歌创作也深受贺知章的影响。著有诗文集《四名子诗集》，

《风谣三选》录诗 6 首。《大东诗选》录诗 1 首。

戏题

秋来病症尚流婴，老子风流蝉翼轻。
樊素小峦相继去，香山当日若为情。

有足肿或戒止酒戏答 二首

曾读轩岐术，元无禁酒方。
生为醉乡伯，死作修文郎。
足病今何有，身名久已忘。
对君须痛饮，内耗外应良。

对症要投剂，医言不可听。
须先治厥本，然后养其形。
始乃狂为祟，终焉醉未醒。
世间无别法，盥手读黄庭。

金洛瑞（生卒年不详）

字文初，号好古斋，籍贯不详，朝鲜王朝英祖、纯祖年间的闾巷诗人。出身低微，精通诗文，曾任奎章阁胥吏等下级官职。与千寿庆、车佐一等闾巷诗人结社，是“松石园诗社”的重要成员。《风谣三选》录诗 43 首，《大东诗选》录诗 6 首。

灯夕过苍谷

高林斜月霭余辉，上路行歌闻渐稀。
隔树残灯余数点，谁家尚待醉人归。

灵山郡

路绕荒山远，悠悠向古城。
怪禽当马起，恶竹上埤生。
郡吏衣冠短，村人井臼清。
离肠浑断尽，寒郭又笳声。

松石园饯春

百年使有驻春迟，今我应为未来时。
少壮几何成雪发，雨风无奈落花枝。
残晖冉冉登高送，芳树依依去后思。
安得余生比松石，不关青帝往来期。

李书九（1754—1825）

字洛瑞，号惕斋、疆山、素玩亭、席帽山人，籍贯全州，宣祖次子仁兴君的第6世孙，朝鲜王朝英祖、纯祖年间的文臣与诗人。出身显赫，家学深厚，早年跟随朴趾源学习文章。1774年文科及第，历任持平、大司谏、吏曹判书、右议政等职。参与编撰《庄陵志》《正祖实录》《奎章全韵》等。诗文超群，与李德懋、朴齐家、柳得恭并称“汉诗后四家”，汉诗创作推崇清代王士禛的“神韵说”。著有诗文集《惕斋集》。《大东诗选》录诗9首。

早秋归洞阴弊庐晚步溪上作 三首

家近碧溪头，日夕溪风急。
修林不逢人，水田鹭影立。

时向返照中，独行青山外。
鸣蝉晚无数，隔树飞清籁。

读书松根上，卷中松子落。
支筇欲归去，半岭云气作。

山行

数棘荒寒堆乱石，斜阳欲尽废田头。
野棠结子珊瑚颗，何处飞来黄褐侯。

陈晓画

夜雨知初霁，遥天正渺茫。
暝烟迷浦碧，霜树出村黄。
人立秋山小，帆归晓水长。
江湖留宿计，空羡捕鱼郎。

田园即事

柴扉新拓数弓荒，真是终南旧草堂。
藜杖闲听田水响，笋舆时过稻花香。

鱼梁夜火归寒雨，蟹窟秋烟拾早霜。
始信乡园风味好，百年吾欲老耕桑。

李亶佃（1755—1790）

字耘岐，号疋斋、疋汉、因斋，籍贯延安（今延白），朝鲜王朝英祖、纯祖年间的闾巷诗人。出身寒微，擅诗文，与千寿庆、张混、金洛瑞等闾巷诗人交好。《大东诗选》录诗6首。

关王庙

古庙幽深白日寒，俨然遗像汉衣冠。
当时未了中原事，赤兔前年不解鞍。

蕙寰先生挽

飘然孤鹤翥清霄，园里碧桃春寂寥。
纵有年年桥上月，余生那念作元宵。

水声洞

行行流水上，水尽有高峰。
落日无余力，浮云自幻容。
泉红村半杏，石翠洞皆松。
极目东城远，春光护九重。

千寿庆（? —1818）

字君善，号羲轩、松石道人、松石、松石园，籍贯金溪（今尚州），朝鲜王朝英祖、纯祖年间的闾巷诗人。出身寒微，擅诗文，与张混、赵秀三、车佐一等闾巷诗人结社，是“松石园诗社”的盟主。编撰“松石园诗社”诗人唱和集《玉溪雅集帖》，以及闾巷汉诗选集《风谣续选》。《风谣续选》录诗 7 首，《风谣三选》录诗 7 首，《大东诗选》录诗 2 首。

日涉园

堆霞复拳石，上有松树闲。
诛茅实为此，柴扉溪上关。
轩窗容我膝，树木怡我颜。
有时看白云，镇日对青山。
生事自萧条，不似在人间。

秋夜赏菊

园斋秋夜碧松清，石上潺流佩响轻。
藻荇鳞鳞交树影，风霜沥沥应山鸣。
龄颓蟋蟀凄仍惧，岁暮衣裳薄自惊。
白酒故人来月色，栏头共赏菊花明。

张混（1759—1828）

字元一，号而已广、空空子，籍贯结城（今洪城），朝鲜王朝英祖、纯祖年间的闾巷文人。出身中人世家，曾任校书馆司准，参与各种御定图书的校正与出版。担任奎章阁胥吏期间，与洪奭周、金祖淳、金正喜等士大夫结为至交。编选中国汉诗选集《诗宗》《唐律集英》，并与千寿庆编撰闾巷汉诗选集《风谣续选》。此外，还编撰了《儿戏原览》《蒙喻篇》等工具书。擅诗文，与千寿庆等闾巷诗人交好，是“松石园诗社”的代表性人物。自创所谓“而已广”的木活字，刊行了大量闾巷诗人诗集。著有诗文集《而已广集》。《风谣三选》录诗 45 首，《大东诗选》录诗 4 首。

答宾 二首

白茅十余屋，上带青山色。
稍转巷南头，门内双杏碧。

篱角妻舂粟，树根儿读书。
不愁迷处所，即此是吾庐。

君善偶至效陶体 其一

羌有人兮，不娶不宦。
虽则苦贫，其心则晏。
乐之嘐嘐，弹咏以间。
物各自适，鹏无笑鷃。

与赵芝园夜话松石园

长往知无策，浮生叹有涯。
时将林下趣，来会故人家。
雨井蛙翻出，风溪燕掠斜。
留君同夜宿，吾室蓄兰花。

南公辙（1760—1840）

字元平，号思颖、金陵，籍贯宜宁，大提学南有容之子，朝鲜王朝英祖、宪宗年间的文臣。1792年文科及第，历任奎章阁直阁、吏曹判书、大提学、领议政等职。正祖时期担任抄启文臣，积极辅佐正祖推行“文体反正”，曾参与编撰《奎章全韵》《正祖实录》等。擅诗文，排斥稗官文学，推崇“六经古文”，著有诗文集《金陵集》。《大东诗选》录诗4首。

永川朝阳阁谨次栗翁韵

乱山一碧芦花秋，疏雨凉风满古楼。
回首不堪京阙远，莫言吾道在沧洲。

竹枝词

红雨丝丝欲湿楼，伊人消息日暮洲。
独唱竹枝歌未竟，横塘来系木兰舟。

茅亭一架成

闲寂堪逃俗，淹留几日回。
愁多凭酒散，病不厌花开。
鹿卧松阴静，龙吟雨气来。
茅亭新入望，突兀断浮埃。

李钰（1760—1815）

字其相，号文无子、梅史、梅庵、絅锦子、青华外史、梅花外史、桃花流水馆主人等，籍贯不详，朝鲜王朝英祖、纯祖年间的文人。30 岁前后入成均馆学习，因崇尚稗官小说文体，曾一度被正祖发配军营充军。后虽被赦免准予参加科举考试，又因其使用小品文体，被正祖判定为“榜末”。因屡遭打击，遂无意功名，回乡隐居著书。擅诗文，著有诗话集《艺林杂佩》，其书由《百家诗话抄》与《俚谚》构成。其中,《百家诗话抄》中的条目基本抄自袁枚的《随园诗话》，而《俚谚》则收录汉诗 65 首。此外，还著有《文无子文钞》《凤城文馀》等文集。2009 年，韩国实事学舍古典文学研究会主编出版了《（完译）李钰全集》（全 5 册）。《大东诗选》录诗 17 首。

俚谚·雅调 二首

为郎缝衲衣，花气恼侬倦。
回针插襟前，坐读淑香传。

小婢窗隙来，细唤阿哥氏。
思家如不禁，明日送娇子。

俚谚·艳调 二首

桃花犹是贱，梨花太如霜。
停匀脂与粉，侬作杏花妆。

郎爱燕双飞，侬爱燕儿多。
一齐生得妙，哪个是哥哥。

俚谚·宕调 二首

拍碎端午扇，低唱界面调。
一时知我者，齐称妙妙妙。

人言侬辈媒，侬辈实自贞。
逐日稠坐中，明烛到五更。

赵秀三（1762—1849）

字芝园、子翼，号秋斋、景畹，籍贯汉阳（今首尔），朝鲜王朝英祖、宪宗时期的闾巷诗人。出身中人阶层，一生不遇，直至83岁时才获恩被授予“五卫将”的官职。自幼有诗名，与金洛瑞、朴允默等闾巷诗人交好结社，是“松石园诗社”的重要成员。1789年，随燕行使团前往北京，与吴崇梁、刘喜海、朱文翰等清代士人交往密切。擅诗文，著有诗文集《秋斋集》。《风谣三选》录诗78首，《大东诗选》录诗15首。

善竹桥

波咽桥根幽草没，先生于此乃成仁。
乾坤弊尽丹心在，风雨磨来碧血新。
纵道武王扶义士，未闻文相作遗民。
无情有恨荒碑湿，不待龟头堕泪人。

沈阳杂咏 其二

六角黄牛十口羊，河边秋草四茫茫。
纵然散去无多远，倒卧田头看夕阳。

悼亡 其四

几度叩盆歌不成，蒙庄非达薄于情。
他年我亦同归穴，易地君何认独生。
明月影孤鸾镜舞，春风耦失鹿门耕。
晓来偶得还家梦，依旧中畿倒屣迎。

外夷竹枝词·女真 三首

生熟黄头列似星，黑龙江黑白山青。
狗车载鹿吹桦角，缚束君王待酒醒。

雪上蹑貂穷峒峪，雨中浮马过江岸。
膏身夜合美人鱼，旨味朝餐生米饭。

山头潭水万年清，濯发仙娘庆笃生。
青鸟何如玄鸟卵，爱新天下久升平。

丁若镛（1762—1836）

字美镛、颂甫，号茶山、与犹堂、俟庵、紫霞道人、门岩逸人、铁马山樵等，籍贯罗州，朝鲜王朝英祖、宪宗年间的实学家、儒学家与文学家。1789 年文科及第，历任兵曹参知、副护军、刑曹参议等职。政治上主张改革，担任“暗行御史”期间，惩治贪官污吏，深受正祖信任与民众爱戴。思想上关注西学，曾设计“起重架”，并与天主教徒往来密切。1801 年“辛酉迫害”时，受牵连而被流放康津。自幼有诗名，积极倡导“朝鲜诗”，留下大量反映民间疾苦与体现爱国情怀的汉诗。博学多识，著有《牧民心书》《经世遗表》《麻科会通》《毛诗讲义》《尚书古训》《丧礼四笺》等500余部著述，内容涉及政治、医学、儒学、文学等多个领域。1934—1938年，新朝鲜社整理出版《与犹堂全书》（全76册）。《大东诗选》录诗5首。

雨中两妓

佳人来自锦江西，暮雨阳台路不迷。
罗袜一双芳草路，锦裙千点落花泥。
乌云堆髻非缘睡，珠泪凝腮不是啼。
犹带眉间愁湿色，将身并坐学黄鹂。

家僮归 二首

书到如谈笑，人归复寂寥。
无聊天漠漠，依旧路迢迢。
鸟岭山千曲，琴台水二条。
唯留双燕子，终日语音娇。

谓得家书好，新愁又万端。
拙妻长日泪，稚子几时看。
薄俗真堪惜，浮言尚未安。
嗟哉亦顺受，度世本艰难。

石隅别

萧飒石隅村，前作三叉歧。
二马鸣相戏，似不知所之。
一马且南征，一马将东驰。

诸父皓须发，大兄涕交颐。
壮者且相待，耆耋谁得知。
斯须复斯须，白日已西攲。
行矣勿复顾，黾勉留前期。

哀绝阳

芦田少妇哭声长，哭向县门号穹苍。
夫征不复尚可有，自古未闻男绝阳。
舅丧已缟儿未澡，三代名签在军保。
薄言往愬虎守阍，里正咆哮牛去皂。
磨刀入房血满席，自恨生儿遭窘厄。
蚕室淫刑岂有辜，闽囝去势良亦慽。
生生之理天所予，乾道成男坤道女。
騸马豮豕犹云悲，况乃生民思继序。
豪家终岁奏管弦，粒米寸帛无所捐。
均吾赤子何厚薄，客窗重诵鸤鸠篇。

奉旨廉察到积城村舍作

临溪破屋如瓷钵，北风卷茅榱齾齾。
旧灰和雪灶口冷，坏壁透星筛眼豁。
室中所有太萧条，变卖不抵钱七八。
龙尾三条山粟颖，鸡心一串番椒辣。
破罂布糊杜穿漏，庋架索缚防坠脱。
铜匙旧遭里正攘，铁锅新被邻豪夺。
青绵敝衾只一领，夫妇有别论非达。

儿稚穿襦露肩肘，生来不著袴与袜。
大儿五岁骑兵签，小儿三岁军官括。
两儿岁贡钱五百，愿渠速死况衣褐。
狗生三子儿共宿，豹虎夜夜篱边喝。
郎去山樵妇佣舂，白昼掩门气惨怛。
昼阙再食夜还炊，夏每一裘冬必葛。
野荠苗沉待地融，村篘糟出须酒酦。
饷米前春食五斗，此事今年定未活。
只怕逻卒到门扉，不愁县阁受笞挞。
呜呼此屋满天地，九重如海那尽察。
直指使者汉时官，吏二千石专黜杀。
毙源乱本棼未正，龚黄复起难自拔。
远摹郑侠流民图，聊写新诗归紫闼。

沈鲁崇（1762—1837）

字泰登，号孝田、梦山居士，籍贯青松，朝鲜王朝英祖、宪宗年间的文臣。早年入成均馆学习，及第后历任参奉、直长、刑曹正郎、天安郡守、林川郡守等职。擅诗文，熟读明代“四大奇书”与《西厢记》等各种中国小说，与金祖淳、金鑢等人交好。著有诗文集《孝田散稿》，编有野谈笔记丛书《大东稗林》。《大东诗选》录诗 2 首。

永明寺

净土休行马，青天畅客襟。
老僧观水定，灵佛坐云深。

山碧花如照，林晴鸟自吟。
空庭松桂树，江寺散秋阴。

凤山途中

红泥滑滑路如盘，去马来牛若转丸。
拂地顽云迷欲雨，横空远日淡生寒。
桃花脉脉官楼出，榆柳深深店火残。
不有辽河千里去，那能尘世百忧宽。

金鑢（1766—1822）

字士精，号藫庭，籍贯延安（今延白），朝鲜王朝英祖、纯祖年间的文臣与诗人。15岁进入成均馆学习，其后沉迷稗官小说文体，与李钰结为至交，是朝鲜后期推行小品文体的代表人物。与金祖淳共同编撰稗官小品集《虞初续志》。擅诗文，主要关注朝鲜民俗生活与风土人情，著有诗文集《藫庭遗稿》等。《大东诗选》录诗7首。

黄城俚曲 二首

主家群狗大于獒，黄白黔苍各羕毛。
每趁五更人迹到，震天价响绕篱号。

芎藭香动绿长衣，快马平原健似飞。
皮竹箱子红袱裹，新婚阁氏现姑归。

上元俚曲 二首

元宵月色剧清圆，先见生男古老传。

底事南邻老处子，背人无语泪泫然。

没羽箭来打个空，终宵飞石斗孱雄。
此中亦寓孙吴意，精锐先埋掌苑东。

思牗乐府 其一

问汝何所思，所思北海湄。
苦雨长夏涨溪漩，五日不觌莲姬面。
今宵雨歇月在沙，水边杨柳漾绿纱。
竹笻麻鞋出溪上，信步拟往莲姬家。
忽见沙际无限树，树梢微动人影度。
短伞布裙提葫芦，莲姬已踏桥西路。

申纬（1769—1845）

字汉叟，号紫霞、警修堂，籍贯平山（今南海），朝鲜王朝英祖、宪宗年间的文臣、诗人与书画家。1799 年文科及第，历任抄启文臣、承旨、兵曹参判等职，曾以书状官之职出使清朝，并与清朝大学者翁方纲结为至交，文艺创作深受翁方纲的影响。诗书画三绝，是朝鲜后期的重要人物。汉诗创作与评论造诣高深，倡导民族诗歌，曾作汉译诗《小乐府》与论诗诗《东人论诗》。绘画继承南宗文人画风，尤擅画山水与墨竹，对“秋史派”的文人画风产生重要影响。著有诗文集《警修堂全稿》，金泽荣曾精选其汉诗 600 首，编成《紫霞诗集》。《大东诗选》录诗 14 首。

次韵南雨村进士寄示春日山居 其十二

县市人心恶，山村物性良。
茅柴四三屋，鸡犬画羲皇。

西京次郑知常韵

急管催觞离思多，不成沉醉不成歌。
天生江水西流去，不为情人东倒波。

朴渊

俯栈盘盘下，回看所历悬。
岩飞山拔地，溪立瀑垂天。
空乐自生听，众喧遂寂然。
方知昨宿处，幽绝白云颠。

雨憩检勿院作

溪村八九屋，高下势相倾。
叠石垣墙古，斩松略彴平。
乌云含雨重，红叶烧林明。
已迫催科节，何当晒谷情。

林亭遣闲

地僻林亭似远郊，更无门钥客来敲。
墙头每过鹅儿酒，帘额偏当燕子巢。
一霎东风芳杜岸，半窥明月杏花梢。
诗逋画债春来甚，懒惰从嗔笔砚抛。

初夏遣兴 其二

一庭秀润绿阴中，侧卧揭帘山馆空。
薄有如无梅熟雨，乍寒能暖麦黄风。
因成忆事怀人睡，又坏钞诗遴史功。
底物不随时态变，孤花月月胆瓶红。

李学逵（1770—1835）

字醒叟、惺叟，号洛下生、洛下，籍贯平昌，朝鲜王朝英祖、纯祖年间的诗人。幼年丧父，随外祖父李用休生活。弱冠时，以诗文名于世，虽无官职，却受王命编撰《奎章全韵》。1801 年“辛酉迫害”时，受堂叔父李承薰天主教徒身份牵连流放绫州，后又受妻弟天主教徒黄嗣永“帛书事件”牵连流放金海。流放外地期间，专心学问与著述，与流放康津的丁若镛书信往来频繁，文学创作上也深受丁若镛现实主义思想的影响。擅诗文，著有诗文集《洛下生稿》。《大东诗选》录诗 11 首。

春日读钱受之诗 其八

鬓丝禅榻送生涯，五度江南花落时。
为是秦淮旧游伴，未能磨灭是情痴。

夜宿西林寺坦公房

榾柮无烟灯烬迟，银河楼阁梦参差。
夜来山木声如雨，正是初寒叶脱时。

次韵李圣焕使君南湖春夕

潮去水平屐，潮来风满舟。
江身际海阔，树色共云浮。
平远山为界，空蒙雾是洲。
相看北郭老，竟夕此沙头。

田园

富贵功名不拟论，残年有味是田园。
齐眉拄杖回人揖，正面摊书向早暾。
细麦雨漂生石角，落花风卷聚蔬根。
邻家恰有寻山约，为买青鞋到郭门。

南湖舟中呈李使君 其一

胜地应须百度看，重来非复暮天寒。
台因近海风常恶，湖为无山水更宽。
力困沧波双鸭小，气蒸春岸远花团。
烹莼鲙鲫浑余事，且罄壶觞尽日欢。

朴允默（1771—1849）

字士执，号存斋，籍贯密阳，朝鲜王朝英祖、宪宗年间的文臣与诗人。书法造诣高深，深受正祖与领议政金祖淳的宠爱与信任，历任中枢府同知事、平薪镇佥节制使等职。擅诗文，是“松石园诗社”的重要成员，著有诗文集《存斋稿》。《风谣三选》录诗 28 首，《大东诗选》录诗 2 首。

雨中乘舟下松坡

小艇轻于叶，孤帆恰受风。
树奔指点际，山改送迎中。
天地一身渺，江湖两眼空。
浮云望不极，直与海门通。

松石园纳凉

春后无佳约，故人今始携。
径深披草入，地迥见山低。
霁色归千树，清风泛一溪。
蝉声何处是，不辨水东西。

雨中拜硕斋尹公行恁墓

三十年间九经过，法华山色尚嵯峨。
松深古道灵风起，花落荒原暮雨多。
楸舍简编犹剩馥，岑滩樵牧亦悲歌。
忽闻蜀魄啼无尽，可奈枝头怨血何。

洪奭周（1774—1842）

字成伯，号渊泉，籍贯丰山（今安东），领议政洪乐性之孙，朝鲜王朝英祖、宪宗年间的文臣与文章家。1795 年文科及第，历任直长、正言、应教、副提学、忠清道观察使等职。1803 年、1831 年以书状官、谢恩使之职两度前往北京，纯祖末年升任吏曹判书、左议政。曾任实录总裁官，参与编撰《纯祖实录》。擅诗文，文学上排斥秦汉古文，推崇韩愈、欧阳修为代表的唐宋古文，著有诗文集《渊泉集》与随笔集《鹤冈散笔》等。《大东诗选》录诗 7 首。

马上遇风甚

江风打笠卷长缨，征马肌寒不敢鸣。
多少危樯掀白浪，还应羡我岸边行。

长湍道中

浮沉城市久，到处怯崎岖。
石径频高下，人烟递有无。
才回暮山口，忽在春江隅。
不历重重险，何由得坦途。

长林

萧萧寒雨正催诗，十里平林又一奇。
浓翠连绵秋色里，半江隐见夕阳时。
轻舟渺渺随桃叶，远岸依依唱竹枝。
不尽台城杨柳感，东明旧国几回移。

秋日登楼次圃隐韵 其一

秋色苍然雁际横，西风吹动异乡情。
人烟远簇鱼鳞瓦，山势平分兽角城。
未有新词酬胜地，空将微禄负平生。
登高不为重阳近，直北归云是汉京。

金迈淳（1776—1840）

字德叟，号台山，籍贯安东，朝鲜王朝正祖、宪宗年间的文臣与文章家。1795年文科及第，历任检阅、礼曹参判、江华副留守等职，高宗时追授判书之职。文章超群，精通性理学，名列“丽韩十大家”。著有诗文集《台山集》与随笔集《阙余散笔》等。《大东诗选》录诗5首。

出溪上得一绝

触眼红芳径欲迷，杖藜闲步到溪西。
夜来一雨谁斟酌，才足开花不作泥。

咸从道中

磴道千回并涧斜，马蹄磊落蹋崩沙。
崖缝紫菊无人管，自向寒天尽意花。

次李斗臣台升韵 其一

名骐局促太行盐，潦倒微官替镈镰。
稀见高门勤吐握，早闻良史起盲阉。
音操白雪元难和，睡觉黄粱总付詹。
试上须弥腾远眺，四洲何处觅南阎。

冬夜咏怀

中夜听北风，揽衣遂达晓。
密霰绘层巘，稀冰篆幽沼。

寒花半委砌，高叶少停杪。
深知素律穷，宛见玄令肇。
感物亦已晚，微霜乃先兆。
金丹未可卜，琪阙限云表。
摇落北山下，百帙拥緗縹。
虽惭漆雕大，敢安樊须小。
云和有遗器，弦绝谁能绍。
永怀古人远，沉思此身眇。
沕穆九渊龙，扶摇万里鸟。
行藏未自程，云海方浩渺。

赵寅永（1782—1850）

字义卿，号云石，籍贯丰壤（今南杨州），朝鲜王朝正祖、哲宗年间的文臣。1819 年文科及第，历任应教、大司宪、大司成、礼曹参判等职。宪宗世道政治时期，作为丰壤赵氏的核心人物，长期担任领议政之职。学术上推尊朱子学，排斥西学，多次主导对天主教徒的打压与迫害。在金石学领域也颇有建树。1816 年随圣节使前往北京时，与清朝金石学者刘燕庭交往密切。回国后向其赠送《真兴王巡狩碑》等朝鲜金石拓本数十种。擅诗文，著有诗文集《云石遗稿》。《大东诗选》录诗 2 首。

渡锦江

锦江江口画船高，春雨春澌长一篙。
忽觉飘然如得意，几多车马道中劳。

饮博楼次板上韵

双崖森束一溪通，特地为楼似蹑空。
白石苍松尘事外，朱栏粉堞水声中。
百年锁钥当西塞，六月衣巾引北风。
自是升平文墨吏，行间羞说奏奇功。

丁学渊（1783—？）

字稚修，号酉山，籍贯罗州，实学家丁若镛长子，朝鲜王朝正祖、纯祖年间的文臣，曾任直长等职。擅诗文，《大东诗选》录诗 16 首。

秋砧 二首

何事丁东到晓头，教渠酸腕未能休。
邻砧不与家砧别，偏向邻砧一段愁。

百济城高一雁飞，忆郎秋夜减腰围。
西关北塞无征戍，只是忠州估客衣。

秋雨

柴门不正向平津，日雨寒江暗钓身。
数幅破帆欹侧过，分明船里载诗人。

郑元容（1783—1873）

字善之，号经山，籍贯东莱（今釜山），朝鲜王朝正祖、高宗年间的文臣。1802 年文科及第，历任艺文馆检阅、吏曹参议、大司谏等职，宪宗去世当年升任领议政。哲宗即位后，因拥戴之功授“总护使”之职，并下赐“权杖”，荣耀一时。高宗即位后，任实录厅总裁官，主持编撰《哲宗实录》。著有诗文集《经山集》与《北征录》等，《大东诗选》录诗 3 首。

暮行

冉冉山晖薄，轻轻锦缆过。
梦清逼鸥鹭，诗壮恐蛟鼍。
岸阔云沙稳，天垂星汉多。
叩舷犯风露，候月听江歌。

赠上使洪判书羲臣赴燕

大邦专对擢秋卿，万里皇华赋北征。
旧日行台应惯识，公家太史尚留名。
梅花驿使空相忆，杯酒阳关谁复情。
记取湾江曾送别，荻风吹雪角三声。

洪吉周（1786—1841）

字宪仲，号沆瀣子，籍贯丰山（今安东），洪奭周之弟，朝鲜王朝正祖、宪宗年间的文人。出身名门，早年曾参加科举，30 岁时放弃仕途，专心读书著述。擅诗文，著有诗文集《岘首甲稿》《沆鲨丙函》与随笔集《睡余放笔》《睡余演笔》《睡余澜笔》《睡余澜笔续》等。《大东诗选》录诗5首。

宿大兴寺

寻僧到晚饭，山寺闻钟鸣。
松灯寒欲灭，今夜宿泉声。

清心楼

三日冥冥雨，登楼始霁天。
江高兼晚涨，山远半秋烟。
古塔钟声里，荒城鸟影边。
垂杨千万树，何处可藏船。

金正喜（1786—1856）

字元春，号秋史、阮堂、礼堂、诗庵、果老、农丈人、天竺古先生等，籍贯庆州，朝鲜王朝正祖、哲宗年间的文臣、书画家与诗人。出身勋戚，身世显赫，文科及第后历任世子侍讲院说书、成均馆大司成、吏曹参判等职。24岁时随燕行使团前往北京，结识阮元、翁方纲、曹江等清朝大儒，尤其深得翁方纲的赏识。1840年，因受“尹尚度狱事”的牵连，被流放济州岛8年。1851年，又因“庙迁问题”流放咸镜道北青。70岁时回果川修道闲居，次年离世。学术上推崇清代考证学，主张“汉宋不分论”与“实事求是”；书法上则在学习翁方纲的基础上，创制了独特的“秋史体”；诗学上推崇清代翁方纲，以及宋代的苏轼与唐代的杜甫。著有诗文集《阮堂集》《覃研斋诗稿》《阮堂尺牍》等，《大东诗选》录诗15首。

骤雨

树树薰风叶欲齐，正浓黑雨数峰西。
小蛙一种青于艾，跳上蕉梢效鹊啼。

悼亡

那将月姥讼冥司，来世夫妻易地为。
我死君生千里外，使君知我此心悲。

题村舍壁

秃柳一株屋数椽，翁婆白发两萧然。
未过三尺溪边路，玉蔼西风七十年。

松京道中

山山紫翠几书堂，篱落勾连碧涧长。
野笠卷风林雨散，人参花发一村香。

送闵行台丈书状之行 其二

尤家昔唱竹枝词，解识吾东异四夷。
纱帽版袍争艳看，九畴人是汉官仪。

春日

翰墨情缘重，弥深竹柏真。
梅花铜坑雪，杯酒玉山春。
明月千金夜，青眸万里人。
篆烟曾结就，槎屐不迷津。

赠草衣

竖拳头轮顶，搐鼻碧海浔。
大施无畏光，指月破群阴。
福地与苦海，总持一佛心。
净名无言偈，般空海潮音。
入佛复入魔，但自笑吟吟。
狸奴白牯知，机用互相侵。
春风百花放，明明到如今。

意恂（1789—1866）

字中莩，法号草衣、一枝庵，俗姓张氏，籍贯兴德（今高敞），朝鲜王朝正祖、高宗年间的名僧。16岁于云兴寺出家，后在大兴寺受口足戒。22岁遍游全国，精通儒释道三家学说，后成为大兴寺第13代大宗师。曾建一枝庵于大兴寺东边，参悟“禅茶三味”。与丁若镛、洪显周、金正喜等士大夫交往密切，尤其与丁若镛结为至交，诗文往来频繁。擅诗文，著有诗文集《草衣诗稿》与《东茶颂》《茶神传》等。《大东诗选》录诗3首。

早过斜川

轻霞冉冉曙光晴，旭日娟娟上赤城。
朝冷烟从溪面起，岸高人在树巅行。
林深尚见余花发，春尽犹闻好鸟声。
惆怅龙门山下路，宝坊遗与野人耕。

润笔庵

削立苍崖眼欲穷，精蓝萧洒翠微中。
水因照影方知净，山到无云始见空。
碍日何妨铲茂绿，惜春不遣扫残红。
前程但得无歧派，不向人寻西复东。

海东庵次莲翁韵

直北伽倻有海宗，鲛宫密迩路相通。
刹竿影搭珊瑚露，玉树香传薜荔风。
洗雨峰妍秋色里，报霜雁到月明中。
世人也识藏林寺，隔水遥闻半夜钟。

赵熙龙（1789—1866）

字致云，号壶山、又峰、石憨、丹老、梅叟等，籍贯平壤，朝鲜王朝正祖、高宗年间的画家、诗人。出身中人家庭，早年拜在金正喜门下，曾任五卫将等职。1851 年因介入王室典礼事件而被流放荏子岛，两年后赦还。擅画梅花与兰草，代表作有《东坡笠屐图》《红梅图》《梅花图》《江岸泊舟图》等。擅诗文，19 岁时加入闾巷诗社“碧梧社”，后成为核心成员，著有《石友忘年录》《壶山外史》等，《大东诗选》录诗 9 首。

辛亥谪荏岛以诗遣愁 其一

荒山白日影沉沉，夹岸垂垂蜀黍深。
双角峥嵘闲觳觫，空叫背上集秋禽。

春日杂诗 二首

研池沧海语堪嗟，回忆当时好句夸。
岂意竟为今日谶，鲸涛润笔写琪花。

老屋同栖数点鸦，吾生底事似蕉芽。
满天纯是鱼龙气，才泄春光到杏花。

卞钟运（1790—1866）

字朋七，号啸斋，籍贯密阳，朝鲜王朝正祖、高宗年间的文人与译官。出身中人家庭，译科及第后曾任五卫将等职，与李裕元、尹定铉、南公辙等人结为至交。擅诗文，诗歌创作深受中国唐宋诗的影响，著有诗文集《啸斋集》。《大东诗选》录诗 4 首。

扬子津

芦花如雪复如烟，十里晴波不系船。
一阵寒鸿决云去，斜阳秋色满江天。

客问余近况

客来谈水月，吾已悟盈虚。
万事双蓬鬓，孤村一草庐。
落花春有酒，细雨夜看书。
穷达都无意，浮云任卷舒。

俞莘焕（1801—1859）

字景衡，号凤栖，籍贯杞溪（今浦项），朝鲜王朝纯祖、哲宗年间的文臣与儒学家。早年曾担任缮工监役、全义县监等职，后受诬陷而被罢官流放，赦还后无心官场，转而钻研学问和培育后学。徐应淳、金允植、南廷哲等名儒都出自其门下。著有诗文集《凤栖集》。《大东诗选》录诗2首。

华藏寺别尹生秉鼎秉益

我已南湖住，君今北岳归。
江梅春寂寂，城柳晚依依。
旅馆惊残腊，离亭恨落晖。
孤吟延伫久，寒月度禅扉。

题徐䌹堂金刚录后

兜率天开海上山，泠然十日御风还。
只今空作秋裘梦，长在霏云杳霭间。

金永爵（1802—1868）

字德叟，号邵亭，籍贯庆州，朝鲜王朝纯祖、高宗年间文臣。1843年文科及第，历任吏曹参判、户曹参判、大司宪、弘文馆提学、清州牧使等职。为官清廉，广施善政，受到民众的称颂。擅诗文，著有诗文集《邵亭稿》。《大东诗选》录诗5首。

和石梧 其二

倚山亭子枕湖湄，日午缃帘四面垂。
隔水君家知不远，墙头斜出石榴枝。

沈阳归路

围墙累甓屋无梁，日日驴车载粪忙。
塞上沙田多瘠薄，春来犹得种高粱。

渡江

翩翩冠盖入中原，翠幕江头饮别樽。
衰草烧痕微辨路，寒林暮景远疑村。
平沙列戍红兜出，老树祠神素楮翻。
借问叆阳何处是，青烟一道隔山昏。

李尚迪（1803—1865）

字惠吉，号藕船，籍贯牛峰（今金川），朝鲜王朝纯祖、高宗年间的译官与诗人。出身汉学译官家庭，早年拜在金正喜门下，历任温阳郡守、知中枢府事等职。曾以译官之职12次前往清朝，与吴嵩梁、刘喜海等名儒结为至交，后来将与清朝士人往来的书信编成《海邻尺素》一书。擅诗文，诗风纤巧华丽，诗文集还曾在清朝出版。此外在金石、古玩方面也造诣深厚，参与编撰《通文馆志》《同文汇考》等书。著有诗文集《恩诵堂集》。《大东诗选》录诗10首。

车中记梦

坐拥貂裘小睡温，依依归梦访家园。
雪晴溪馆无人扫，一树梅花鹤守门。

涢江舟中

渡头催唤木兰舟，处处笙歌水上楼。
十里东风吹不断，绿杨城郭似扬州。

江州途中

青藜扶野老，黄犊守山家。
樵径穿林细，村容逐岸斜。
鹿眠溪畔月，蜂酿石间花。
暂向松阴憩，清泉手煮茶。

狄逾岭

何年巨灵手，万迭劈鸿蒙。
石没留冬雪，林高动朔风。
曾闻惟鸟道，即看是蚕丛。
双袖携云气，长歌倚碧空。

奉挽丁酉山直长

寿木风摧百尺条，江流呜咽雨萧萧。
河鱼一疾成千古，辽鹤孤魂返九霄。
下士自称诗弟子，在官常伴老渔樵。
文能华国医医国，斯道争禁两寂寥。

赵冕镐（1803—1887）

字藻卿，号玉垂、怡堂，籍贯林川（今扶余），金正喜侄婿兼弟子，朝鲜王朝纯祖、高宗年间书画家与文臣。1828 年以子弟军官身份前往清朝，对清朝文化有着深刻的认知，后历任郡守、工曹参议、户曹参判、知义禁府使等职。书法兼顾汉隶与秋史体，对朝鲜近代书法产生深远影响。擅诗文，著有诗文集《玉垂集》。《大东诗选》录诗 2 首。

去年梅冻今年又冻

窗隙寒缘破被穿，壁鳞冰结小灯悬。
今年又使梅花冻，那得梅花不冻年。

太平馆感事

春风千里马声迟，记折西城第一枝。
今日戟门深似海，美人谁唱柳卿词。

贝城练光亭板题

过客诗愁阅几场，周遭粉堞尽斜阳。
麒麟游去山河在，檀木春回岁月长。
左海金珠如土贱，西京风物使人狂。
白鸥飞下绿芜阔，无限江南烟雨香。

申锡愚（1805—1865）

字圣如，号海藏，籍贯平山（今南海），朝鲜王朝纯祖、高宗年间的文臣。1834 年文科及第，历任艺文馆检阅、龙冈县令、弘文馆提学、吏曹判书、庆尚道观察使等职。1860 年以冬至正使之职出使清朝，亲见了英法联军对清朝的侵略，回国后提出应对西洋事物策略。著有诗文集《海藏集》。《大东诗选》录诗 1 首。

龟岩洞

红埃眯眼少人知，步上城南此日迟。
归去欲成终老计，徊徨犹恋圣明时。
韦家花树敦新契，何氏山林觅旧诗。
与子他年携手约，道峰尖出白云期。

朴文奎（1805—1888）

字霁鸿，号云巢子、天游子，籍贯淳昌，朝鲜王朝纯祖、高宗年间的诗人。自幼聪敏，家境殷实，后因放荡不羁，终致家财散尽。40 岁时开始学诗，近体诗尤佳。诗名远播清朝，受清朝翰林董文焕盛赞。83 岁时蒙恩授兵曹参知之职。擅诗文，著有《天游集》《巢山房诗草》。《朝鲜近代名家诗抄》录诗 88 首，《大东诗选》录诗 11 首。

金刚山赠退云上人

空门寂寂佛香初，八十真僧出定余。
碧眼见人浑不语，满身花雨一床书。

落叶

树树哀蝉唤奈何，寒声日夜动关河。
林间疏雨晴时少，湖上青山晚更多。
碣石秋高燕雁阵，洞庭波冷楚人歌。
乾坤俯仰成陈迹，终古浮生一梦过。

寄清人董翰林文焕

想到龙门得御难，皇州北望路漫漫。
姓名早向诗中识，颜发常从梦里看。
虚拟乘黄越修阻，只凭尺素问平安。
天涯地角空相忆，记否东韩老阿残。

张之琬（1806—1858）

字玉山，号枕雨堂、斐然，朝鲜王朝纯祖、哲宗年间的闾巷诗人。出身中人家庭，早年拜在张混门下，后与张孝懋、林瑜、高晋远、朴士有、韩伯瞻等人创建“斐然诗社”，引领了19世纪中期闾巷文学的发展。著有诗文集《枕雨堂集》《斐然诗钞》，编有闾巷诗集《风谣三选》。《大东诗选》录诗7首。

南甸道中记见 二首

官道城边耸石危，粉墙新塑女郎祠。
行人漫把金钱掷，枯树枝头五色丝。

山木苍苍鸡犬鸣，挂筇斜日问前程。
村中少女太羞涩，半掩红裙背面行。

平壤竹枝词 二首

雨洗桃花红淡荡，烟梳柳絮白迷离。
浮槎一望无归处，半拂船旗半酒旗。

别浦移舟江色多，玉箫金管咽清歌。
长堤十里斜阳外，一字垂杨熏碧波。

朴珪寿（1807—1877）

字瓛卿，号瓛斋、瓛斋居士，籍贯潘南（今罗州），北学派巨擘朴趾源之孙，朝鲜王朝纯祖、高宗年间的文臣与思想家。1848年增广文科及第，历任司谏院正言、司宪府掌令、谷山府使等职，1861年以燕行副使之职前往热河。高宗即位后，历任弘文馆提学、吏曹参判、礼曹判书等职，并于1872年以进贺使正使之职再次前往北京。亲见清朝为抵御西方列强侵略而推行洋务运动，并逐渐认识到朝鲜实行开化政策的紧迫性。其后，因反对兴宣大院君对天主教的迫害与倡导门户开放政策，得罪朝廷保守势力而被迫辞职。1875年“云扬号事件”爆发时，积极主张与日本建立外交关系。擅诗文，著有诗文集《瓛斋集》。《大东诗选》录诗3首。

石琼楼杂绝 其二

幅巾驴子背，出郭上山楼。
山楼临涧壑，晓凉翻似秋。

送李元常在恒归报恩 二首

书生太濩落，中觞歌慨慷。
囊无买山钱，恒存岩壑想。

山中风雨夕，何以慰相思。
非无一樽酒，怊怅难重持。

江阳竹枝词 二首

渲染伽倻一半霜，山深云拥贝多香。
莓苔青鹤行无迹，红叶缤纷读书堂。

秋入江阳水不波，凌空石塔皓嵯峨。
一林疏雨红流路，谁复骑牛访脱蓑。

郑芝润（1808—1858）

字景颜，号夏园，别号寿铜，籍贯东莱（今釜山），朝鲜王朝纯祖、哲宗年间的闾巷诗人。出身倭语译官家庭，与金正喜、赵斗淳等士大夫交往密切。擅诗，诗歌创作主张抒写“性灵”，富有强烈的批判与讽刺意味。著有《夏园诗钞》。《风谣三选》录诗39首，《大东诗选》录诗10首。

梅花 其一

一任繁华与寂寥，春头腊尾也消摇。
才于有意无情处，已压千花不敢骄。

白蝶

梦在香中日几回，粉颠雪倒入春来。
分明新拓滕王帖，点破空庭漠漠苔。

作诗有感 其一

最玲珑处性灵存，不下深功不易言。
入妙应经探虎穴，出奇何减凿龙门。
金塘融日花无质，玉殿清宵月有魂。
幽径只堪时独往，劝君莫寄大家藩。

郑显德（1810—1883）

字伯纯，号雨田，籍贯草溪（今狭川），朝鲜王朝纯祖、高宗年间的文臣与诗人。兴宣大院君集权时期的重要幕僚，长期负责处理与日本相关的外交事务，历任吏曹参议、刑曹参判等职。“壬午军乱”后，随着兴宣大院君的失势，被罢免官职流放远恶岛，后被赐死。擅诗文，《朝鲜近代名家诗抄》录诗 78 首，《大东诗选》录诗 7 首。

饭牛儿

溪雨溪风一笠斜，倒骑黄犊晚归家。
绿杨桥畔牧陂路，听唱江南山有花。

悼亡

儿啼不乳母何之，儿在邻家两不知。
纵道无知还不妨，有知人看更堪悲。

神勒寺东台

杨柳垂垂桃李开，汉阳归客峭帆回。
二陵草色连天远，九郡江声动地来。
神马几时临古渡，高僧一去有荒台。
空山镇日无人到，石径春风鹤啄苔。

李裕元（1814—1888）

字景春，号橘山、墨农，籍贯庆州，朝鲜王朝纯祖、高宗年间的文臣。1845 年曾以书状官之职出使清朝，回国后历任义州府尹、咸镜道观察使、左议政等职，高宗时升任领议政。1875 年以奏请使正使之职再次出使清朝，并与北洋大臣李鸿章会面。1882 年作为朝鲜全权大臣与日本代理公使花房义质签订《济物浦条约》。擅诗文，曾担任《大典会通》总裁官，著有诗文集《嘉梧稿略》与随笔集《林下笔记》等。《大东诗选》录诗 2 首。

红叶亭

排铺小小总依样，摘叶名庵忆老坡。
从古名园无定主，主人来少客来多。

店中所见

凿壁通微径，架溪横仄桥。
丹崖车马倒，白昼兔狐骄。
梦里山川近，云间家国遥。
村房来独宿，何异一枝鷯。

赠老妓

歌舞前身春梦长，觉来何处不悲伤。
销残盛壮非人力，冷落繁华各一场。
楼榭无心归夜月，英雄枉惜泪斜阳。
休君细算生来事，容易名花满鬓霜。

南秉哲（1817—1863）

字子明、原明，号圭斋、绦雪、鸥堂、桂塘，籍贯宜宁，朝鲜王朝纯祖、哲宗年间的文臣。1837 年文科及第，深受国舅金汶根的宠爱，后历任吏曹判书、大提学等要职。博学多识，曾制作水轮地球仪与四时仪，著有《海镜细草解》《仪器辑说》《推步续解》等。擅诗文，著有诗文集《圭斋遗稿》。《大东诗选》录诗 7 首。

病中寄洪蔼士祐吉 其一

屈指相离十日加，手封书札问无蛇。
病起只看余绿叶，君家或有未开花。

蜘蛛诗 其一

屋角墙头设网罗，辛勤踦脚织成窠。
秋来稍稍蚊蝇少，充腹无多费腹多。

夜吟

露似真珠月似钩，中庭荇藻影沉浮。
草间虫语不知曙，水面荷花先觉秋。

天气稍含萧瑟意，人心难抑自然愁。
夜深衣袂清凉湿，五鼓声中上小楼。

金锦园（1817—？）

朝鲜纯祖、哲宗年间的女诗人。自幼体弱，熟读经史，平生以不能为男儿身为恨，14岁时曾一度身穿男装游览金刚山，后成为奎堂学士金德熙的小室。27岁时名满文坛，时人称为“闺秀司马子长”，是“三湖亭诗社”的创建者与重要成员。曾为《竹西诗集》题写序文。著有《湖东西洛记》。《大东诗选》录诗9首。

观海

百川东汇尽，深广渺无穷。
方知天地大，容得一胞中。

海棠花

百花春已晚，只有海棠红。
海棠若又尽，春事空复空。

歇惺楼

歇惺楼压洞天心，才入山门即画林。
指末千般奇绝处，芙蓉无数万峰阴。

朴竹西（1817—1851）

号半哑堂，籍贯潘南（今罗州），士大夫徐箕辅的小室，朝鲜王朝哲宗年间的女诗人。出身庶女，十岁能诗，“三湖亭诗社”的重要成员，诗歌创作深受韩愈与苏轼的影响。著有《竹西诗集》，收录汉诗 166 首。《大东诗选》录诗 4 首。

题画

楼上青山楼下溪，杏花垂柳绕长堤。
北窗春睡应须足，松影参差日向西。

思故乡

独倚栏干恨更长，北风吹雪夜昏黄。
数声鸿雁远云外，东望故园天一方。

秋日寄锦园

一阵哀鸿向晚多，江云岭树断肠何。
相思泪洒东流水，去作三湖别后波。

一枝红（生卒年不详）

姓名不详，成川府官妓，朝鲜王朝英祖、纯祖年间的名妓。擅诗，与沈念祖、申光洙等士大夫交往密切。《大东诗选》录诗 2 首。

上泰川洪衙内

马驻仙楼下，殷勤问后期。

离筵樽酒尽，花落鸟啼时。

上方伯尹尚书

前年绛节菊花时，何幸荣名耀一枝。

闻道春巡才北过，胡然仙驾此愆期。

姜玮（1820—1884）

字仲武、尧章、韦玉，号秋琴、慈屺、听秋阁、古欢堂，籍贯晋阳，朝鲜王朝纯祖、高宗年间的文臣与思想家。出身武官世家，早年心系举业，后受身份制约而致力于学问，曾先后在名儒闵鲁行、金正喜门下求学。1873 年与 1874 年，两次前往清朝，接触到大量西洋事物，认识到“西势东渐”的趋势，回国后与朴珪寿等人积极倡导“开化思想”。1880 年，又随修信使金弘集前往日本，并参与清朝与日本开化派人士组建的“兴亚会”恳谈会。1883 年与朴永善一起创办博文局，并创办了朝鲜最早的报纸《汉城旬报》。诗文超群，与金荣泽、李建昌、黄玹共称为“韩末四大家”。著有《经纬合璧》《东文字母分解》等书。1998 年亚细亚文化社整理出版了《姜玮全集》（全 2 册），《朝鲜近代名家诗抄》录诗 110 首，《大东诗选》录诗 8 首。

双溪方丈

斜日石门整客襟，洞中仙霭望沉沉。

双溪水活孤云墨，二鹤峰青六祖心。

僧缚竹篱防虎密，寺餐松叶拒人深。

上方七佛如相见，许施祇园布地金。

寿春道中

袜底江光绿浸天，昭阳芳草放筇眠。
浮生不及长堤柳，过尽东风未脱绵。

兴亚会上属题

鲸海鸿泥迹易陈，临归一语见情真。
易持时论人人别，难识天机日日新。
磊落英豪同所见，寻常恐惧亦相亲。
当时代算关东事，六国安危不在秦。

天津

万里长风一叶楂，暮年得意泛天河。
六洲豪杰延同席，东土伦文视一家。
当务救时防泄泄，宏猷运世办多多。
君看今日中州事，傅相威名四海加。

李象秀（1820—1882）

字汝人，号峿堂，籍贯全州，朝鲜王朝纯祖、高宗年间的文人。幼年家贫，15 岁时拜在大儒韩元震门下，后以文章名于当世，历任缮工监假监役、经筵官等官职。1882 年“壬午军乱”时，极力反对开化改革，1910 年追赠奎章阁提学。擅诗文，著有诗文集《峿堂集》。《大东诗选》录诗 17 首。

江上送人

日下沧波寒，烟生江浦夕。
片帆渺不极，怊怅东归客。

病中有作

寒鸡疑失晓，破壁一灯垂。
月过空山冷，风临绝岸悲。
病深多自恨，家远若为知。
闷见旁人睡，空叹曙色迟。

狎鸥亭

荒皋系马独裴回，上党名亭亦草莱。
水势全倾东峡出，山形尽抱汉阳回。
至今犹见江鸥在，终古惟闻蜀魄哀。
日暮烟波徒极目，六臣祠下更悠哉。

崔济愚（1824—1864）

字性默，号水云、水云斋，初名福述、济宣，籍贯庆州，朝鲜纯祖、哲宗年间的思想家、东学教主。幼年熟读汉学，17 岁父母去世后，开始各地流浪修道。1861 年前后，在传统“敬天”思想的基础上，融合儒释道三教教义，创立了反封建、反帝性质的“东学”团体。“东学”倡导“侍天主”，排斥儒学与西学，在朝鲜哲宗年间声势浩大，信徒达数千人。1864 年，被以“邪道乱正”的罪名处死于大邱。

著有《东经大全》《龙潭遗词》等，其中《东经大全》收录汉诗16首。

坐箴

吾道博而约，不用多言义。
别无他道理，诚敬信三字。
这里做功夫，透后方可知。
不怕尘念起，惟恐觉来知。

和诀诗 节选

明明其运各各明，同同学味念念同。
万年枝上花千朵，四海云中月一鉴。
等楼人如鹤背仙，泛舟马若天上龙。
人无孔子意如同，书非万卷志能大。

叹儒道心急

山河大运，尽归此道。
其源极深，其理甚远。
固我心柱，乃知道味。
一念在兹，万事如意。
消除浊气，儿养淑气。
非徒心至，惟在正心。
隐隐聪明，仙出自然。
来头百事，同归一理。

田琦（1825—1854）

字而见、玮公、奇玉，号古南、杜堂，籍贯开城，初名在龙，朝鲜王朝纯祖、哲宗年间的文人画家。出身中人家庭，早年拜在金正喜门下学习书画，继承与发扬了南宗文人画风，山水画造诣极高，代表作有《树下独酌图》《紫门月色图》《雪景山水图》《秋山深处图》《梅花书屋图》《骑向何处图》等。擅诗文，《风谣三选》录诗 5 首，《大东诗选》录诗 2 首。

雪屋

门外屐痕过访疏，半庭积雪映窗虚。
土垆火冷黄昏近，犹自床头勘古书。

梧社秋夜偕雨帆悦卿作

淡黄新月一钩寒，留得佳期对玉盘。
种菊真同古人爱，著书多与后生看。
深瓯活火松风洒，半壁残山墨雨乾。
愧乏诗篇酬好夜，年年病思苦相干。

金芙蓉（生卒年不详）

号云楚，又号秋水，朝鲜王朝纯祖、哲宗年间的名妓。生于儒门，父早亡，由仲父抚养，后成为文臣金履阳的小室，以诗名于世，朝鲜后期女性诗社“三湖亭诗坛”的主要成员。著有诗文集《芙蓉集》《云楚堂诗集》，传世诗作 300 余首。《大东诗选》录诗 9 首。

奉和渊泉相公 二首

天地无情思，人何惜别愁。
虚灵如有待，怊怅若相求。

林鸟栖昏定，江云只自流。
平生多少恨，终日独登楼。

落梅

玉貌冰肌冉冉衰，东风结子绿生枝。
缠绵不断春消息，犹胜人间恨别离。

杏花村

轻舟一叶泊平沙，流水青山进士家。
未到村中名已好，东风红落满庭花。

韩章锡（1832—1894）

字稚绥、稚由，号眉山、经香，籍贯清州，朝鲜王朝纯祖、高宗年间的文臣。1872年文科及第，历任弘文馆副修撰、成均馆大司成、吏曹参判、礼曹判书等职，深得高宗信任，死后配享高宗庙庭。擅诗文，与金允植、闵台镐共称为当世文章大家，著有诗文集《眉山集》。《大东诗选》录诗4首。

秋怀望云

寒风起将夕，飕飕动柴扉。
荷带秋应冷，凭谁送新衣。

送林鼎汝

西风吹动白蘋花，山日冥冥十里沙。
细柳驿亭三四店，故人今夜宿谁家。

许薰（1836—1907）

字舜歌，号舫山，籍贯金海，朝鲜王朝宪宗、高宗年间文人、义兵。早年拜在星湖学派许传的门下，1895 年明成皇后被杀害后，痛叹国家衰亡，投身抗日义兵运动。1896 年被推举为真宝一带的义兵长，同日军在安东、宁海等地进行武装斗争。1990 年追授“建国勋章 爱国章”。著有诗文集《舫山集》。《大东诗选》录诗 12 首。

柳絮 其一

崇善陵前四月时，垂垂杨柳万千丝。
晚来飞絮轻于雪，散入城中扑酒旗。

松

深深西涧上，黛色出风埃。
瘦甲龙鳞古，疏枝鹤翅回。
能传琴瑟响，空老栋梁材。
葱茜消炎夏，披襟正快哉。

入山

几日行行入俗离，绿阴深峡路如丝。
天王北踞星辰拱，世祖南巡草木知。
龟石已残荒藓合，骡经一散法筵移。
人间始有题诗处，文壮高台万仞奇。

柳麟锡（1842—1915）

字汝圣，号毅庵，籍贯高兴，朝鲜王朝宪宗、纯宗年间的义兵领袖。早年拜在李恒老门下，学习春秋大义、尊华攘夷思想，是江华学派的代表性人物。1905 年起，与李弼熙、徐相烈、李春永等好友高举“复仇保形”的旗帜，开展义兵抗日斗争。1910 年日韩合并后，组建“十三道义兵”团体，并被推举为“都总裁”。1915 年，流亡辽宁省西丰县，后死于宽甸县芳翠沟。1962 年追授“建国勋章 总统章”。擅诗文，著有诗文集《毅庵集》。2009 年李熙默等人整理出版《殖民地时期汉诗资料集》，录诗 6 首。

责望中华

中华夷狄熏莸似，开化云云合理哉。
如不可无开化事，宜开吾化化他开。

开化言论 其一

文明梦觉昏沉是，平等自由礼让无。
罔极也人罔极世，低看孔孟小唐虞。

江华洋乱

升平世久恬嬉存，报急沁城洋祲昏。
都民鸟散震宸念，壮士云兴重国恩。
大老首陈当战策，在廷从息去邠论。
仗义出群梁帅去，分明天佑树功勋。

谕告国中民人

天涯抱痛老生身，为向同胞下泪频。
四千来岁东华国，五百年来圣世民。
食人以兽嗟当地，为役于仇忍戴旻。
有死无生今日事，勉加忠义振精神。

李沂（1848—1909）

字伯曾，号海鹤、质斋、梓谷，籍贯固城，朝鲜王朝宪宗、纯宗年间的爱国启蒙运动家。1894 年东学农民运动爆发时，向首领全琫准提议进军汉阳，后因金开男的反对而作罢。1905 年前往日本，向天皇与日本政府提交了谴责日本侵略朝鲜的抗议书。《乙巳条约》签订后悲愤回国，与张志渊、尹孝定等创办大韩自强会，开始进行抗日斗争与爱国启蒙运动，1968 年追授“建国勋章 独立章”。擅诗文，著有诗文集《海鹤遗书》。《大东诗选》录诗 5 首。

桃花

开时有雨落时风，看得桃花几日红。
自是桃花身上事，风曾何罪雨何功。

读皇城报

九年十月廿一日，漱玉轩前黑似漆。
客兵入卫刀枪鸣，文武百官皆股栗。
大使六十长虹来，手把约文口呵叱。
晓星明灭月惨淡，此时措置非无术。
司外部者小才是，平居读字声誉溢。
盗名欺世何能久，本相露尽可题笔。
谁料五百年宗社，此奴手里送交毕。
权李区区何足责，诸子不过是虮虱。
皇天未必容奸人，既为罪魁安得逸。
莲池之水今犹在，莫待他年烦斧质。
可怜江石韩参政，一声痛哭天萧瑟。
众目瞿然都改观，平地泰山高无匹。
江户夜深人不眠，四壁啁啾多蟋蟀。

惺牛（1849—1912）

法号镜虚，俗名宋旭东，籍贯砺山（今益山），朝鲜王朝宪宗、纯宗年间的名僧。9岁时出家于果川清溪寺，拜在高僧桂虚门下。1862年起，醉心汉学与佛教经论的学习，日后历任东鹤寺讲师，梵鱼寺、释王寺证师等职。1912年圆寂于甲山。主张“禅”的日常化与生活化，强调通过说法问答、对话的方式传道，后世禅师大都出其门下或继承其门风。擅诗文，著有诗文集《镜虚集》。

游隐仙洞

山与人无语，云随鸟共飞。
水流花发处，淡淡欲忘归。

在定慧寺吟杜鹃

本太平天真佛，明月中树上啼。
山空夜深人寂，唯有尔声东西。

偶吟 其三

平生志概乐山幽，曾访是庵过一秋。
永日赏心归鸟晚，万尘如梦片云悠。
华岳那边天北远，洪阳前对海西浮。
风光依旧重来我，数句清吟话昔游。

金泽荣（1850—1927）

字于霖，号沧江，堂号韶濩堂主人，晚年又称长眉翁，籍贯花开（今河东），朝鲜近代著名的学者与文人。自幼学习古文与汉诗，20岁时与李建昌交好。1883年，张謇来朝鲜参与处置“壬午军乱”事件，因金允植的引荐，与之结识。高宗年间，历任编史局主事、中枢院书记官等职。1905年《乙巳条约》签订后，痛叹丧权辱国，在好友张謇的帮助下，流亡中国。在南通、上海等地流亡期间，与梁启超、章炳麟、严复、郑孝胥等名人交往频繁，为中韩近代文人交流做出重要贡献。1927年病死于南通，葬狼山南坡。2018年追授“建国勋章 爱国章”。擅诗文，文喜韩愈、苏轼、归有光，诗好李白、杜甫、韩愈、苏轼、王士禛，与姜玮、李建昌、黄玹并称为

“韩末四大家”。著有诗文集《韶濩堂集》，编有《丽韩九家文钞》等。2009年李熙默等人整理出版《殖民地时期汉诗资料集》，录诗5首。

少林道中

天风钟磬近僧家，翠羽双飞水见沙。
残雪欲明烟欲暗，却疑深处有梅花。

七月十二夜直纂辑所作 其一

嫦娥洗面出瑶宫，几杵钟声几阵风。
倚遍栏干清不寐，一身汤沐露华中。

九日发船作 二首

沸流城外水如蓝，万里风来兴正酣。
谁谓火轮狞舶子，解装文士向江南。

东来杀气肆阴奸，谋国何人济此艰。
落日浮云千里色，几回回首望三山。

闻义兵将安重根报国仇事 其一

平安壮士目双张，快杀邦仇似杀羊。
未死得闻消息好，狂歌乱舞菊花旁。

闻黄梅泉殉信作 其二

词垣谁复是真才，璧月无光斗柄摧。
知否赏音人独在，青枫江畔望魂来。

追感本国十月之事

半夜狂风海上来，玄冬霹雳汉城摧。
朝衣鬼泣嵇公血，犀甲天悭范蠡才。
炉底死灰心共冷，天涯芳草首难回。
兰成识字知何用，空赋江南一段哀。

李建昌（1852—1898）

字凤朝、凤藻，号宁斋，籍贯全州，朝鲜王朝哲宗、高宗年间的文臣与文章家。出身官宦世家，家学深厚，早年入弘文馆，历任暗行御史、汉城府少尹、承旨等职。1874 年以书状官之职赴北京，与黄珏、张家骧、徐郙等名士交好，声名远播清朝。诗文超群，文学创作深受宋代大家曾巩、王安石的影响，与姜玮、金泽荣、黄玹共称为“韩末四大家”。著有诗文集《明美堂集》与《党议通略》等。1978 年亚细亚文化社整理出版《李建昌全集》（上下册）。《朝鲜近代名家诗抄》录诗 102 首，《大东诗选》录诗 19 首。

定州南至日

一阳南至日，万里北行人。
忽见梅花发，犹疑汉水春。

天磨山怀于霖

巉辟天磨镇，萧条蜀莫州。
江山余故国，风雨送残秋。
古寺枫林落，空城瀑布流。
故人京洛去，惆怅不同游。

即事

一春多病掩茅茨，孤负山红涧碧时。
懒往人家犹恋客，疏看书卷未忘诗。
新菘露滴侵篱叶，老杏风摇过屋枝。
睡起开门成独笑，小鬟襁负戏婴儿。

无忘楼感怀 二首

独上高楼俯大荒，感今怀古一茫茫。
川原浩淼盈寒雪，草树参差下夕阳。
汉代青骢愁七日，秦时黄鸟恨三良。
儿童不识风尘苦，岁岁喧呼作战场。

天时人事日悠悠，汉水无情只自流。
百济繁华何处问，中原消息至今愁。
岁寒雨雪长随客，地迥江山尽入楼。
且对老兵拼一醉，城隅残照澹将收。

黄玹（1855—1910）

字云卿，号梅泉，籍贯长水，朝鲜哲宗、纯宗年间的文臣与诗人。自幼聪敏，早年游学于汉阳，科举及第后曾历任编史局主事、中枢院书记官等中下级官职。因官场腐败与时局动荡，辞官回乡隐居。1905 年《乙巳条约》签订后，曾试图流亡中国开展爱国救亡运动，但未能实现。1907—1908 年，创办新式学堂“壶阳学校”，后被日本当局强制关闭。1910 年日韩合并后，悲愤不已，写下《绝命诗》四首，吞食大量鸦片自尽。1962 年追授“建国勋章 独立章”。

汉文学造诣极高，与姜玮、金泽荣、李建昌并称为“韩末四大家”。著有《梅泉集》《梅泉诗集》《梅泉野录》等。《朝鲜近代名家诗抄》录诗 87 首，2009 年李熙默等人整理出版《殖民地时期汉诗资料集》，录诗 1 首。

牙山过李忠武公墓

元帅精忠四海知，我来重读墓前碑。
西风一夕松涛冷，犹似闲山破贼时。

绝命诗 四首

乱离滚到白头年，几合捐生却未然。
今日真成无可奈，辉辉风烛照苍天。

妖氛晻翳帝星移，九阙沉沉昼漏迟。
诏敕从今无复有，琳琅一纸泪千丝。

鸟兽哀鸣海岳嚬，槿花世界已沉沦。
秋灯掩卷怀千古，难作人间识字人。

曾无支厦半椽功，只是成仁不是忠。
止竟仅能追尹谷，当时愧不蹑陈东。

隔江望幸州

地不徒为险，我来看幸州。
山城如此浅，蛮鬼至今愁。
落日边烽断，春风汉水流。
平生请缨志，挥涕暮江洲。

碧波津

丁酉年间事最危，碧波亭外尽倭旗。
史怜乐毅罹谗日，天眷汾阳起废时。
万死何曾战功计，此心要使武臣知。
至今夷舶经行地，咋指鸣梁指古碑。

义妓论介碑

枫川渡口水犹香，濯我须眉拜义娘。
蕙质何由能杀贼，藁砧已自使编行。
长溪父老夸乡产，矗石丹青祭国殇。
追想穆陵人物盛，千秋妓籍一辉光。

李南珪（1855—1907）

字元八，号汕左、修堂，籍贯韩山（今舒川），朝鲜王朝哲宗、纯宗年间的文臣与义士。1875 年司马试合格后，历任承文院权知副正字、弘文馆修撰、中枢院议官、宫内府特进官等职。曾上书批判日本发动甲午战争，呼吁为明成皇后复仇。1906 年起，开始接触抗日义兵，次年以窝藏抗日义兵闵宗植的罪名被捕入狱，后与其子李忠求一同被日军杀害。1962 年追授“建国勋章 独立章”。擅诗文，《大东诗选》录诗 3 首。

朴忠愍书院遗墟碑

忠愍坛前日欲斜，秋花染血碧如沙。
只今一徙龟头石，犹似孤臣望翠华。

过李忠武公墓

龙蛇那忍忆，猿鹤至今悲。
美谥标诸葛，中兴赖子仪。
风松犹谡谡，秋草自离离。
此世谁公辈，重宸听鼓鼙。

闻瀛馆新命有吟

酒力寒威两竞豪，却如劲敌距成皋。
烟中桧树应千劫，雪后梅花又一遭。
才浅不为明主弃，性迂谩被世人高。
书生自此非闲汉，夙夜敢言从事劳。

三田渡叹

昔时三田渡，有碑屹如植。
今日三田渡，有碑沙中踣。
踣岂非更快，所嗟由人逼。
旧恨新愤难洗尽，江流日夜无终极。
愿言执殳为前驱，北踏燕云东日域。
归来斫得丈余珉，铭我万年君王德。

郑万朝（1858—1936）

字大卿，号茂亭，籍贯东莱（今釜山），朝鲜近代的文臣与社会活动家。早年在姜玮门下修学，高宗时曾历任礼曹参议、宫内部参议官等职。1896 年，因罪流放珍岛，12 年后才得赦还。1910 年日韩合并之后，开始走上亲日道路，曾任朝鲜总督府经学院大提学、明伦学院总裁等职。擅诗文，骈俪文尤佳，著有诗文集《茂亭全稿》与诗话集《榕灯诗话》。2009 年李熙默等人整理出版《殖民地时期汉诗资料集》，录诗 37 首。

电气灯

谁回莫景化芳年，万户红灯日驭旋。
玉女金蛇随处幻，银花火树一时悬。
波斯宝气捞珠海，净界圆光瀹月泉。
龌龊书生孤榻畔，焚膏耿耿照残眠。

七月既望泛舟蓉山

地相万里岁千秋，事事偏同此夜舟。
不奈美人天际望，几曾孤客谪中游。
悬知身命俱磨蝎，但乏文章可汗牛。
多少邻船无解意，灯光红烂管弦流。

游山寺

一桁琳宫十笏庭，尘心每向此间醒。
花香久与衣冠化，鸟语多和呗咒听。
寺被近城难自僻，雨因留客故频零。
山中宰相缘谁起，只为南村有眼青。

金福汉（1860—1924）

字元五，号志山，籍贯安东，朝鲜近代的独立运动家。高宗年间，曾出任弘文馆校理、侍讲院司书等职。1905年起，积极投身义兵运动，多次被捕入狱，后被释放。1910年日韩合并后，终日闭门不出，后因参与向“巴黎和会”提交独立请愿书，再次被捕入狱。1921年创办“仁智社”，专心培养人才。1963年追授“建国勋章 独立章”。擅诗文，《大东诗选》录诗1首。

次复庵李公谈字韵

独坐悄然谁公谈，面墙无路见终南。
报君人少坚如竹，误国奸多丑似蓝。

和张韦庵渊志韵

邦忧家计双攒眉，此地还忘岁月迟。
辞受颁钱惟义合，分倾沽酒也诗宜。
悲监北狱逢王甫，危戴南冠似於期。
头白谶言才戏剧，乌啼屋角似神知。

安重根（1879—1910）

字应七，籍贯顺兴（今荣州），朝鲜近代的独立运动家与义士。1907年投身义兵斗争，积极参与朝鲜独立运动。1909年10月，在哈尔滨火车站击杀前日本首相伊藤博文，当场被捕。1910年3月在旅顺就义，1962年追授“建国勋章 大韩民国章”。擅诗文，著有《东洋平和论》。2000 年李海山、杨照全编《韩国汉诗选》录诗 2 首。

示众弟

男儿有志出阳关，生不成功死不还。
埋骨岂肯先墓下，人间到处皆青山。

举事歌

丈夫处世兮，蓄志当奇。
时造英雄兮，英雄造时。
北风其冷兮，我血则热。
慷慨一去兮，必屠鼠贼。
凡我同胞兮，毋忘功业。
万岁万岁兮，大韩独立。

韩龙云（1879—1944）

字贞玉，法名龙云，法号万海，俗名裕天，籍贯清州，朝鲜近代的名僧、独立运动家与诗人。1905 年出家于百潭寺，曾游历日本与中国，主张佛教改革，倡导佛教参与现实生活。1919 年“三一运动”爆发时，是签署独立宣言的 33 名民族代表之一。其后加入“新干会”等爱国组织，积极投身民族独立运动，1962 年追授“建国勋章 大韩民国章”。著有《朝鲜佛教维新论》《十玄谈注解》《佛教大典》，以及小说《薄命》与诗集《沉默》等。1973 年万海思想实践宣扬会整理出版了《韩龙云全集》(全 6 册)，其中录汉诗 176 首。

自闷

枕上梦何苦，月中思亦长。
一身受二敌，朝来鬓发苍。

思乡 其一

江国一千里，文章三十年。
心长发已短，风雪到天边。

即事

乌云散尽孤月横，远树寒光历历生。
空山鹤去今无梦，残雪人归夜有声。

秋怀

十年报国剑全空，口许一身在狱中。
捷使不来虫语急，树茎白发又秋风。

赠古友禅话

看尽百花正可爱，纵横芳草烟踏霞。
一树寒梅将不得，其如满地风雪何。

申圭植（1880—1922）

字幺执，号睨观、余胥、一民、青丘、恨人，籍贯高灵，朝鲜近代著名的独立运动家。1905 年《乙巳条约》签订后，参加大韩自强会、大韩协会，并创办清东学校、文东学校等教育机构，积极投身爱国启蒙运动，历任大韩民国临时政府法务总长、外务总长等职。1911 年亡命上海时，加入孙中山创办的同盟会，参加辛亥革命。其后又加入柳亚子、高旭创立的“南社”，与朱家骅、张静江、陈果夫等人交好。1922 年，与李承晚矛盾公开化，忧愤绝食而亡，1962 年追授“建国勋章 总统章”。擅诗文，著有《韩国魂》与诗集《儿目泪》，1994 年韩国文化社出版《申圭植诗文集》，2000 年李海山、杨照全编《韩国汉诗选》录诗 4 首。

赠孙中山

荆天棘地一身轻，楚水吴山路不平。
铁血疆场当日愿，数千万口是同声。

哈尔滨即事

白日青天霹雳声，六洲诸子胆魂惊。
英雄一怒奸雄毙，独立三呼祖国生。

寄南社

东风猎猎浪相惊，中夜沉沉苦未醒。
从古燕南多慷慨，只今沪上最文明。
秘密丧权哀后辙，鼓吹无力借时名。
痛苦不干五年泪，茫茫何处觅秦庭。

申采浩（1880—1936）

号丹斋、一片丹生、丹生等，笔名无涯生、天禧堂、赤心、燕市梦人等，籍贯高灵，朝鲜近代的独立运动家与历史学家。早年入成均馆学习,《乙巳条约》签订后放弃仕途，移居乡下。1905 年起，相继担任《黄城新闻》《大韩每日申报》等报刊主笔,后又加入“新民社”与“国债报偿运动”，积极宣扬爱国启蒙思想。1910 年以后投身民族独立运动，在北京创立“大韩独立青年团”，并任团长。大韩民国临时政府成立后，任议政院议员、全院委员会委员长等职。1923 年，大韩民国临时政府改组会议失败后，致力于朝鲜历史研究，著有《朝鲜上古史》《朝鲜史研究草》等。1928 年在大连被日本宪兵逮捕,1936 年死于旅顺狱中,1962 年被追授“建国勋章 总统章”。1972 年至 1975 年，丹斋申采浩先生纪念事业会主持出版了《丹斋申采浩全集》(全 4 册)，2000 年李海山、杨照全编《韩国汉诗选》录诗 1 首。

白头山途中

人生四十太支离，贫病相随暂不移。
最恨水穷山尽处，任情歌曲亦难为。

北京偶吟

寂寂挑灯坐，非为守六庚。
石才惭后死，无漏悟前生。
世薄难为客，春来若有声。
一朝贫富异，始识故人情。

故园

一曲清江两岸林，数间茅屋当江浔。
风来面下共高枕，月到檐前照弹琴。

石径时过鼯鼠迹，平沙不变百鸽心。
如何十载不归去，留滞燕南学越吟。

卞荣晚（1889—1954）

字谷明，号山康斋、曲明、白旻居士，朝鲜近代法律学家、汉文学家与英文学家。曾任光州法院法官，因不满日本对朝鲜司法权的践踏，后辞职在新义州从事律师职业。1910年日韩合并后，开始了长达8年的中国流亡生活。回国后从事汉学与英文学研究，出任成均馆大学教授。擅诗文，著有诗文集《山康斋文钞》。2000年李海山、杨照全编《韩国汉诗选》录诗2首，2006年实事学舍古典文学研究会整理出版《卞荣晚全集》（全3册）。

雨夜见趁灯小蝶始终有感

澒洞中宵雨，媒明小蝶来。
斑斑裳饰好，促促舞姿哀。
面壁俄成住，迎风兀不回。
安禅渠自有，波浪愧吾颓。

无聊借玉溪生锦瑟韵

琴我久违触柱弦，芊眠艳曲忆芳年。
无花果岂来蝴蝶，常绿乡宜著杜鹃。
梦诣仙宫如有敕，眼看盟墨更为烟。
柱高疑岳弦疑索，缩手东流所自然。

参考文献

[1] 赵云仡 . 三韩诗龟鉴 [M] . 梨花文化出版社，1998.

[2] 徐居正 . 东文选 [M] . 朝鲜古书刊行会，1914.

[3] 金宗直 . 青丘风雅 [M] . 亚细亚文化社，1980.

[4] 许筠 . 国朝诗删 [M] . 亚细亚文化社，1980.

[5] 南龙翼 . 箕雅 [M] . 亚细亚文化社，1980.

[6] 高时彦 . 昭代风谣 [M] . 亚细亚文化社，1980.

[7] 千寿庆，等 . 风谣续选 [M] . 亚细亚文化社，1980.

[8] 刘在建，等 . 风谣三选 [M] . 亚细亚文化社，1980.

[9] 张志渊 . 大东诗选 [M] . 亚细亚文化社，1980.

[10] 金柱炳 . 朝鲜近代名家诗抄 [M] . 汉城图书，1926.

[11] 李海山、杨照全 . 韩国汉诗选 [M] . 学苑出版社，2000.

[12] 李熙默，等 . 殖民地时期汉诗资料集 [G] . 成均馆大学大东文化研究院，2009.

[13] 李丙畴 . 韩国汉诗的理解 [M] . 民音社，1986.

[14] 闵丙秀 . 韩国汉诗史 [M] . 太学社，1996.

[15] 姜明官 . 朝鲜后期闾巷文学研究 [M] . 创作与批评社，1997.

[16] 安大会 .18 世纪韩国汉诗史研究 [M] . 昭明出版社，1999.

[17] 郑珉 . 汉诗美学散步 [M] . 人文学者出版社，2010.

[18] 张伯伟 . 朝鲜古代汉诗总说 [J] .《文学评论》1996 年第 2 期 .